나는 될 놈이다 24

글쓰는기계 게임 판타지 장편소설

초판 1쇄 찍은 날 | 2020년 10월 14일
초판 1쇄 펴낸 날 | 2020년 10월 21일

지은이 | 글쓰는기계
펴낸이 | 예경원

기획 | 위시북스
편집책임 | 이은송
편집 | 위시북스

펴낸곳 | 예원북스
등록번호 | 제396-2012-000132호
등록일자 | 2012. 7. 25
KFN | 제1-565호

주소 | 경기도 고양시 일산동구 호수로 646-24 위너스21II빌딩 206A호 (우)10401
전화 | 031-819-9431 팩스 | 031-817-9432
E-mail | yewonbooks@naver.com

ⓒ글쓰는기계, 2019

ISBN 979-11-365-4308-0 04810
        979-11-6424-237-5 (Set)

나는 될 놈이다

24 글쓰는기계 게임 판타지 장편소설
WISHBOOKS GAME FANTASY STORY

Wish Books

CONTENTS

CHAPTER 1

[도망쳤던 왕국군 부대가 영지에 들어옵니다.]

[백부장 가줄이 영지에 들어옵니다.]

[십부장 베켄이 영지에…….]

[유지비가 올라갑니다.]

'큭.'

남들은 돈 주고도 못 사는 NPC 정예 부대를 공짜로 얻은 건 좋았지만, 대가가 따랐다. 그것은 바로 유지비!

군사력: A등급.

-대륙에서 손꼽힐 정도의 성벽을 갖고 있지만 군사 숫자는 아직 많이 부족하다.

외교력: D등급.

-동맹 사이인 영지가 거의 없다. 오스턴 왕국은 영지를 적대하고 있으며 에랑스 왕국의 교단들도 아키서스 교단의 영지를 경계하고 있다.

경제력: D등급.

-대대적인 공사와 지출, 영지 모험가들에게 베풀어주는 이벤트 때문에 지출이 많다.

기술력: A-등급.

-대륙에서 가장 열정적인 제작자들이 영지에 모여 있다. 뛰어난 농부, 건축가, 재봉사 등등이 아키서스의 축복을 받아가며 제작에 힘쓰고 있다. 기계공학 대장장이들을 주의해야 한다.

태현은 나머지도 확인했다. 주민 숫자는 손꼽힐 정도로 빠르게 증가하고 있었고, 민심, 치안은 당연히 최상. 신성 또한 아키서스 교단의 본거지여서 그런지 최상이었다.

문화력: B+등급.

최근 소문을 듣고 예술가들이 찾아오기 시작했다. 젊은 예술 직업 모험가들에게는 좋은 스승이 되어줄 것이다.

뭔 소문? 아, 왕궁에서 훔친 예술품들!

'이게 이렇게 도움이 될 줄은 몰랐는데.'

에드안한테 왜 이런 걸 훔쳤냐고 구박했었는데……. 태현은 펠마스를 불러 신전 안에 예술품들을 다 장식해 놓으라고 명령했다.

"오옷! 이 작품들은……!"

"아는 작품인가?"

"비싸 보입니다! 금칠이 되어 있군요!"

"……너 말고 갈락파드 불러와라."

"아, 아닙니다! 제가 할 수 있습니다! 제 전공이 이겁니다!"

"네 전공은…… 아니다 됐다. 그래. 잘 해봐."

태현은 말리려다가 말았다. 그냥 전시만 하는 건데 뭔 실수가 있겠는가.

그보다도 태현은 신경 쓸 게 많았다. 진행하고 있는 국왕 퀘스트가 다음으로 넘어간 것이다.

〈왕이여, 만수무강하소서-아탈리 왕국 국왕 퀘스트〉

당신은 뛰어난 지략으로 도미닉과 살라비안 군대를 막아내는 데 성공했다. 괴멸적인 타격을 입은 도미닉과 살라비안 교단은 수도로 돌아가 힘을 회복하려고 한다.

쇠는 달구어졌을 때 쳐야 하는 법. 왕국의 뜻 있는 군대들을 모아 수도를 공격해 도미닉을 처치하라!

보상: 아탈리 왕국의 국왕.

'으. 수비랑 달리 공격은 좀 부담스러운데.'

과연 영지의 플레이어들로 잘 될까? 명령 체계가 통일되어 있고 일사불란하게 움직이는 길드 동맹도 공성전에서 공격 입장에 서면 피해가 많았다.

공격하려면 수비하는 숫자의 3배는 필요하다는 옛말이 괜히 있는 게 아니었다.

태현은 힐끗 밑을 내려다보았다. 플레이어들이 삼삼오오 모여 삽질을 하고 있는 게 눈에 들어왔다.

"영차! 영차!"

"여기 성수 부어! 냄새 난다!"

"앗! 전리품이다! 은이야!"

"그거 우리가 쏜 화살 아냐?"

'음. 보니까 의외로 잘 될 거 같기도 하고……'

[오송 백작의 사절이 영지에 찾아옵니다.]
[피브레 백작의 사절이……]

'이건, 뭐지?'

"김태현 백작의 의기에 감동했소!"

"우리도 한 몫 돕겠소이다!"

[최고급 화술 스킬을 갖고 있습니다. NPC들의 말에서 느껴지는 속마음을 알아차릴 수 있습니다.]

'도미닉이 질 거 같으니 김태현 백작의 편에 서는 게 좋겠군!'

'김태현 백작은 영웅인 데다가 젊고 경험 없으니 이용해 먹기 좋겠지. 다른 귀족들과 친하지도 않으니 더더욱.'

'일단 영웅인 김태현 백작을 앞에 세우고 도미닉을 쓰러뜨린 다음에 잘 구슬려 보자고. 다른 귀족들이 입을 모아서 말하면 어떻게 거절하겠어?'

[카르바노그가 누가 누구를 얕보는 거냐며 경악합니다.]

태현은 상냥하게 웃었다. 그리고 허리를 적당히 굽혔다.

존경을 표시하는 가장 적당한 각도!

"잘 오셨습니다! 이렇게 존경하는 다른 백작 여러분들을 뵙게 되니 기쁠 뿐입니다! 하하하!"

"하하하하하!"

"으하하하!"

[카르바노그도 따라 웃습니다.]

-주인이여. 흑흑이가 돌아왔다.

"아. 잊고 있었네. 사디크의 화신도 왔었는데 걔는 왜 이렇게 늦게 왔대?"

태현은 오랜만에 게임단 일행들을 캡슐 밖으로 끌고 나왔다. 이유는 하나.

"옷 좀 사 입자."

시선이 한 명한테 모였다. 케인은 당황해서 손을 흔들었다.

"왜, 왜 나를?"

"음……."

"으흠. 으흠."

일행은 모두 헛기침만 하고 차마 말을 하지 못했다. 케인이 옷을 안 사 입는 건 아니었다. 그렇지만 그 센스가 너무…….

"슬슬 대회도 앞뒀겠다, 게임단 단위로 방송 나가야 할 일도 있을 거야. 그때 대비해서 미리 옷 좀 갖춰놓자고."

"방, 방송? 진짜? 나도 나가도 되는 건가?"

"물론 나가도 되는데…… 넌 나가기 전에 나한테 복장 검사 받고 가라. 아니다. 내가 그냥 코디님을 소개시켜 줄게."

걸어가던 이다비는 문득 생각나서 물었다.

"그런데 태현 님."

"응?"

"저희 프로스다스가 후원하고 있지 않나요?"

태현이 저번 화보를 찍은 브랜드(이세연과 함께). 그 화보가 워낙 대박을 쳤기에 이후 게임단을 후원하기로 결정이 났었다.

"그렇지."

"그러면 협찬도 들어오지 않아요?"

"응. 들어오고 있어."

"……그런데 옷을 사러 간다고요?"

"사실 그건 핑계였어. 아무리 케인이라도 방송 나갈 때 입을 옷은 충분하지. 정말 안 되면 내 옷…… 아니다. 내 옷은 사이즈 안 맞겠군. 어쨌든 빌리든 뭐든 어떻게든 할 수 있으니까."

"……? 그러면 왜 나온 거예요?"

"겸사겸사 나왔지. 동생들 선물 좀 사주고, 케인 꼴 보기 싫은 옷도 좀 치우고……."

"동생? 태현 님 동생 없잖아요."

"네 동생."

이다비는 잠깐 멈칫했다가 말뜻을 깨닫고 화들짝 놀랐다.

"……아, 아니에요! 됐어요! 진짜 됐거든요! 제가 해줄게요!"

"내가 해주겠다는데 왜 네가 그래? 네가 선물해 주고 싶으면 따로 해."

완강했다. 이럴 때 태현은 절대 물러서지 않는다는 걸 잘 아는 이다비는 설득을 포기했다.

"……감사합니다. 잘 받을게요."

"그래. 동생들 좋아할 만한 옷 좀 골라줘."

"네."

그러나 이다비는 다른 생각을 하고 있었다.

'태현 님은 뭘 좋아하시지?'

쓸데없는 말을 한 동생들을 족치는…… 아니, 야단치는 건 집에 가서 하고, 지금은 다른 걸 고민할 시간이었다.

이번에는 내가 선물해 주겠어!

이다비는 슬금슬금 뒷걸음질 쳤다. 뒤에서 따라오고 있는 케인, 최상윤, 정수혁에게 접근하기 위해서였다. 최상윤은 이다비가 복잡한 손짓을 보내자 당황했다. 저게 뭔 뜻이지?

"뭔…… 뭐야?"

"쉿쉿. 물어볼 게 있어서요."

"뭔데……?"

"태현 님이 뭘 좋아하시죠?"

"이기는 걸 좋아하지."

"……좀 더 물질적이고 돈으로 살 수 있는 건 없나요?"

"돈으로 되는 건……. 음, 걔는 인생이 돈 자체라 뭘……."

말하던 최상윤은 깨달았다. 이다비가 뭔가 선물을 해주려고 하는 거구나!

'이건 응원해 줘야 해!'

친구가 쓸쓸한 외톨이로 죽게 되는 것보다는 뭐든지 낫지 않겠는가. 최상윤은 그렇게 생각했다. 이대로라면 태현은 나중에 갖고 있는 게 돈밖에 없는 쓸쓸한…….

'어라. 별로 나빠 보이지 않긴 하네.'

……어쨌든 간에 최상윤은 이다비를 응원할 생각이었다.

'미안하다, 지수야. 이다비도 친구거든!'

속으로 유지수에게 사과한 최상윤은 멈칫했다.

그런데 태현이한테 뭘 선물한다?

'진짜 뭘 선물하지?'

“으음……”

그러는 사이 태현은 케인과 함께 주변을 둘러보고 있었다.

“이건 어떠냐?”

“구려.”

“이건?”

“구리네.”

“이ㄱ……”

“아, 구리다고.”

“마지막 건 보지도 않았잖아!”

“넌 고르지 말고 다른 사람들한테 골라달라고 해라.”

“으윽…… 어째서……”

케인은 시무룩해져서 투덜거렸다. 태현은 달래주기 위해 당근을 내밀었다.

“이게 나 좋으려고 하는 게 아니잖아. 대회도 있고 좀 있으면 너도 방송에 얼굴 내밀 텐데 거기에 패션 테러리스트 케인으로 실리고 싶어, 아니면 패션 좀 아는 놈으로 실리고 싶어?”

“패, 패션 좀 아는 놈으로……”

“그래. 그러면 넌 고르지 마라.”

케인은 좋은 건지 안 좋은 건지 모르겠는 알쏭달쏭한 표정으로 고개를 갸웃거렸다. 그러는 사이 태현은 이다비 동생들에게 맞는 옷을 찾기 위해 돌아다녔다.

“손님, 어떤 걸 찾으시나요? 사이즈가 어떻게 되시죠?”

“음. 그러니까……”

생각해 보니 사이즈를 물어보지 않았지만, 태현에게는 눈이 있었다. 게임에서 상대를 한 번 보면 어떤 장비를 착용하고 있고 어떤 직업인지 알 수 있는 뛰어난 관찰안!

"안 물어봤어?"

"잠깐. 아마 대충……."

"뭐야. 물어보고 온 건가."

"아니. 머릿속에서 계산 중인데."

"……넌 재능을 쓸데없는 곳에 쓴다 정말."

저번 〈생존의 법칙〉 방송 때도 느꼈지만, 이 자식은 뭔가 쓸데없는 곳에 엄청난 재능을 보여주고 있어!

'그냥 올림픽이나 나갈 것이지…….'

"앗. 형!"

뒤에서 들리는 말에 태현과 케인은 서로 쳐다보았다. 웬 형?

"네 동생이냐?"

"아니. 난 여동생밖에 없는데…… 네 동생 아냐?"

"난 외동이야. 인마."

웬 처음보는 사람이 형이라고 하자 태현과 케인은 서로에게 떠넘기려고 했다.

"저번에 보셨잖아요!"

"네 팬 아닐까?"

"네 팬으로 하면 안 되냐?"

"난 게임이랑 현실이랑 모습이 좀 많이 달라서…… 내 팬일 가능성은 좀……."

케인은 말하고서 다시 시무룩해졌다.

"에이. 저번에 뒤풀이 때 보셨잖아요."

"?"

"그, 과 개총 때……."

"아. 그때."

태현은 기억을 떠올렸다. 교수님한테 끌려서 억지로 갔던 그……. 뭔가 이것저것 질문을 던져오던 사람들은 많았는데 별로 기억에 남지는 않았었다.

케인은 속삭이듯이 물었다.

"뭐야? 누구야?"

"같은 과 후배 같은데."

"앗. 그러면 내 동생이랑 같은 학교란 건가?"

"그렇게 되겠지? 과야 다르지만."

후배는 케인을 보더니 물었다.

"혹시 저분은 케인 님?"

"흠흠. 그래. 내가 케인이지."

"오오……!"

"더 좋아해도 좋다. 하하."

"아뇨. 전 태현이 형 팬인데……."

케인의 얼굴이 구겨졌다. 태현은 어깨를 토닥거렸다.

"너 쟤랑 친하냐?"

"오늘 처음 보는데. 아. 처음 보는 건 아니지만 뭐 대충 처음 본다고 치자."

"그런데 왜 저렇게 친근하게 굴어? 막 형이라고 그러고."

"그런 성격인가 보지."

"으. 난 저런 녀석 상대하기 싫은데. 알레르기가 있다고……."

케인은 슬금슬금 뒤로 물러섰다. 상큼하게 웃는 태현의 후배가 두렵게 느껴졌다. 전신에서 느껴지는 인싸의 기운!

"여긴 뭐 사러 오신 건가요?"

"그렇지."

"잘됐네요! 같이 돌아다니죠, 형!"

"음. 이제 와서 말하기 좀 미안하긴 한데…… 너 이름이……."

"유제건입니다!"

케인은 감탄했다. 대놓고 면전에서 이름 기억 못 한다고 하는데 표정 하나 변하지 않는다니.

"이제부터 기억해 주시면 되겠네요, 형!"

"그래. 그래."

"다음 모임에는 언제 나오시나요?"

"몰라."

"언제 한번 같이 판온 하시죠!"

"글쎄."

"그러고 보니 저번에 과에서……."

태현은 계속 영혼 없는 말투로 대답했다. 케인은 다시 한번 감탄했다. 저렇게 접근하는 후배도 후배였지만 태현은 더 대단했다. 저렇게 한 치의 흔들림도 없다니!

'나였으면 온몸에 소름이 돋았을 것 같은데!'

"앗. 이 재킷 괜찮은 거 같은데 제가 선물해 드릴까요?"

"아니. 괜찮은데. 그보다 네가 왜?"

"하하. 사양 안 하셔도 되요. 음. 사실은……."

유제건이 목소리를 낮추자 케인과 태현도 가까이 다가섰다. 뭔 소리를 하려고?

"제가 좀 금수저거든요."

케인은 다른 의미로 경악했다. 지가 지 입으로 저런 소리를 하는 놈이 진짜로 있구나! 아니, 아무리 그래도 그렇지 좀 낯간 지럽지 않나? 역시 이런 발언에는 태현도 좀 당황하지 않을…….

"음. 그렇구나."

한 치의 흔들림도 없는 태현! 케인은 옆에서 속삭였다.

"야. 저런 놈인데 괜찮아?"

"뭐, 약간 아픈 놈이라고 생각하고 있어. 판온 생각해 봐. 저 것보다 더 이상한 놈들 많잖아."

"……그렇군!"

케인은 바로 납득했다. 태현이 보고 상대한 놈들과 비교한 다면 저 정도는 이상한 축에도 들어가지 않는 것!

물론 케인은 몰랐다. 태현이 상대한 이상한 놈들에 그도 들 어가 있을 줄은.

"저희 아버지가 사장님이시거든요."

"그래. 나도 아는 할아버지가 회장님이시지."

"하하하. 농담도……."

태현은 상냥하게 후배의 말을 들어주었다. 스스로도 참 많이 관대해졌다고 느낄 정도였다. 여기서 굳이 구박을 할 필요가 뭐 있겠는가. 그냥 상냥하고 따뜻한 눈으로 바라보면 그만일 것을.

둘의 대화(사실 일방적으로 태현이 듣고만 있었지만)를 조마조마하게 지켜보고 있는 건 케인이었다.

'김태현 저 자식이 짜증 내면서 주먹 날리는 건 아니겠지. 이 자식아! 어디서 돈 자랑이야! 내가 너보다 돈이 얼마나 더 많은데! 하면서…….'

케인은 속으로 동생한테 저놈 이름 보내서 상대하지 말라고 해야겠다고 결심했다.

"앗! 태현 님!"

"옆에는 누구?"

최상윤은 못 보던 사람이 있자 당황했다. 케인은 입모양으로 뻥긋거렸다.

'이상한 놈이야.'

'너보다 더 이상하다고?'

'야!'

"저. 태현 님. 이거……."

이다비는 목도리를 내밀었다. 최상윤과 이다비가 머리를 맞대고(나중에는 정수혁까지 같이 와서 고민했다) 선물을 고민했지만,

결과는 처참했다.

'판온에서 이세연 공격한 다음 이세연이 갖고 있는 아이템 뺏어서 가져가면 좋아할지도 몰라!'

'……그건 불가능할 거 같습니다.'

'크흑. 그러면 뭐 하지?'

결국 고민 끝에 이다비는 그냥 알아서 하기로 결정했다.

"응?"

"추우실 것 같아서요."

"아. 고마워."

태현은 웃으면서 목도리를 받아 걸쳤다. 그걸 본 유제건이 고개를 갸웃거리며 물었다.

"너무 싼 거 같…… 악."

"후배야."

"네, 네?"

"입 닥쳐야 할 때는 가만히 있자."

태현은 웃으면서 유제건의 어깨를 붙잡았다. 웃고 있었지만 눈빛에서 살기가 느껴졌다.

'무서워!'

"네, 넵!"

이다비가 선물하는 걸 지켜본 최상윤은 정수혁에게 말했다.

"우리 근데 선물 고르는데 별로 도움 안 된 거 같다."

"저도 그렇게 생각합니다."

"인터뷰요?"

"네네. 알다시피 이번 던전 공략 대회에서 본선에 진출한 팀 중 한국 팀이 많잖습니까."

전통적으로 E-스포츠 강국! 그건 판온에서도 마찬가지였다. 본선 진출 팀들 중 한국 팀들은 두각을 드러냈다. 게다가 꼭 한국 팀이 아니더라도 한국 국적 선수들은 찾아보기 쉬웠다.

어떤 외국 팀은 5명 중 3명이 한국 선수들일 정도!

"그래서 이번 기회에 본선 진출한 팀과 선수들을 모아서 간단하게 방송을 진행하려고 합니다. 인터뷰하고서 간단한 프로그램 정도만 진행할 테니 가벼운 마음으로 오시면 될 거 같습니다."

MBS의 배장욱 PD가 이렇게 직접 연락을 준 건 꽤 오랜만이었다. 투기장 대회나 다른 프로 리그는 판온 회사에서 직접 주최하는 형식으로 바뀌었지만, 여전히 MBS는 국내 게임 방송에서 선두를 차지하고 있었다. 다른 공중파 방송사들과 비교해도 밀리지 않을 정도!

그 이유는 적극적인 프로그램 기획과 아이디어에 있었다.

태현을 섭외해서 대박을 친 것도 배장욱 PD!

"저번에 생존의 법칙에 나가신 거 봤습니다. 흑흑. 저희는 그런 프로그램을 진행하지 못하니 어쩔 수 없겠지요……."

"그렇게 안 우서도 나갈 테니 걱정 안 하셔도 됩니다."

"앗. 정말입니까?"

배장욱은 반색했다. 태현이라면 판온 할 시간 없다고 거절할지도 모른다고 생각했던 것이다.

"저도 이제 게임단을 이끄는 입장인데 그 정도는 해야죠."

"아. 그렇죠."

배장욱은 웃었다. 태현도 처음 봤을 때와는 꽤 많이 달라져 있었다. 역시 자리가 사람을 만든다고 해야 하나?

"이세연 씨와 태현 씨가 나오기만 하면 흥행은 기본으로 보장이고, 다른 선수들도 무조건 나오려고 할 겁니다. 두 분은 특별하니까요."

"음. 나가지 말까……."

배장욱과의 통화를 끝내고 태현은 다시 캡슐에 들어갔다.

방송 나갈지도 모른다고 말한 지 얼마나 됐다고 정말로 나가게 되다니. 그것도 팀 단위로.

'본선 1차전 날짜가 얼마나 남았더라…… 그전에 왕궁을 공략하고 싶은데…….'

[영지 근처에 퍼진 살라비안 교단의 오염이 거의 사라졌습니다. 뱀파이어들이 싫어합니다. 찾아오는 뱀파이어들의 숫자가 줄어듭니다.]

[영지 근처에 흐르는 용암이 거의 사라졌습니다.]

"크윽! 용암 폭탄 만들어야 하는데! 아깝다!"

"그래도 많이 챙겨놨으니까 몇 번 만들 정도는 될 거야."

기계공학 대장장이들이 아쉬워하며 지나가는 게 보였다.

태현은 새삼 느꼈다. 사람 숫자라는 건 대단하구나!

판온 1에서는 대부분 솔플만 했던 태현이었기에, 이런 식으로 사람들을 동원해서 할 일이 거의 없었다. 왜 사람들이 대형 길드를 만들고 운영하는지 알 것 같은 기분이었다.

한 번 명령만 내리면 순식간에 일이 해결되니…….

물론 이건 태현의 경우가 특수한 경우였고, 보통 대형 길드여도 이렇게까지 사람들이 일치단결해서 일하지는 않았다.

[오송 백작, 부카드 백작, 피브레 백작의의 군대가 합류합니다.]

"와, 귀족이 이끄는 군대야? 나 처음 보는데."

"김태현은 이걸 어떻게 부른 거지? 보통 공적치 포인트로는 절대 안 될 텐데……."

사람들은 멀리서 질서정연하게 다가오는 귀족 군대를 보며 놀라워했다. 판온에서 보통은 볼 일이 없는 귀족들이 이끄는 군대!

"후후. 김태현 백작. 이렇게 만난 것도 인연인데 내가 식사를 대접하고 싶군. 내 요리사도 데리고 왔으니."

[귀족 전속 요리사 데브엘이 요리를 시작합니다.]
[데브엘이 <강렬한 향기 요리>를 사용합니다.]
[데브엘이 <아탈리 왕국 귀족 요리>를……]
[요리 스킬이 부족해서 레시피를 완전히 알아내지 못합니다.]

부럽다!

귀족이 데리고 온 요리사 NPC를 보며 태현은 그렇게 생각했다. 태현의 영지에는 저런 NPC가 없는데!

요리사 NPC, 데브엘은 정말 정석적인 요리사였다. 이상한 괴식 스킬이 아니라 정통 요리 스킬을 익히고 정통 레시피들을 잔뜩 알고 있는 요리사!

"데브엘이라면 그 데브엘?"

"비전 요리 스킬을 갖고 있는 전설 요리사 중 하나잖아?"

영지 요리사 플레이어들이 수군거리는 말이 태현의 귓속에 쏙쏙 들어와 박혔다.

"자, 들게. 김태현 백작."

[<데브엘이 창안해 낸 다섯 가지 코스 요리>를 먹습니다.]
[지혜, 지구력이 영구적으로 5 오릅니다.]
[HP가 영구적으로……]
[물리 방어력, 마법 방어력이 일시적으로……]
[매우 뛰어난 요리를 먹은 것으로 인해 요리 스킬이 오릅니다.]

화아앗!

먹는 순간 온갖 추가 효과가 들어오는 데브엘의 요리!

여러 가지 맛이 층층이 쌓여서 만들어진 대단한 요리였다. 태현은 솔직히 감탄했다. 태현도 나름대로 고급 요리 스킬을 찍긴 했지만, 그렇다고 전문 요리사만큼 요리를 잘하는 건 아니었다. 할 줄 아는 요리는 대부분 집에서 해먹을 수 있는 가정식! 고오급 요리와는 거리가 멀었다.

'하긴 다른 요리사들은 요리 스킬 올리려고 온갖 레시피 익히고 고급 요리 만들려고 하는데 난 괴식 요리나 만들었으니……'

새삼스럽게 스스로가 성장한 방식이 좀 이상하다고 느끼는 태현이었다. 요리 스킬을 올리려면 처음에는 간단한 요리를 만들어서 스킬을 올린 다음 점점 복잡하고 어려운 요리를 만들어야 하는데……. 태현은 그냥 간단한 요리를 엄청나게 많이 만드는 방식으로 스킬을 올렸다.

요리 관련 NPC를 찾아 퀘스트를 깨고 레시피를 배울 시간이 없으니 그냥 억지로 올려 버린 것!

그런 과정에서 부족한 건 괴식 요리로 해결을 봤다.

"어떤가, 김태현 백작?"

"아. 맛있습니다."

"후후. 그래. 이게 바로 전통의 맛이란 거야. 역사가 짧은 영지에서는 이런 걸 맛보기 힘들지."

은근슬쩍 도발하는 오송 백작!

[카르바노그가 재수 없다고 투덜거립니다.]

그러나 태현은 흔들리지 않았다. 그저 묵묵히 숟가락만 움직일 뿐. 그리고 속으로 생각했다.

'이놈을 어떻게 요리해야 잘 요리했다고 소문이 날까?'

일단 왕궁 공략하기 전에 죽일 수는 없고……

"김태현 백작의 요리사를 보고 싶은데, 혹시 요리사가 있나?"

"어……."

태현은 생각해 보았다. 내놓을 만한 요리사가 있나?

주현영도 지금 우르크에 가 있었고, 스타우는 우르크에 가 있는 게 차라리 다행이었고……. 새로 들어온 괜찮은 요리사 플레이어들이 꽤 있긴 했지만 데브엘 같은 요리사랑 비교할 수는 없었다.

"없습니다만."

"하하하! 이거 안타깝게 됐군."

호탕하게 웃는 오송 백작. 그걸 본 태현은 품속에서 아이템을 하나 꺼냈다. 살라비안 교단 마수의 꼬리뼈!

살라비안 교단 마수의 꼬리뼈:

살라비안 교단이 부리는 마수에게서 잘라낸 꼬리뼈이다. 타락한 뱀파이어의 힘이 깃들어 있지만 그렇다고 이걸 먹을 만큼 정신이 나간 사람은 없으리라.

복용 시 일정치의 체력 상승. 부작용으로 <살라비안이 내린 피의 저주>.

<겉모습 위조>
일단 모양만 좋게 만들고 보자! 다른 요리의 겉모습을 그대로 따라한 요리를 만들어냅니다. 물론 그 속 내용은 다르지만요.

<요리에 시한폭탄 독 넣기>
요리에 넣은 독이 언제 터질지 시간을 정할 수 있습니다.

'아. 이건 아니군. 취소. 취소.'
습관적으로 독부터 넣으려고 한 태현!
습관이란 건 참 무서운 것이었다. 태현은 독 넣는 건 취소하고 겉모습 위조 스킬만 사용했다. 그러자 <살라비안 교단 마수의 꼬리뼈>로 만들어진 가짜 고기가 생겨났다.
태현은 참을성 있게 기다렸다. 기회는 온다!
'바로 지금!'
샤샤삭-
오송 백작이 고개를 돌린 사이 태현은 재빨리 오송 백작 앞에 놓인 접시에 고기를 집어넣었다. 겉으로 봐도 아무도 눈치 채지 못할 정도로 감쪽같은 솜씨!

[<데브엘이 창안해 낸 다섯 가지 코스 요리>에 가짜 재료를 넣

는 데 성공합니다!]

[악명이 오릅니다.]

[요리 스킬이 오릅니다.]

[은신 스킬이……]

독을 넣지 않은 것만으로도 태현은 자비를 베푼 것이었다.

정확히는 왕궁 공략하기 전에 판을 깰 수 없으니 넘어간 것이었지만!

"흠. 그러면 이번에는 고기를…… 컥?!"

오송 백작은 고기를 입에 넣자마자 기겁해서 컥컥대기 시작했다.

태현은 시치미를 뚝 떼고 말했다.

"아니, 무슨 일입니까 백작님! 요리에 무슨 문제라도?"

"커허헉…… 커헉! 커허헉!"

옆에 쓰러져서 거품을 물고 바들바들 떠는 오송 백작!

태현은 눈 하나 깜박이지 않고 외쳤다.

"사제들을 불러와라! 백작님께서 쓰러지셨다!"

"네, 넷!"

오송 백작의 호위기사들이 당황해서 달려갔다. 얼마 지나지 않아 백작을 모시고 다니는 사제들이 달려왔다.

-상급 치유의 축복!

파아앗!

"허억, 허어억……."

"무슨 일입니까 백작님! 요리에 문제라도?"

"이…… 이 요리에 뭔가……."

바들바들 떠는 오송 백작. 백작은 사제들에게 요리를 확인해 보라고 명령했다.

"이 요리에서는 살라비안 교단의 힘이 느껴집니다!"

"뭐…… 뭐라고?! 사악한 살라비안 교단 놈들. 감히 날 암살하려고! 내가 그렇게 두려웠단 말인가!"

'음?'

태현은 당황했다. 이야기가 그렇게 흘러가나? 그냥 재수 없어서 입 좀 다물게 하려고 넣은 건데…….

'뭐 알아서 착각해 주면 나야 편하지.'

예전에는 모든 문제를 사디크 교단 탓으로 돌렸는데, 이제는 살라비안 교단 탓으로 돌릴 수 있다니. 참 좋은 세상이야!

태현은 흐뭇한 표정으로 미소 지었다.

'일단 장단이나 맞춰줘야지.'

"맞습니다! 백작님! 비열한 살라비안 교단 놈들이 백작님을 두려워하고 암살하려고 한 겁니다!"

"데브엘! 이놈! 너는 수석요리사라는 놈이 독 하나 잡아내지 못하느냐!"

불똥이 다른 곳으로 튀었다. 데브엘은 고개를 푹 숙이고는 들지 못했다.

"죄송합니다. 분명 확인했습니다만……."

"확인하면 다냐! 지금 내가 독을 먹은 게 보이지 않느냐. 김태현 백작 앞에서 이런 망신을 주고서 네가 무사할 것 같으냐! 썩 물러가라!"

"하하. 백작님. 살라비안 교단이 작정하고 독을 넣었는데 어떻게 막을 수 있었겠습니까. 물론 전 안 먹었지만요. 살라비안 교단은 정말 위험한 놈들입니다. 물론 전 안 먹었지만요."

데브엘을 편들어주는 것 같으면서도 은근히 놀리는 말투!

[최고급 화술 스킬을 갖고 있습니다.]
[오송 백작이 완전히 화술에 넘어갑니다.]

"데브엘! 꼴 보기 싫다! 물러가라!"

"……알겠습니다."

데브엘은 더 이상 말하지 않고 뒤로 물러섰다.

〈비전 요리사 데브엘을 영입하라-영지 발전 퀘스트〉

각 스킬들 중에서도 한층 뛰어난 비전 스킬을 익히고 있는 명인은 흔치 않다. 데브엘은 대륙의 요리사 중 아탈리 왕국의 귀족 요리에 능통하고 비전 요리 스킬을 아는 전설 요리사 중 한 명! 그런 요리사를 영지에 영입하는 건 엄청난 기회가 될 것이다.

보상: ?, ??, ??

'응?'

태현은 당황했지만…… 이런 기회를 놓칠 수는 없지!

태현은 데브엘을 급히 뒤쫓아 가서 말을 걸었다.

"데브엘 님."

"아. 김태현 백작님. 죄송합니다. 제가 제대로 요리를 하지 못해서 자리를 망쳤습니다."

책임감 있는 태도로 고개를 숙이는 데브엘! 변명하지 않고 절도 있게 사과하는 모습이 마음에 들었다. 아키서스 영지에 있는 NPC라면 변명부터 하고 봤을 것이다.

아니, 일부러 한 게 아니라요! 태현 님! 독이 어디서 들어간 건지 모르겠네, 하하!

"아닙니다. 살라비안 교단이 워낙 악독한 놈들이니 작정하고 독을 넣으면 알아차릴 수 없죠."

"감사합니다. 하지만 이건 제 잘못……."

"아닙니다! 진짜 잘못은 오송 백작에게 있습니다. 데브엘 님처럼 뛰어난 요리사를 두고 이렇게 구박하다니. 저라면 절대 그러지 않을 겁니다."

"그건 제가 잘못한 거니……."

"정말로 잘못했더라도 보는 사람이 없는 자리에서 조용히 훈계를 했어야지, 모든 사람이 보는 앞에서 망신을 주는 게 말이 됩니까? 그리고 애초에 살라비안 교단이 적인 상황에서 요리를 확인도 안 하고 멋대로 먹은 건 오송 백작 아닙니까. 저를 보십시오. 저는 먹기 전에 확인을 하고 먹어서 같은 요리를 먹어도 무사했습니다. 이건 오송 백작이 안일해서 그런 겁니다."

입에 침도 안 바르고 거짓말을 늘어놓는 태현! 데브엘은 그래도 자기가 잘못했다는 태도를 바꾸지 않았다.

"데브엘 님. 제 영지로 오시죠. 저는 데브엘 님 같은 요리사가 필요합니다."

[데브엘에게 영입 제안을 시도합니다.]

[화술 스킬이 매우 높습니다. 추가 보너스를 받습니다.]

[명성이 매우 높습니다. 추가 보너스를 받습니다.]

[악명이 높습니다. 악명 페널티가 붙지만 최고급 화술 스킬로 인해 상쇄됩니다.]

[칭호 <아탈리 왕국……]

'휴.'

악명 페널티 말고는 다 보너스만 있었다. 다 이제까지 했던 일들 덕분이었다. 아탈리 왕국에서만 따지면 가장 용감한 영웅이 바로 태현!

온갖 대륙의 사악한 적들을 해치운 명예로운 영웅 아닌가. 그 덕분에 높은 악명도 '김태현 백작을 음해하는 세력 때문이겠지!'라는 변명이 가능했다.

"하지만…… 저는……."

"데브엘 님! 저희 영지의 요리사들이 데브엘 님의 요리를 배우고 싶어합니다. 데브엘 님에게도 좋은 기회가 될 겁니다. 그리고 저희 영지에는…… 종족 최고의 요리사로 불리는 요리사도 있습니다. 지금은 잠시 다른 곳에 갔지만 부르면 곧 돌아올 겁니다."

"종, 종족 최고의 요리사……?!"

태현은 데브엘 같은 NPC가 뭘 좋아하는지 알았다.

순수한 기술 장인! 당연히 같은 기술 장인을 좋아하게 마련이었다.

"종족 최고의 요리사라면…… 오, 오오……."

데브엘은 가슴이 두근거렸다. 엘프 종족 최고의 요리사? 드워프 종족 최고의 요리사? 그도 아니면 다크 엘프 종족 최고의 요리사? 설마 김태현 백작이 거짓말을 할 거라고는 조금도 생각지 않는 데브엘!

"그게 정말입니까?"

"물론입니다."

"그렇다면…… 받아들이겠습니다!"

[데브엘을 영지로 영입하는 데 성공합니다. 이 사실이 오송 백작에게 알려질 경우 오송 백작이 매우 분노할 수 있습니다. 오송 백작이 아주 많은 양의 골드를 요구할 수……]

태현은 이번 원정에서 도미닉과 같이 죽어야 할 사람을 결정했다. 바로 오송 백작!

'살려뒀다가는 귀찮아지겠군!'

"이번 원정이 끝나기 전까지는 말하지 말아주십시오. 그 이

후 제가 백작님께 직접 말씀드리겠습니다."

"알겠습니다. 백작님."

데브엘은 태현과 악수를 한 다음 다시 한번 고개를 숙였다.

"모자란 저한테 이런 기회를 주시다니……"

"하하. 무슨 말씀을."

"그런데 그 종족 최고의 요리사는 어느 종족인가요? 혹시 오크는 아니겠지요? 하하하……"

"오크일 리가 있겠습니까. 데브엘 님도 농담을 잘하시는군요."

"농담을 한번 해봤습니다. 하하하!"

"하하하하!"

태현은 빠르게 말을 끝내고 물러섰다. 데브엘이 오크를 먼저 물어봐서 다행이었다. 고블린을 먼저 물어봤다면 큰일 날 뻔했어!

"넌 뭘 그리고 있냐?"

"사디크를 때려잡는 김태현."

"저번부터 김태현만 그리는데 안 질려?"

"질리긴 하는데…… 김태현을 그리는 이유가 있지."

"뭔데? 잘 팔려서?"

"아니, 그것도 그렇긴 한데…… 근데 김태현 그림을 왜 그렇게 많이 사가는 거지? 중국 애들이 많이 사가던데."

"몰라. 과녁으로 쓰나?"

화가 플레이어들의 농담 섞인 예측은 사실 정확했다. 길드 동맹 훈련장에 걸려서 과녁으로 쓰고 있었던 것! 그러나 플레이어들은 '설마 그렇게까지 하겠어?'라고 생각했다.

"여기 골짜기에서 김태현 그림을 그리면 이상하게 완성도가 높아지는 거 같아."

"……진짜?"

태현의 영지에서 활동하는 제작 직업 플레이어들 사이에는 온갖 뜬소문들이 돌아다녔다.

'동상 앞에서 왼쪽으로 세 번, 오른쪽으로 세 번 돌고 박수 두 번 치면 추가 버프가 들어간다더라.'

'아키서스 교단 NPC 펠마스한테 추가 골드 내고서 성수 사면 효과가 좀 더 올라간다더라.'

'고블린 만능 제작기 돌릴 때 특정 아이템을 넣으면 보상이 더 좋게 나오는데…….'

이런 뜬소문들이 돌아다니는 이유는 하나. 아키서스 교단이 판온에서 유일하게 플레이어가 운영하는 교단이었기 때문이었다.

다른 교단들은 선 성향 교단이든, 악 성향 교단이든 대부분 알려진 정보가 많았다. 어떤 스킬들이 있고 어떤 장비들이 있고……. 플레이어들은 이런 정보들을 보고 어떤 교단에 갈지, 어떤 퀘스트를 할지 정했다.

그렇지만 아키서스 교단은 알려진 정보가 거의 없었다.

게다가 교단 특성이 랜덤! 오늘은 이랬던 특성이 내일은 저렇게 바뀌는 일이 흔했다. 안 그래도 적은 정보 때문에 혼란스러운 플레이어들은 더 혼란스러울 수밖에 없었다.

그렇지만 혼란스럽고 헷갈릴지언정 아키서스 교단에 한 번 발을 디딘 플레이어들은 웬만해서는 교단을 나가지 않았다. 한번 맛을 보면 빠져나갈 수 없는 아키서스 교단만의 맛. 그것은 바로 희박한 확률을 뚫고 대박을 터뜨렸을 때의 쾌감이었다. 복권에 당첨되었을 때나 이기기 힘든 도박에서 이겼을 때나 느낄 수 있는 쾌감!

그 쾌감을 한 번 맛본 플레이어들은 아키서스 교단을 떠나지 못하고 계속해서 한 방을 노리며 헤매게 됐다. 그렇기에 플레이어들은 이런 뜬소문에 매우 민감했다.

"진짜 김태현 그림을 그리면 완성도가 높게 나온다고?"

"그렇다니까. 어디 가서 말하지 마라. 검색해 보니까 이건 다들 모르는 거 같더라."

"에이, 설마……."

화가 플레이어는 친구의 말을 못 믿고 반신반의하는 기색으로 붓을 들었다. 현실에서도 그림을 그리는데 판온에서도 그림을 그리냐는 소리를 듣지만, 그는 그림을 그리는 것을 좋아했다. 현실에서 그릴 수 없는 그림도 판온에서는 그릴 수…….

[<사디크의 화신을 때려잡는 김태현>을 완성시켰습니다. 거친 스케치와 질감을 특징으로 하는 훌륭한 작품입니다.]

[사디크 교단이 이걸 볼 경우 분노할 수 있습니다. 현재 수준보다 더 뛰어난 작품을 그리는 데 성공합니다! 미술 스킬이 크게 오릅니다!]

[명성이 크게 오릅니다.]

[영지 내 평판이 오릅니다.]

"오…… 오오?!"

"어때. 그렇지?"

"정, 정말 그런가?"

두 화가는 몇 번이고 그림을 그렸다. 전부는 아니지만 확실히 현재 수준에서 만들 수 없는 작품들이 나왔다.

[희귀 등급의 그림을 완성시키는 데 성공합니다!]

"떴다!!"

[계속해서 똑같은 그림을 그린 탓에 미술 스킬 성장에 페널티를 받습니다.]

"윽. 너무 똑같은 것만 그렸나?"

"뭐 좋은 거 없나? 참고하기 좋은 거…….."

화가 중 한 명이 판온 게시판에서 〈김태현 활약 모음〉을 찾아 헤맸다.

"이거 좋다. 참고하기 딱 좋겠는데?"

"<쑤닝을 잡는 김태현>인가. 근데 이것도 중국 애들이 살까?"

"김태현 그림도 샀는데 이것도 사겠지. 중국에도 김태현 팬 있잖아. 그런 거 아닐까?"

"그런가?"

두 플레이어는 화기애애하게 웃으며 계속해서 그림을 그려 갔다.

[영지에 <아키서스의 예술관>이 새로 건설됩니다. 아탈리 왕궁의 보물들이 <아키서스의 예술관>에 추가됩니다. <아키서스의 예술관>에 작품들을 기부할 경우 추가 보너스를 받습니다.]

"어??"

"존경하는 귀족 여러분! 우리는 이제 반역자 도미닉을 처치하기 위해 출발을……."

영지도 얼추 정리되었겠다, 모든 준비를 끝낸 태현은 귀족들을 불러 출발 준비를 했다. 수많은 플레이어와 각 영지 귀족들이 이끄는 군대. 좀 불안하긴 했지만 숫자만으로는 충분히 가능성이 있어 보였다.

그때 뒤늦게 나타난 한 무리의 일행!

두두두두두-

"뭐야?"

"귀족이 되어서 늦게 오다니. 형편없는 놈이군."

다른 귀족들은 새로운 귀족이 늦게 온 줄 알고 투덜거렸다. 그러나 태현은 낯익은 얼굴을 보고 누군지 깨달았다.

저 특징적인 콧수염은…… 브랑송 제독!

"김태현 백작! 도우러 왔소. 그런데……."

브랑송 제독은 다른 귀족들을 훑어보았다. 그러고는 태현에게 나지막하게 말했다.

"김태현 백작. 저자들은 상대하지 않는 게 좋을 거 같군."

나지막하게 말했다고는 하지만 브랑송 제독은 이런 데에는 재주가 없었다. 그 말은 다른 귀족들의 귀에 쏙쏙 들어갔다.

"무쓴 소리! 브랑송 제독. 지금 그게 무슨 소리인가!"

"지금 그 말은 우리에 대한 모욕으로 받아들여도 되겠지?"

"시끄럽다! 반역자 도미닉한테 왕궁이 더럽혀졌는데도 자기 영지에서 가만히 있던 자들이!"

"브랑송 제독 당신도 나서지 않았잖아!"

"난 바다 위에 있었는데 어떻게 나설 수 있었겠나! 소식을 듣자마자 달려온 거다!"

브랑송 제독은 경멸의 눈빛으로 백작들을 쳐다보며 말했다. 그러나 백작들은 굴하지 않았다.

"핑계다! 우리도 우리만의 사정이 있었다!"

"맞는 말이다! 브랑송 제독은 자기는 안 나서면서 다른 사람들은 탓하는 비겁자인가!"

"이, 이 사람들이……."

브랑송 제독은 부들부들 떨었다. 대화를 들으며 팝콘을 먹고 있던 태현은 그제야 사이에 끼어들었다.

"자. 자. 여러분. 서로 오해가 있었던 것 같습니다. 아무렴 브랑송 제독님 같은 고귀한 분께서 여러분들을 모욕하려고 저런 말을 하셨겠습니까? 도미닉 때문에 분하셔서 그런 거겠지요."

"커험. 뭐……."

"크흠. 자기만 분한가?"

"아니, 김태현 백작. 저 사람들 꿍꿍이…… 억."

태현은 브랑송 제독의 옆구리를 날카롭게 찔러 입을 다물게 만들었다.

"지금은 서로 다툴 때가 아니라 힘을 합칠 때입니다!"

"맞아, 맞는 말이야!"

"김태현 백작이 영웅 아니랄까 봐 뭘 좀 아는군!"

백작들은 회희낙락하며 좋아했다. 태현이 잘 놀아나는 것 같았기 때문이었다. 둘만 남게 되자 브랑송 제독은 다시 한번 간절하게 말했다.

"김태현 백작. 아무리 힘이 부족해도 저런 자들의 힘은 빌리는 게 아니야. 지금은 고분고분해 보여도 나중에는 자네를 괴롭힐 게 분명하네! 자네처럼 성실하고 청렴결백한 사람은 저런 더러운 자들을 상대하기 힘들 게 분명해."

옆에서 출발 준비를 돕던 에드안과 펠마스는 미친놈 보듯이 브랑송 제독을 쳐다보았다. 누가 뭐라고?

"저 사람 누구냐?"

"브랑송 제독이잖아."

"요즘은 미친놈도 제독을 할 수 있나?"

"뭐 팔 없는 놈도 도둑을 하는데……."

에드안의 양팔에는 다시 의수가 달려 있었다. 악마 대장장이 사루온이 직접 만들어 준 의수였다.

"이 자식이…… 시비 거는 거냐?"

"아, 아니야. 하하. 농담이었네. 농담."

"네가 영지에 있는 동안 난 얼마나 고생을 했는지 알아? 의수도 뺏기 고…… 크흑. 그런데 구박만 하시니……."

"그야 돈 되는 건 다 두고 오고 그딴 예술품이나……."

"그딴 예술품이라니! 그건 돈 주고도 못 구하는 물건들이야!"

"돈은 아니잖아……."

둘의 대화는 무시하고 태현은 다시 브랑송 제독에게 시선을 돌렸다.

"제독님. 걱정은 이해합니다. 하지만 도미닉은 살라비안 교단의 힘을 빌려 강해진 상황! 저런 사람들의 힘이라도 빌려야 하지 않겠습니까! 그 결과로 제가 손해를 좀 보더라도 어떻습니까. 반역자를 해치울 수 있는데!"

"김태현 백작!!"

"제독님!"

"자네의 뜨거운 의기는 잘 알았네. 나도 같이 동행해서 도

와주도록 하지. 저 귀족들이 자네를 방해하지 못하도록 도와
주겠네!"

"감사합니다!"

"근데 어떤 방식으로 공격할 거냐?"

수많은 사람을 이끌고 왕궁으로 접근하는 상황. 태현 일행
도 긴장할 수밖에 없었다. 여기서 이런 대규모 공성전을 지휘
한 경험이 있는 사람은 없었던 것이다.

"일단 멀리서 닥치는 대로 성벽과 성문을 때려 부순 다음에,
병력을 보내서 성벽을 기어오르든 성문을 통과하든 해야겠지?"

태현은 생각에 잠겼다. 성벽과 성문을 부수는 건 자신 있었
다. 그건 태현 영지에 있는 플레이어들의 특기였다.

기계공학! 지금 기계공학 대장장이들은 신이 나서 잔뜩 폭
탄을 싣고 오고 있었다.

그뿐만이 아니었다. 각종 공성 병기 재료와 글라이더 등 성
벽과 성문을 때려 부술 도구가 가득했다. 거기에 저번에 만들
었던 〈김태현의 추적 파괴 골렘〉과 〈김태현의 전투 승리 골
렘〉까지.

〈요새 수호 골렘〉은 영지에 두고 왔지만 저 골렘들만으로
도 충분했다. 이 걸어다니는 강철의 거인은 공성전에서 강력
한 힘을 보여줄 것이다. 많은 게 불안한 상황이었지만 태현은

성벽과 성문을 때려 부수는 것 하나에는 확신을 갖고 있었다. 마법 방어든 뭐든 간에 안 움직이는 건물을 때려 부수는 건 그들이 판온에서 제일!

문제는 그다음이었다. 이제 성벽과 성문을 뚫고 들어가면 남은 왕국군과 독기가 잔뜩 오른 살라비안 교단의 뱀파이어들과 괴수들을 상대해야 하는데……. 여기서 막힐 가능성이 컸다.

'지금 전투력 높은 애들이…… 파워 워리어 쌍단검 애들은 아직 못 써먹겠고, 새로 들어온 왕국군하고 귀족들이 데리고 온 기사들인가? 에반젤린이 데리고 온 뱀파이어들하고 남은 고렙 플레이어들까지 쓸 수는 있겠군.'

역시 가장 좋은 건 남의 병력을 쓰는 것!

귀족들이 데리고 온 기사들을 쓰는 게 가장 좋았다. 그렇지만 욕심 많은 귀족들이 순순히 선봉을 맡을 리는 만무. 어떻게든 수를 써야 했다.

"오송 백작님. 선봉을 맡아주시지 않겠습니까?"

"커허험. 으음. 내가 선봉을 맡고 싶은 마음이 굴뚝같기는 하지만, 명성으로 보면 김태현 백작에게 밀리고, 데리고 온 기사들의 실력을 보면 다른 기사들에게 밀리고…… 다른 사람들이 낫지 않겠나?"

[설득이 통하지 않……]

"아쉽군요. 명예로운 선봉을 맡아주시는 분께 이 수도를 맡아달라고 하려고 했는데……."

"잠깐. 뭐라고?"

탁-

오송 백작은 돌아서려는 태현의 어깨를 붙잡았다. 태현은 못 이기는 척 돌아섰다.

"네?"

"방, 방금 뭐라고 했나?"

"선봉을 맡아서 가장 커다란 공을 세우시는 분께 이 수도를 맡기려고 했다는 말이요? 당연한 거 아니겠습니까. 저처럼 부족한 게 많은 사람이 어떻게 이 수도를 맡겠어요? 지금 제 영지 하나 감당하기도 벅찬데."

꿀꺽-

[오송 백작에게 약속을 했습니다. 약속을 어길 경우 귀족들 사이에서 악명이 매우 크게 퍼질 수 있습니다. 약속을 어길 경우 당신을 공격할 수 있……]

태현은 아랑곳하지 않았다. 안 들키면 되니까!

"김태현 백작. 내가 잘못 생각한 것 같네. 명성은 자네보다 부족하고 기사들은 다른 백작들보다 부족하지만, 오히려 그럴수록 나서야 했다는 것을!"

"백작님!"

"내가 선봉에 서겠네! 내 기사들을 이끌고!"

"하하. 감사합니다!"

"부카드 백작님. 선봉을……."

"크흠. 내가……."

"사실 수도를 맡기려고 했……."

"내가 맡지!"

다른 백작들도 똑같은 반응을 보여주었다.

"피브레 백ㅈ……."

"내가 맡겠네!!"

'쉽군. 쉬워.'

찾아온 백작들을 모조리 선봉에 세우는 데 성공한 태현!

[카르바노그가 뒷감당을 어떻게 할 거냐고 황당해합니다.]

태현은 카르바노그를 무시하고 말했다.

"자! 이제 수도가 코앞이다! 대장장이들한테 갖고 온 걸 조립하라고 시켜라!"

우르르-

태현의 명령이 떨어지자 기계공학 대장장이들은 싱글벙글 웃으며 공성 병기들을 조립하기 시작했다.

샤아아악-

그걸 본 플레이어들이 거리를 벌린 것은 물론!

"히익. 저 미친놈들 뭐 만드는 거야?"

"눈 마주치지 마! 눈 마주치지 마!"

"엄, 엄마야! 나 쳐다봤어!"

플레이어들은 기계공학 대장장이들과 눈을 잘못 마주치면 폭발이라도 할 것처럼 두려워했다. 수도의 성벽 앞에서 원정대가 그렇게 준비를 하는 사이, 성문이 열리고 살라비안 교단의 전사들이 마수를 타고 뛰쳐나왔다.

"이 반역자 놈ㄷ……."

파파파파파팍!

타이럼 사냥꾼들은 누군가 뛰쳐나오자마자 화살을 들고 닥치는 대로 발사하기 시작했다.

플레이어들은 황당하다는 듯이 쳐다보았다.

보통 저렇게 나오면 무슨 말을 하는지 기다리지 않나?

태현도 마찬가지로 황당해했다.

"쟤네들은 정말 가차가 없군. 안 그래? 지스……."

유지수는 들어 올린 활을 당기다가 겸연쩍은 표정으로 멈췄다. 타이럼 사냥꾼들과 같이 쏘고 있었던 것!

"너도 많이 늘었다?"

"아, 아니. 저는 쏘려고 한 게 아니라요……."

"아니, 뭐 어때. 쏘면 좋지."

물론 화살을 두들겨 맞은 살라비안 교단의 전사들에게는 전혀 아니었다. 막아내고 튕겨내서 대미지는 없지만 기분만은 확실히 더러워졌다.

"비겁한 놈들! 반역자답구나! 너희들은 명예도 모르느냐!"

살라비안 교단의 상급 전사가 호통을 쳤지만, 타이럼 사냥꾼들은 아랑곳하지 않았다.

"우우! 냄새나는 모기 놈들!"

"살라비안 교단은 모기 교단이래요!"

"뱀파이어들은 대머리! 도미닉도 대머리!"

[유치한 도발에 살라비안 교단의 전사들이 분노합니다.]

[타이럼 사냥꾼들의 유치한 도발을 듣고 깨달음을 얻습니다. 화술 스킬이 오릅니다.]

가끔은 저렇게 유치한 공격도 효과적이구나!

태현은 깨달음을 얻었다.

말싸움에서 밀린 살라비안 교단의 전사들은 호통을 쳤다.

"시끄럽다! 나와 싸울 놈이 있다면 나와 봐라!"

[살라비안 교단의 영웅적인 전사, <피 흘리는 제무반>이 결투를 요청합니다. 결투를 거부할 경우 원정대의 사기가 내려갈 수 있습니다. 승리할 경우 원정대 전체에 추가 보너스가 들어갑니다.]

웅성웅성-

"나, 나! 나 하고 싶어!"

"태현 님! 저를 내보내 주십시오! 이길 자신 있습니다!"

"김태현! 여기 중에서는 내가 레벨이 제일 높을 거야! 날 뽑아줘!"

나름 실력에 자신이 있는, 랭커들과 랭커를 바라보고 있는 고렙 플레이어들이 손을 들고 일제히 나섰다.

이건 기회다! 단순히 태현의 눈에 들 수 있는 기회뿐만이 아니라, 이 공성전을 지켜보고 있는 수백, 수천만의 사람들에게 자신의 이름을 각인시킬 기회!

랭커 플레이어든 고렙 플레이어든 모두 다 자신의 이름을 알리길 원했다. 대회의 성적이든, 판온 내 플레이로든 상관없었다.

명성과 부! 이름을 알리는 순간 그 두 가지는 손에 들어오는 것이나 다름없었다.

정체를 숨기고 다닌 판온 1의 태현은 특별한 경우였지만, 지금은 그것 때문에 오히려 더 우상이 되어 있었다.

가장 성공적으로 판온 1 때의 명성을 계승한 플레이어! 오죽하면 판온 2에서도 태현처럼 얼굴 가리는 신비주의 플레이를 하는 사람들이 있겠는가. 다 태현의 영향이었다.

"설마 케인을 내보내는 건 아니겠지! 친하다고 케인을 내보내는 건 너무해!"

"맞아요! 김태현 님. 케인이 실력이 좋다는 건 알지만 이건 공정하게 결정해주세요! 저희들도 못지않다고요!"

결투를 하겠다고 나선 플레이어들에게 태현은 단순히 스타 플레이어가 아닌, 선망과 존경의 대상이었다.

언젠가는 나도 저런 위치에 서고 싶다!

그 결과 태현한테 따지기보다는 그 옆의 만만한 상대를 먼저 견제하게 됐다. 바로 그 상대는 케인이었다.

케인은 어이가 없었다. 아니, 결투는 나설 생각도 없었는데 왜 날?

"난 나설 생각도 없었거든 이 자식들아?"

"그렇게 말하면서 태현 님이 시키면 못 이기는 척 쏙 나갈 생각이겠지!"

"맞아! 치사하게! 매번 그랬잖아!"

"영상 봐서 알아! 자기가 직접 안 나서는 척하면서 받을 건 다 받고!"

"너희들은 눈깔이 삐었냐?!"

케인은 울컥했다. 이 자식들은 김태현이 억지로 시키는 것도 못 알아보나?

쾅!

"덤벼! 이 자식들아."

바닥을 내려찍으며 외치자 플레이어들은 움찔했다. 케인을 공격하긴 했지만 케인의 실력은 무시할 수 없었던 것이다.

수많은 생각이 빠르게 오갔다. 붙으면 이길 수 있을까? 지면 망신인데…… 그래도 이기면…….

대박!

"좋아! 내가 한…… 억!"

콰당탕-

나서려던 플레이어가 넘어졌다.

"어떤 새끼야?!"

"나다. 이 새끼야."

"헉! 태현 님!"

"난 가만히 있는데 자기들끼리 알아서 정하고 잘 논다. 니들끼리 할래? 난 빠져줄까?"

"아, 아니. 그게 아니라……."

원정대에 참가한 일반 플레이어들을 상대할 때는 상냥하고 공손하게 말하던 태현이었다. 그 말투에 익숙해져 있던 플레이어들은 당황했다. 아니 갑자기 왜 이래?

그러나 사실 이게 원래 태현의 성격이었다. 판온 1 때 모습!

최상윤은 그걸 보고 침을 삼켰다. 그때 옆에서 목소리가 들려왔다.

"멋, 멋있어……."

유지수가 중얼거리는 걸 보며 최상윤은 속으로 생각했다.

'중증이야. 중증.'

끄덕-

이다비가 무심코 고개를 끄덕이는 걸 보며 최상윤은 경악했다.

'이다비 너까지!?'

넌 정상인 줄 알았는데!

"공정하게 정해줄 테니 그만 떠들어라."

"어, 어떻게?"

"그건……."

사실 태현도 별생각이 없었다. 케인을 내보낼 생각도 없었던 것이다.

'원래는 그냥 내가 나가려고 했는데…….'

이건 태현이 나갈 분위기가 아니었다. 태현이 나간다고 하면 아무도 반대는 못 하겠지만, 속으로 '아니 너무한 거 아니냐?' 하고 생각할 것 같은 분위기!

이거 하나 정도는 양보해 줘도 상관없었지만, 방식이 문제였다. 이 수십 명이 넘는 플레이어 중 어떻게 골라내지?

"좋은 방법이 있습니다. 크헬헬."

모두의 시선이 옆으로 쏠렸다.

이 간사한 웃음소리는 대체? 펠마스였다.

"자리는 하나지만 앉고 싶은 사람들이 여럿이라면……."

펠마스는 손가락으로 동그라미를 만들어 보였다.

태현은 고개를 끄덕였다.

"좋아. 저걸로 하지."

CHAPTER 2

-저기……난 도와줄 뱀파이어들도 끌고 왔고 쟤네들이랑은 다른…….

-참가하고 싶으면 돈을 내세요. 에반젤린 님.

-왜 갑자기 존댓말이야!

-하하. 호구……아니, 고객님한테 반말을 할 수는 없잖아.

-너 방금 호구라고 하지 않았어?!

결국 에반젤린은 씩씩대며 물러섰다. 원래 알고 지냈던 사이든 뭐든 간에 봐주는 건 없다! 살라비안 교단 토벌 퀘스트 때문에 결투에 나서려고 했는데, 나가려는 플레이어들이 너무 많아서 나가지 못하게 된 것이다.

'골드 좀 넉넉히 챙기고 다닐걸…….'

이번 퀘스트를 앞두고 경매장에서 새 장비를 산 덕분에 골드가 간당간당했다. 덕분에 다른 플레이어들이 골드를 퍼부을 때 지켜볼 수밖에 없었다.

'제발 져라. 제발 져라.'

'에반젤린이 뭔가 저주를 하는 것 같은데.'

태현은 그렇게 생각했다. 그러나 에반젤린만 저주하는 게 아니었다. 떨어진 모든 플레이어들이 저주하고 있는 것!

'제발 져라. 제발 져라. 제발 져라…….'

오싹!

케인은 몸을 떨었다. 뭔가 음습한 기운이 뒤에서 느껴졌던 것이다.

"나는 성기사 모젝이다! 내가 결투에 나서겠다!"

"성기사 모젝. 나 <피 흘리는 제무반>이 상대해 주겠다! 네 소속은 어디냐!"

"나는 파이토스 교단 소속이다. 그리고 길드는…… 음……."

방송을 의식하며 각도를 잘 잡고 외치던 모젝이 머뭇거렸다. 제무반도, 다른 사람들도 의아해했다. 왜 말하다가 말지?

"……성기사 이즈 킹 길드다!"

길드 이름이 조용한 평원에 드넓게 울려 퍼졌다.

"뭐? 성기사이즈킹 길드?"

"그 공연음란죄 길드? 난 거기 길드 이름 바꾼 줄 알았는데. 아직 안 바꿨었나?"

"그리고 거기 김태현이랑 싸운 거 아니었나?"

"그런 놈이 왜 여기 있어? 스파이 아냐?"

웅성거리는 소리를 듣자 당황한 모젝이 손을 흔들며 변명했다.

"김태현! 난 스파이가 아니다! 그, 길드가 싸웠던 건 아주 옛날 일이고 지금 우리 길드는 그런 거 신경 안 쓰는데……."

"우우! 스파이다 스파이!"

"첩자다 첩자! 물러가라 공연음란죄 길드!"

모젝 때문에 탈락한 플레이어들이 시끄럽게 야유하기 시작했다. 첩자든 아니든 중요하지 않았다. 중요한 건 저놈이 내 기회를 뺏었다는 것!

너만 아니었으면!

맞아! 너만 아니었으면!!

이다비는 그 모습을 보고 속으로 생각했다.

'이 사람들은 파워 워리어 길드에 들어와도 참 잘 적응할 거 같아.'

여론이란 건 무서웠다. 한두 명이 시작하면 별생각이 없던 다른 사람들도 동의하게 되어 있었다.

"스파이! 스파이! 스파이!"

"변태! 변태! 변태!"

"크흑…… 길마 때문이야! 하필 왜 그딴 식으로 지어가지고!"

모젝은 울부짖었다. 비싼 골드 주고 이름을 떨치러 나왔는데 얻게 된 건 부끄러움밖에 없었다.

"이놈! 날 무시하다니!"

그사이 무시당한 제무반이 분노해서 돌격했다.

촤아악!

-살라비안의 추가 팔!

등에서 새 팔이 솟아나고 날카로운 손톱이 돋아났다.

[방패로 공격을 막아내는 데 성공했습니다. 대미지가 10%로 감소합니다.]

그러나 모젝은 기습에 당했는데도 방어에 성공했다. 성기사답게 방어를 굳힐 경우 그 단단함은 확실했던 것이다.
"안 돼! 멍청한 짓이야!"
에반젤린은 그걸 보고 외쳤다. 원래라면 저런 식의 방어는 훌륭한 전술이었다. 방어를 굳히고 있다가 지칠 때 역습! 성기사의 황금 전술 중 하나. 그러나 살라비안 교단은 교단원 전원이 뱀파이어. 그 말은 즉…….
촤르륵!

-살라비안의 흡혈!

"억!"
제무반의 몸에서 새로 돋아난 팔이 모젝을 붙잡았다. 그리고 흡혈을 하기 시작했다.

[제무반에게 붙잡혔습니다. 떨쳐내지 않을 경우 계속해서 흡혈당합니다.]

[흡혈로 인해 HP가 감소합니다.]

[흡혈로 인해 HP가……]

"이, 이런……!"

피하거나 아예 스킬을 써서 접근하지 못하게 했어야 했다.

한번 붙잡혀서 흡혈을 당하기 시작하니 성기사의 높은 HP도 무의미!

-파이토스의 눈부신 저항력!

[살라비안의 흡혈이 몸속에 어두운 힘을 불어넣습니다.]

[파이토스의 눈부신 저항력이 실패했습니다.]

'헉!'

적을 상대하기 위해서는 적을 잘 알았어야 했다. 그런 면에서 모젝은 너무 무모했다. 살라비안 교단이 어떤 특성을 가지고 있는지도 모르고 덤벼들었던 것이다.

모젝이 태현만큼 임기응변에 능하거나 실력이 있었다면 모를까, 그 정도는 아니었다.

-파이토스의 눈부신 저항력, 파이토스의……

[HP가 5% 미만으로 떨어집니다.]
[매우 위험합니다!]
[살라비안의 흡혈을 푸는 데 성공합니다!]

HP가 5% 채 남지 않았을 무렵에야 모젝은 간신히 스킬을 성공시켜 탈출할 수 있었다. 하지만 이미 승부는 정해진 상황!

지켜보고 있던 사람들이 외쳤다.

"모젝! 튀어! 튀라고!"

"이미 늦었어! 도망쳐야 해!"

"그럴 수는 없어!"

"?!"

"길드 이름까지 말했단 말이야! 쪽팔리게 도망칠 수는 없다고! 길드 이름을 부끄럽게 만들 수는······!"

"모젝······!"

아까까지 야유하던 사람들도 그 모습에는 순간 뭉클해지는 걸 느꼈다. 그리고 동시에 생각했다.

'그러려면 일단 길드 이름부터 바꿔야 하지 않나?'

모젝의 비장한 각오와 상관없이, 이미 이길 수 있는 기회는 없었다. 제무반은 그대로 모젝을 끝내 버렸다.

[결투에서 패배했습니다.]

[원정대의 사기가······]

'쯔쯔.'

태현은 혀를 찼다. 이 정도는 할 수 있을 줄 알았는데 이 정도도 못 깨다니.

제무반은 기세등등해져서 외쳤다.

"누가 나를 상대하겠느냐! 나와 봐라!"

모젝 다음 순서인 플레이어가 나가야 할 차례지만, 왜인지 바로 나가지 않고 미적거렸다.

"왜 안 나가?"

"나, 나는 취소할게. 너 나가."

취소 때문에 3순위까지 밀려오는 차례! 그러자 3순위였던 플레이어도 물러섰다.

"나도 좀…… 너 나갈래?"

'기회다!'

에반젤린은 눈을 반짝였다. 순위는 한참 뒤긴 했지만, 지금 분위기를 보니 손 들고 나서겠다고 하면 다들 등을 떠밀어줄 분위기였다.

"내가 나ㄱ……."

타타탓-

누군가 앞으로 뛰쳐나갔다. 태현이었다.

"김태현 백작! 정정당당하게 승……컥!"

대화고 뭐고 필요 없이 창부터 뽑아서 찔러 넣고 보는 태현!

[<조금 더 깨어난 카르바노그의 무딘 창>을 찌르는 데 성공했습니다. <카르바노그의 발목 공격>이 들어갑니다.]

　철푸덕!
　대미지는 없지만 창을 맞자 그대로 쓰러졌다. 정정당당한 대결을 기다리고 있던 제무반에게는 당황스러운 기습!
　"김, 김태현 백작! 이런 비겁한…… 크악!"
　태현은 물 흐르는 듯한 동작으로 창을 집어넣고 검을 꺼내서 후려치기 시작했다. 이미 나오기 전에 각종 스킬로 대미지를 뻥튀기시켜 놓은 상황.

　-아키서스 검법!

　쓰러진 제무반은 제대로 된 반격도 하지 못하고 계속해서 얻어맞았다. 아키서스 검법이 발동된 대만불강검은 때릴 때마다 추가 효과를 일으켰다.

　[상대의 약점을 노리는 데 성공했습니다. 아키서스 검법의 추가 효과가 발동합니다.]
　[<태양의 눈>이 작렬합니다.]
　[상대의 약점을 노리는 데……]
　[<연쇄 화염 화살>이……]

"으아아악!"

하필이면 추가 효과도 극상성인 효과들!

꿀꺽-

플레이어들은 압도된 채로 싸움을 지켜보았다. 방금 전에 모젝을 완전히 갖고 놀던 제무반이 그냥 두들겨 맞고 있었다. 물론 작정을 하고 맞섰다면 이렇게 비참하게 두들겨 맞지는 않았겠지만, 기습을 당하고 선공을 허가한 대가는 가혹했다. 순간적으로 넣는 폭딜로 따지자면 판온에서 적수를 찾기 힘든 게 태현!

[<피 흘리는 제무반>이 쓰러집니다!]

[결투에서 승리했습니다. 원정대의 사기가 오릅니다.]

[기습을 가했습니다. 악명이 오릅니다.]

[<고대 뱀파이어의 징표>를 얻습니다.]

고대 뱀파이어의 징표:

내구력 15/15

고대 뱀파이어들이 자신의 신분을 나타내기 위해 갖고 있던 징표다. 징표 자체에는 별다른 힘이 없지만, 뱀파이어들 사이에서는 의미 깊은 상징이다.

"아아아앗!"

뒤에서 비명이 들려왔다. 에반젤린이 손가락으로 징표를 가리키며 입을 벌리고 있었다.

그러던 에반젤린은 태현과 눈이 마주쳤다.

'아차!'

태현의 눈빛을 본 순간 에반젤린은 실수했다는 걸 깨달았다. 티내지 말았어야 했는데!

태현의 눈빛은 이렇게 말하고 있었다.

'이번에는 뭘 주고 찾아갈래?'

호구, 아니, 에반젤린을 뜯어내는 건 나중에도 할 수 있었다. 태현은 일단 명령부터 내렸다.

"공격 개시! 공격 개시!"

"개시하랍신다!"

"폭탄 갖고 와! 폭탄 갖고 와!"

쿠르릉-

기계공학 대장장이들은 신이 나서 준비해두었던 병기들을 닥치는 대로 앞으로 끌고 오기 시작했다. 그 모습에서 성벽 위에 있던 왕국군과 살라비안 교단원들은 왠지 모를 으스스함을 느꼈다. 뭔가 무섭다!

"방어 마법을 펼쳐라! 살라비안 님이 주신 마법을……."

슈우우우-

콰콰콰쾅! 콰쾅! 콰콰쾅! 콰콰콰쾅! 콰콰쾅! 콰쾅! 콰쾅!

"아니 이런 미친놈드……."

콰쾅! 콰콰쾅! 콰쾅!

대화할 틈도 없이 미친 듯이 쏟아지는 폭탄 세례!

"계속 던져! 계속!"

"저기 방어막 있는데요?"

"계속 던지다 보면 깨지게 되어 있어! 던져!"

"골렘들 앞으로! 골렘들 앞으로!"

-우리도 던지겠다! 우리도 던지겠다!

-재밌어 보인다!

영지에 있던 거인족들까지 나서서 폭탄을 집어 던지기 시작했다. 거대한 덩치를 가진 거인족들은 존재 자체가 공성 병기! 폭탄 몇 개씩을 묶어서 던질 때마다 강한 폭발이 성벽에서 터져 나왔다.

[무지막지한 힘으로 폭탄을 던졌습니다. 추가 폭발이 일어납니다! 성벽을 꿰뚫고 폭탄이 안으로 들어갑니다!]

꽝! 꽝! 꽈르릉!

"와……!"

"이건 진짜……!"

아까까지 태현이 제무반을 잡는 것을 보고 압도당했던 사람들은, 이제 다른 것을 보고 압도당하고 있었다.

눈앞에서 화려한 불꽃놀이가 펼쳐지고 있었다. 마법 한 방 쓰지 않고도 성벽과 성문을 때려 부수는 마법! 이것이 바로 기계공학이다!

"저 위에 놈들이 계속 방어막 친다! 가서 폭탄 던지자! 글라이더 준비!"

"글라이더 준비했습니다!"

"발사!"

파아앗! 콰아앙!

[급조된 글라이더 발사기가 폭발합니다!]

"괜찮다! 이 정도 희생은 원래 예상하고 있었다! 다음 타자 준비!"

"발사!"

슈우우욱!

방금 동료가 폭탄 사고로 로그아웃 당했는데도 무시하고 날아가는 대장장이들! 그들은 날아오는 공격 따위는 무시하고 닥치는 대로 폭탄을 집어 던졌다.

쉬이익-

쾅! 콰쾅!

"으아악!"

"크헉!"

살라비안 교단의 사제들은 폭탄 세례를 견디지 못하고 성벽 아래로 후퇴했다. 그러자 기계공학 대장장이들은 앞으로 접근했다. 더 강하고 더 많이 던져 넣기 위해서!

"우리도 가자!"

"공격 시작!!"

멍하니 지켜보고 있던 플레이어들도 정신을 차렸다. 마법사부터 시작해서 궁수들은 닥치는 대로 공격을 날리기 시작!

자리에 있는 원정대 플레이어들도, 이 공성전을 구경하고 있는 수많은 사람들도, 한 가지 똑같은 생각을 하고 있었다.

저 기계공학 대장장이들은 공성전에서는 최강의 창이나 다름없다!

저 인원이 저렇게 공격을 했을 때 어떤 성이 버틸 수 있을지 상상도 가지 않았다.

'성문이 안 깨졌군.'

성벽은 슬슬 무너져 내리기 시작하는데도 멀쩡한 성문이 눈에 거슬렸다. 태현은 고대의 망치를 꺼내 들고 달려들었다.

수많은 폭탄이 터지고 있는데도 망설임 없는 움직임!

"멈추지 마! 계속 쏴!"

"태, 태현 님……!"

"저게 바로 기계공학의 정신이야! 봤냐! 모두들 봤냐고!"

태현은 안 죽을 자신이 있어서 그렇게 말한 것이었지만, 대장장이들은 다른 뜻으로 받아들였다. 광기 그 자체!

"쏴!! 쏴!!"

'이 자식들 이상하게 내 쪽으로 더 많이 던지는 거 같은데. 기분 탓이겠지.'

태현은 그렇게 생각하며 망치를 휘둘렀다.

꽝, 꽝, 꽝…… 꽈르릉!

[아탈리 왕국 수도 1 성문이 무너집니다! 공성전에서 처음으로 왕국 수도에 발을 디뎠습니다. 명성이 크게 오릅니다. 공적치 포인트가 쌓입니다.]

[칭호: 공성전 선봉장을······]

무너진 성문과 성벽 너머로 준비하고 있는 왕국군과 교단 괴수들이 보였다. 압도적인 폭탄 공격을 버티지 않고 물러선 덕분에 피해는 그렇게 크지 않았다.

난전의 예감! 그 순간 뒤에서 기사들의 함성이 들려왔다.

"오송 기사단 출진!"

"부카드 기사단 출진!"

"피브레 기사단 출진!"

"와! 기사단이다!"

"기사단이 나섰어!"

평소 기사단을 볼 일 없는 플레이어들의 환호가 뒤따랐다.

두두두두두두두-

"돌격!"

평원을 울리며 돌격하는 기사들!

어마어마한 기세와 소리가 주변을 뒤덮었다.

'잠깐. 지금 돌격하면······.'

태현은 당황했다. 성벽이랑 성문이 무너져서 작은 산이 만들어진 상태인데, 거기에 기사들 돌격해서 뭐 하려고?

히히히힝!

태현의 예측은 그대로 맞아떨어졌다. 기사들은 대부분 잔해 앞에서 발을 멈춰야 했다. 몇몇 기사들은 잔해를 날려 버리고 돌격에 성공했지만 소수일 뿐!

기사들이 멈추자 대기하고 있던 살라비안 교단 괴수들이 위, 아래, 정면에서 덤비기 시작했다.

캬아아악!

"덤벼라! 이 괴물들!"

카카캉! 카캉!

기사들도 물러서지 않았다. 피 튀기는 난전!

기사 한 명이 죽을 때마다 괴수 한 마리가 쓰러지는 개싸움이 벌어졌다.

태현은 생각했다. 어떻게 이렇게 생각한 대로 잘 움직여 줄까!

"백작님! 적의 저항이 생각보다 강합니다! 잠깐 후퇴해서 마법사들의 지원을 받는 게……."

'앗.'

기사단장처럼 보이는 남자가 오송 백작에게 외치자, 오송 백작은 호통을 쳤다.

"무슨 소리! 명예로운 기사단의 이름으로 어떻게 후퇴를 할 수 있나! 절대 후퇴는 없다! 모두 돌격!"

태현은 흐뭇하게 웃었다. 화술 스킬을 쓸 필요도 없이 싸우는 그들! 기사단이 먼저 선봉에 뛰어들어서 가장 피해를 보는 역할을 해주자, 뒤에 있던 플레이어들은 부담 없이 전장에 뛰어들 수 있게 됐다.

"우리도 가자!"

"와아아아아아!"

어마어마한 숫자의 플레이어들이 망설임 없이 몰려들기 시작했다. 플레이어들은 서로 힘을 합쳐 살라비안 교단 괴수 하나를 레이드하거나, 전사 하나를 공격했다.

"비겁한 인간 놈들 같으…… 으억!"

"찔러! 찔러!"

"성수 던져!"

[살라비안 교단 괴수가 아키서스의 성수를 맞았습니다.]

캬아아악!

"저놈 스킬 쓴다! 주의해!"

콰당탕-

스킬을 쓰려던 괴수가 넘어져서 뒹굴자 플레이어들은 당황했다. 왜 혼자서 스킬을 실패하지?

"일단 지금이다! 때려!"

"밟아! 밟아!"

적의 불행은 나의 행복! 이유는 모르겠지만 일단 쓰러졌으니까 패자! 플레이어들은 신이 나서 괴수를 밟아댔다.

-하찮은 인간들이 잘도 날뛰는구나!

[타락한 뱀파이어, 흡혈백작 루콘이 나타났습니다!]

[흡혈백작 루콘은 오랜 시간을 살아온 고대의 뱀파이어로서 눈이 마주치는 상대를 굳게 만듭니다. 시선을 주의하십시오!]

"모두 조심해!"

에반젤린은 메시지창을 보자마자 경고를 날렸다. 여기서 살라비안 교단과 뱀파이어에 대해 가장 잘 아는 것은 그녀였다. 그녀가 알기로 흡혈백작 루콘은 살라비안 교단의 간부 중 하나! 온갖 특수 능력과 스킬로 무장한 위협적인 보스 몬스터였다.

-피의 폭풍!

"으아악!"

루콘이 스킬을 사용하자 회오리가 치며 주변 사람들을 날려 버렸다.

'조심하라고 했는데!'

에반젤린은 안달을 내며 루콘을 상대하기 위해 움직이려고 했다. 지금 루콘을 상대할 수 있는 건 그녀뿐!

그러나 루콘은 다른 곳으로 움직였다. 바로 태현을 향해!

"김태현! 조심해!"

괴수들을 대만불강검으로 미친 듯이 찔러대며 썰어 넘기던 태현은 에반젤린의 말에 고개를 돌렸다.

옆에서 같이 싸우던 케인은 감탄했다.

"쟤는 맨날 너한테 괴롭힘당하는데 참 착하다야."

"누가 들으면 오해할 소리 하지 말자고!"

-김태현 백작. 어디 한번 내 시선을 마주해 봐라!

[루콘이 살라비안의 시선을 사용합니다!]

"케인, 알아서 잘 싸우고 있어라."

"어, 어??"

타탓-

태현은 재빨리 도망쳤다. 그걸 본 루콘은 곧바로 태현을 따라갔다.

'역시.'

태현은 속으로 쾌재를 불렀다. 다른 건 몰라도 한 가지는 확실했다. 살라비안 교단이 가장 싫어하는 건 태현이라는 것!

다른 플레이어들이 넘쳐나는데 그걸 내버려 두고 태현을 쫓아오고 있지 않은가.

"김태현! 어디 가?! 같이 싸워!"

에반젤린은 태현을 불렀지만 태현은 무시하고 계속 움직였다. 그 방향은……

"오송 백작님!"

"김태현 백작……! 잠깐. 저 뒤에 쫓아오고 있는 놈은……."

바로 오송 백작과 백작이 이끄는 기사단이 있는 곳이었다.

"저 뒤! 저 뒤에!"

"제 뒤에 뭐라도 있나요? 잘 모르겠는데요?"

[최고급 화술 스킬을 갖고……]

"뒤에 저놈이 쫓아오고 있지 않은가!"

"헉. 그랬군요. 전 몰랐는데. 이렇게 된 이상 같이 싸웁시다!"

"저, 저리 가서 싸우면 안 되나?"

"무슨 섭섭한 소리를. 오송 백작님과 이렇게 싸우게 되다니 기쁘기 그지없습니다!"

"나, 나를 지켜라! 모두 나를 지켜!"

오송 백작은 당황해서 기사들을 모두 불러들였다. 앞에서 치열하게 싸우고 있던 기사들은 울며 겨자 먹기로 오송 백작 근처로 돌아왔다.

"백작님을 지켜라!"

-기사들의 수호! 신성한 맹세!

[기사들의 수호로 인해 전체 능력치가 크게 향상합니다.]

[신성한 맹세로 인해 근처로 들어오는 피해를 기사들이 대신 입습니다.]

'이야. 기사들 대단하군.'

오송 백작을 위해 기사들이 각종 스킬을 사용하자, 태현도 날로 먹을 수 있게 되었다.

-하하하! 덤벼봐라, 하찮은 깡통들!

"이놈! 여긴 지나갈 수 없다!"

루콘이 광소를 터뜨리며 덤비자 기사들은 용감하게 맞섰다. 핏빛 회오리를 집어 던지고 강렬한 시선으로 저주를 쏘아보내는 루콘! 거기에 맞서서 갑옷에 내장된 스킬들을 총동원해 가며 덤벼드는 기사들!

빛과 빛이 충돌하고 뿜어져 나오는 장렬하고 장엄한 모습이었다. 기사들이 의외로 버티면서 루콘을 막아내자 태현은 놀랐다. 확실히 기사들은 쓸 만한 NPC였다.

'영지에서도 키울 수 있으면 좋을 텐데.'

한 명 한 명 레벨이 기본적으로 250을 넘기는 기사들은 키우기 보통 어려운 게 아니었다. 돈 잡아먹는 하마나 마찬가지! 돈도 돈이었지만 자격도 필요했다. 돈이 있어도 자격이 없으면 만들 수 없었다. 태현이나 길드 동맹 정도나 만들 수 있는 것!

길드 동맹에서는 오스턴 왕국을 다 먹은 다음 오스턴 왕국 기사단을 만들려고 하고 있었지만, 사디크의 난동 때문에 계획이 늦어지고 있었다. 물론 태현은 이 사실을 몰랐지만…….

-흐으으…….

기사들이 막아내자 루콘의 눈빛에 교활한 빛이 맴돌았다.

-살라비안의 안개화!

[루콘이 살라비안의 안개로 변합니다! 일시적으로 공격이 통

하지 않습니다.]

[루콘이 안개 속에서 나타나서 공격할 것입니다. 주의하십시오!]

화아앗!

일시적으로 안개로 변해 상대의 공격을 막아내고 접근하는 사기적인 스킬!

붉은 안개가 백작을 향해 달려오기 시작했다. 누구를 노리는지 명백했다. 그걸 본 오송 백작은 비명을 질렀다.

"김, 김태현 백작! 날 지켜주게."

"알겠습니다."

"일단 도망쳐야 해! 저놈이 오지 못하도록!"

"네네."

재빨리 말을 타고 도망치려는 오송 백작. 태현은 창을 들었다. 그러고는 휘둘렀다. 오송 백작이 타고 있는 말을 향해서.

히히히히힝!

바로 넘어지는 오송 백작의 말! 그 순간 루콘이 변한 안개가 빠르게 백작을 덮쳐왔다. 태현은 막을 수 있었지만 굳이 그러지 않았다.

좌아악!

[루콘이 오송 백작을 붙잡는 데 성공합니다!]

-흐하하하! 어리석은 놈들. 내가 너희들하고 계속 놀아줄 줄 알았더냐? 기사 놈들하고 김태현 백작 놈은 무기를 버려라! 그렇지 않으면 오송 백작을 죽여 버리겠다!

루콘은 기세가 등등해져서 외쳤다. 한 손으로 오송 백작의 목을 붙잡고, 언제든지 죽여 버릴 수 있다는 듯이 위협하고 있었다.

-지금 당장…… 크아아악!

푹찍푹찍!

[치명타가 터졌습니다!]

태현은 달려들어서 호되게 칼을 휘둘렀다. 설마 겁도 없이 달려들 거라고는 생각지 못한 루콘이 당황해서 오송 백작을 휘둘렀다.

-이놈! 내 말을 우습게 본 것이냐. 지금이라도 오송 백작을 죽일 수 있음이다! 살라비안의 연속 흡혈!

오송 백작은 비명도 지르지 못하고 이리저리 흔들렸다. 루콘이 피를 빨아들이고 있는 탓이었다.

"김태현 백작님! 백작님을 구해야 합니다!"

"도와주십시오!"

기사들도 달려와서 태현을 향해 외쳤다. 그러나 태현은 무시하고 다시 한번 검을 휘둘렀다. 루콘이 앞에 내민 오송 백작을 향해!

-이런 미친놈!!

[치명타가 터졌습니다!]

루콘은 무심코 오송 백작을 뒤로 치워 버렸다. 그 탓에 대미지를 입었다.

-미친놈…… 정말 오송 백작이 죽어도 괜찮다는 거냐!

"……악과는 타협하지 않는다!"

태현은 가슴 아픈 얼굴로 다시 말했다.

"오송 백작님도 이걸 원하실 거다. 자신 때문에 이 원정을 실패하는 것보다는, 자신의 목숨을 잃더라도 이 원정을 성공시키는 게 백작님의 뜻이다! 백작님도 그렇게 말했었다!"

-읍읍읍!

루콘에게 붙잡힌 오송 백작은 필사적으로 눈빛 신호를 보냈지만 태현은 무시했다. 입을 막은 덕분에 몇 배는 편해진 사기!

"들어라! 기사들아! 오송 백작님의 마지막 뜻을 존중해야 한다! 저 사악한 뱀파이어를 쓰러뜨리고 원수를 갚자!"

아직 안 죽었지만 벌써부터 죽은 사람 취급하는 태현!

[기사단이 당신의 연설에 감동합니다.]
[화술 스킬이……]
[오송 백작이 당신에게 커다란 원한을……]

'뭐 어차피 죽을 놈인데!'

태현은 멈추지 않았다. 오히려 한술 더 떴다.

-독소 장착! 폭탄 투척!

둘 다 재수 없으면 아군도 휘말리는 공격이었다.
그렇지만 신경쓰지 않고 공격하는 태현!
콰콰쾅! 콰콰쾅! 콰쾅!

[폭발로 인해 루콘이 커다란 대미지를 입습니다.]
[루콘이 독에 중독됩니다.]
[루콘의 스킬이 폭발로 인해 취소됩니다.]

-이, 미, 친, 놈, 이!
폭발 속에서 루콘이 이를 갈며 외치는 소리가 들려왔지만
태현은 무시했다.

[오송 백작을 쓰러뜨렸습니다!]
[레벨 업 하셨습니다.]
[이 사실이 알려질 경우 악명이 크게 오를 수 있습니다.]

'응?'
기대하지 않았던 레벨 업까지!
다행히 기사들은 오송 백작이 폭발로 죽은 걸 모르는 모양

이었다.

슈우우-

폭발이 걷히자 루콘은 오송 백작을 옆으로 집어 던졌다. 죽어서 더 이상 인질의 의미가 없는 것이다.

"저, 저! 오송 백작님을 기어코 죽이다니! 저 천벌 받을 뱀파이어 놈!"

태현의 말에 기사들은 분노했다. 인질로 잡고서 정말로 죽이다니!

"백작님의 원수를 갚자!"

-무슨 개 같은…… 저놈이 죽…….

"죽어라!"

태현은 루콘이 더 이상 말하지 못하도록 덤벼들었다. 루콘이 시도하는 근접 공격은 태현에게 모조리 막혔다.

피하고 튕겨내고 카운터를 넣고…….

퍽! 퍼퍽! 퍼퍼퍼퍼퍽!

한 대 때리려고 할 때마다 몇 대씩 얻어맞자 루콘도 더 이상 태현과 근접전을 시도하지 않았다. 그나마 위협적인 건 눈을 통한 저주와 광역기 정도! 그러나 태현은 깔끔하게 해결했다.

'눈 안 보면 그만이지!'

루콘의 발만 보고 때리는 태현! 상대를 때릴 때마다 느껴지는 감촉으로 상대가 어디 있는지 짐작하고 움직이는 기막힌 묘기였다.

[믿을 수 없는 기막힌 묘기를 보이는 데 성공합니다. 민첩이 오릅니다. 검술 스킬이 크게 오릅니다!]

당하는 루콘은 기가 막혀서 죽을 지경이었다. 한 가지만 당해도 기가 막힐 일인데 연속종합세트로 당하니 당연한 일이었다.

'광역기를……'

-기사의 분노!!

분노한 건 루콘만이 아니었다. 분노한 기사들도 틈을 주지 않았다.

[분노한 기사들이 <기사의 분노>를 사용합니다. 기사들의 HP가 전원 급격하게 하락합니다.]

"전원 죽어도 좋다! 절대 저놈을 보내주지 마라!"

태현은 당황했다. 오송 백작이 죽은 다음 저 기사들을 은근슬쩍 자기 밑에 넣어볼 생각이었던 것이다.

그런데 갑자기 죽음을 각오하고 싸우려고 하다니!

'안 돼!'

-아키서스의 축복!

가능하면 최대한 신성 권능 스킬을 아끼려고 했던 태현이었다. 신성 권능 스킬은 비장의 한 수. 하나하나가 강력했지만 쿨타임이 길어서 함부로 쓸 수는 없었다. 그래서 아끼려고 한 것이었지만…… 기사단을 죽일 수는 없다!

[아키서스의 축복이 시전됩니다. 화신이 이끄는 모든 이들에게 행운이 공유됩니다.]

기사들은 물론이고 근처에 플레이어들 전부에게 행운이 공유되었다. 덕분에 루콘의 공격은 그대로 무산되었다.
-이렇게 끝날 수는……!

-치명타 폭발! 칼날 폭파!

드드드드득!
기회를 잡은 태현은 루콘에게 공격을 찔러 넣었다. 대만불강검이 터져 나가면서 루콘에게 막대한 대미지를 입혔다.
살라비안 교단의 특성 때문에 막대한 HP과 각종 성가신 스킬들을 갖고 있는 루콘이었지만, 손발을 묶고 계속 두들겨 맞기만 한다면 오래 버틸 수 없었다.
태현은 그 성가신 갈르두도 레이드해 낸 사람이었다. 스킬을 봉인하고 손발을 묶으면 루콘은 갈르두보다 한 단계 아래의 보스 몬스터였다.

[타락한 뱀파이어, 흡혈백작 루콘이 영원한 잠에 빠져듭니다!]
[경험치가 크게 오릅니다!]
[신성이 크게 오릅니다!]
[레벨 업 하셨습니다.]

'오오……!'

현재 레벨은 108. 아직 살라비안 교단의 일원들이 많이 남았다는 걸 생각해 봤을 때, 더 레벨을 올릴 수 있을 것 같았다.

[살라비안 교단의 권능 스킬, <살라비안의 안개화>를 얻었습니다.]

<살라비안의 안개화>
살라비안의 힘을 빌려 몸을 붉은 안개로 바꿉니다. 안개 상태에서는 대부분의 스킬이 봉인되며 특정 스킬만이 가능합니다.

레벨 업뿐만이 아니라 보너스까지!

[아이템을 얻었습니다.]
[아이템을……]

태현은 쓰러진 루콘을 내버려 두고 오송 백작에게 달려갔다. 그리고 통곡했다.

"아이고, 백작님! 이렇게 가시다니! 저와 함께 왕국의 미래를 걱정하셨잖습니까! 이렇게 먼저 가버리시면 저는 어떻게 합니까!"

그러면서 태현은 손은 멈추지 않고 움직였다.

애도는 애도고 아이템은 아이템.

[아이템을 얻었습니다.]

[이 사실이 알려질 경우 악명이……]

기사들은 같이 눈물을 흘리며 슬퍼했다.

"크흑. 김태현 백작님. 감사합니다."

"오송 백작님께서도 감사하실 겁니다. 백작님께서 원수를 갚아주셨잖습니까."

"백작님이야말로 살라비안 교단을 끝장낼 영웅이십니다!"

"아니야. 나는 자격이 없어. 오송 백작님을 지키지도 못했는데."

태현은 일부러 약한 척을 했다. 그러자 기사들이 펄쩍 뛰었다.

"아닙니다! 백작님 말고 그 누가 있겠습니까!"

"후…… 그러면 날 도와서 살라비안 교단을 쓰러뜨리겠는가?"

"네! 물론입니다!"

"내 밑으로 들어와서?"

"예!"

[오송 백작 기사단을 영지에 영입하는 데 성공합니다.]

[명성이 크게 오릅니다.]

[오송 백작의 영지에서 추후 이 문제로 항의가 들어올 수 있습니다.]

[기사단이 영지에 들어왔습니다. 기사단은 명예에 맞지 않는 행동을 할 경우 불만을 보이며, 영지를 떠날 수도 있습니다.]

'음. 저건 좀 걱정되는데.'

기사들이 과연 영지를 보고 제대로 만족을 해줄까?

태현은 고개를 저었다. 어차피 그건 나중 일. 지금 중요한 건 새로 넣은 기사단을 잘 써먹는 일이었다. 나중에 떠나게 되더라도 최대한 알뜰하게 써먹으리라!

"살라비안 교단을 쓰러뜨릴 때까지 백작님 밑에서 충성을 바치겠습니다."

"그래. 살라비안 교단을 쓰러뜨릴 때까지!"

태현은 말하면서 생각했다. 살라비안 교단을 쓰러뜨릴 때까지라고 했으니, 저걸 핑계로 쓰면 계속 연장이 가능한 거 아닐까?

"김태현! 내가 왔어! 고대 뱀파이어였던 루콘의 약점은 바로이 단검! 뱀파이어의 피를…… 어? 잡, 잡았어?"

뒤늦게 뱀파이어들을 이끌고 달려온 에반젤린! 태현과 기사들이 빤히 쳐다보자 에반젤린은 얼굴을 붉혔다.

"나…… 나도 최대한 빨리 온 거라고! 여기 얼마나 적들이 많았는데!"

"그래…… 고생 많았다."

태현은 위로하면서도 비아냥으로 느껴지게 만드는 교묘한 화술을 갖고 있었다. 에반젤린 같은 풋내기는 절대 따라할 수 없는 교묘한 화술!

"그런데 너, 저기 루콘한테서 뭔 아이템을 얻었⋯⋯."

"지금은 그게 중요한 게 아니야. 호ㄱ⋯⋯ 아니, 에반젤린."

"너 분명히 방금⋯⋯."

"그건 나중에 이야기하고 빨리 안으로 밀고 들어가야지."

성문과 성벽 사이에서 있었던 치열한 난전은 점점 결과가 드러나고 있었다.

[플레이어들이 외벽 망루를 점령하는 데 성공합니다. 사기가 오릅니다.]

[플레이어들이 성문을 점령하는 데 성공합니다.]

[플레이어들이⋯⋯.]

완전히 때려 부순 다음 물량으로 밀어붙이는 전략이 통한 것이다. 살라비안 교단이 보낸 괴수들은 거의 다 쓰러졌고 남은 교단원들은 후퇴하고 있었다. 이제 남은 건 내성!

"와아아아아!"

"도망친다! 도망쳐!"

플레이어들은 공성전에서 이겼다는 걸 깨닫고 기뻐했다. 그러나 태현은 아니었다.

'내성 공략은 더 힘들 수 있겠는데⋯⋯.'

저번 공성전 때 무시무시한 힘을 보인 살라비안 교단의 대주교. 거기에 도미닉 본인도 아직 쌩쌩했다. 내성에서 어떤 수를 꾸미고 있는지는 알 방법이 없었다.

'어쩔 수 없지. 힘으로 밀어붙이는 수밖에.'

태현은 죽은 오송 백작을 제외한 다른 두 백작에게 달려갔다. 그리고 외쳤다.

"여러분들 덕분에 성문을 뚫을 수 있었습니다!"

"후욱, 후욱……."

"그, 그래. 김태현 백작. 이쯤이면 내가 가장 크게 공을 세웠……."

"하지만 저 간악한 놈들은 왕궁이 있는 내성으로 가서 버티고 있습니다! 놈들을 몰아내야 합니다!"

"조금 쉬었다 가면 안 되나?"

"안 됩니다! 저 간악한 놈들은 바로 힘을 회복해서 공격할 겁니다. 이 때 쳐야 합니다!"

부카드 백작과 피브레 백작 둘 다 너덜너덜해져 있었다. 기사단을 이끌고 직접 싸웠기 때문이었다.

조금 쉬고 가자!

그러나 태현은 피도 눈물도 없이 밀어붙였다.

"그러면 뭐…… 저 혼자 갈 수밖에 없겠습니다. 이러다가 제가 공을 가장 많이 세울지도……."

"가겠네!"

"가지!"

[화술 스킬이 크게 오릅니다.]

"도미닉 님! 성문이 뚫렸습니다!"

"걱정하지 마라."

"지금 상황이……."

"걱정하지 말라니까! 이 내성은 놈들이 쉽게 뚫지 못할 것이다. 지금 중요한 건 의식이다. 의식만 끝나면 내가 직접 왕관을 쓰고 저 같잖은 벌레들을 쓸어버릴 테니 걱정하지 마라!"

"하오나……."

수비대장은 도미닉의 장담에 불안해했다. 뭘 믿고 이러는지 알 수 없었던 것이다. 외성의 정문과 성벽은 초토화되고, 분노한 원정대가 뚫고 들어오고 있었다.

귀족들의 병사까지 합치니 그 숫자는 어마어마!

그에 비해 지금 내성은 살라비안 교단원과 얼마 남지 않은 왕국군 수비대가 전부였다. 살라비안 교단원이 아닌 왕국군은 벌써부터 김태현 백작의 명성을 듣고 탈주하려고 하고 있을 정도.

"도미닉 님. 대주교님이라도 나서야 하지 않겠습니까? 저들의 기세가 너무……."

"안 된다고 했다! 대주교는 의식이 끝날 때까지 있어야 한다."

왕궁 안에서 진행되고 있는 의식! 그 의식이 진행되기 위해서는 대주교가 필수적이었다.

물론 그건 도미닉의 입장이었고, 수비대장 입장에서는 안 그래도 병력이 없는데 대주교까지 없으니 죽을 맛이었다. 살라비안 교단의 온갖 비의를 쓸 줄 아는 대주교는 일인군대나 마찬가지!

성벽으로 오기만 하면 온갖 괴수들과 전사들을 불러낼 수 있을 텐데…….

"버티기만 해라."

"하지만 놈들은 사악한 폭탄을 갖고 있습니다. 그 위력이 보통이 아니라서……."

"멍청하기는. 여기는 내성이다. 외성이 아니란 말이다. 내성을 그런 식으로 공격했다가는 주변이 완전히 박살 나고 왕궁까지 무너질 수 있다. 설마 그놈이 그러겠느냐?"

"아! 그렇군요!"

"그래. 놈들은 외성을 공략했으니 자만에 빠져 내성은 최대한 피해가 안 가는 식으로 공격할 것이다. 시간만 끌어라! 그러면 충분할 테니까."

"후. 그래도 피해가 적긴 하군."

대부분의 피해는 기사단에게서 나왔다. 플레이어들 사이의 피해는 기적적으로 적었다.

"폭탄 터뜨리게 해주세요!"

"음. 그런데 저 내성 주변에는 비싼 건물들도 많은데……."

"폭탄 터뜨리게 해주세요!!"

"내성 안에는 왕궁도 있고 말이야."

"폭탄 터뜨리게 해주세요!!"

"그래. 터뜨려라 터뜨려."

울먹이며 부탁하는 기계공학 대장장이들의 모습에, 태현은 허락을 내렸다. 물론 그들의 부탁 때문에 허락한 건 아니었다. 빠른 공략을 위해서!

'솔직히 폭탄 안 쓰면 너무 힘들겠지…….'

태현은 욕심 때문에 일을 망치는 사람이 아니었다. 목표를 이룰 수 있다면 얼마든지 이득을 포기하고 달릴 수 있는 사람!

"왜 귀가 간지럽지?"

"왜 그러십니까?"

"아니야. 사디크의 화신은 쫓고 있나?"

"예. 다시 쫓고 있습니다."

"개 같은 사디크…… 개 같은 김태현…… 꿍얼꿍얼……."

"네?"

"아무것도 아니야."

쑤닝은 이를 갈며 보고서를 읽어보았다. 오스턴 왕국 국경의 피해가 어마어마했다. 이걸 회복하려면 결국 세금을 세게 때리는 수밖에 없었다.

온갖 창의적인 방법으로 물리는 세금. 오스턴 왕국 내 던전을 이용할 시 세금! 오스턴 왕국 내 NPC들을 이용할 시 세금! 세금, 세금, 세금!

이런 세금은 일반 플레이어들뿐만이 아닌 길드원들한테 까지도 적용되었다. 길드 내 등급을 나눠서, 일정 등급에 따라 이용 가능한 시설이나 던전이 제한되는 것!

워낙 길드원들이 많았기에 등급을 안 나눌 수가 없었다. 이 방법은 길드 동맹 내 길드원들을 열심히 분발하게 만들었지만, 동시에 불만을 쌓이게 만들었다. 등급이 낮은 일반 길드원들은 그냥 일반 플레이어하고 혜택에 별 차이가 없었던 것이다.

그래도 쑤닝과 길드 동맹의 간부들은 믿고 있었다. 이대로 쭉 가면 결국 피해를 회복하고 황금을 쌓을 수 있으리라는 것을!

그만큼 왕국 하나를 통째로 먹었다는 것의 의미는 컸다. 영지와 비교했을 때 얻을 수 있는 수입이 차원이 달랐던 것이다.

'김태현 그놈이 설마 왕이 되진 않겠지…… 에이, 길드도 없는데…… 설마…… 설마……'

쑤닝은 불길한 예감이 솟구치는 걸 느꼈다. 하도 불길해서 공성전 방송도 끄고 안 보고 있었다. 설마 설마 싶었지만 매번 그 '설마'를 뚫는 게 김태현 아니었던가.

사디크의 화신이 나타나서 살라비안 교단 군세를 날려 버린 건 지금 다시 봐도 어이가 없었다.

일이 이렇게 흘러갈수록 쑤닝은 굳게 다짐할 수밖에 없었다. 김태현을 상대하기 위해 훈련 중인 특수부대!

'김태현을 노리고 노려서 반드시 쓰러뜨리고 말겠다……! 두고 보자 김태현. 최후에 웃는 자가 진정한 승리자다!'

콰콰쾅! 콰쾅! 콰콰쾅! 콰쾅!

"이히히! 폭탄 발싸!"

'점점 정신줄을 놓고 있는 거 같아.'

이번 공성전은 기계공학 대장장이들에게 천국이었다. 마음 놓고 터뜨리고 부술 수 있는 기회! 이런 기회가 또 언제 오겠는가!

내성 성벽에 금이 가고 성문이 흔들리는 걸 보며 태현은 생각에 잠겼다.

'그런데 왜 다른 간부 놈들은 안 나오지? 대주교는 슬슬 나올 줄 알았는데…….'

혼자서 군대를 만들어 공성전에 나선 살라비안 교단의 대주교. 태현뿐만이 아니라 모든 플레이어에게 강렬한 인상을 남긴 적 NPC였다. 당연히 나와야 하는데…….

[카르바노그가 의식을 경고합니다!]

〈불길한 의식의 징조-살라비안 교단 토벌 퀘스트〉

아키서스의 화신이자 백작인 당신은 놀라운 지휘와 뛰어난 전술로 수도 외성을 돌파하는 데 성공했다. 그렇지만 지금 내성 안 왕궁에서는 강렬한 살라비안의 힘이 흘러나오고 있다. 이는 분명 어떤 의식이 진행되고 있는 증거!

최대한 빠르게 내성을 공략해 의식을 막아야 한다. 의식이 성공할 경우 무슨 일이 일어날지 모른다.

보상: ?, ??

'젠장!'

태현은 혀를 찼다. 외성을 쉽게 뚫었다고 방심했던 것이다. 적들이 공격적으로 안 나오면 뭔가 있다는 걸 짐작했어야 했는데!

'플레이어들 지휘하고, 성벽 날리고, 오송 백작 잡고, 루콘 백작 잡고, 기사단 훔치고, 아이템 몰래 얻느라 방심했다! 더 열심히 했어야 했는데!'

남들이 들었다면 미친놈 보듯이 쳐다봤을 생각이었다.

저게 사람이야? 슈퍼 컴퓨터야?

"애들아! 따라와라!"

"어? 어디를?"

태현은 대답하지 않고 달리기 시작했다. 나머지 일행들은 어리둥절했지만 일단 뒤를 쫓아 달렸다.

-주인님.

"왜?"

-그런데 골골이는 안 찾습니까?

"헉."

-설마 잊으신 건…….

"아, 아니야."

흑흑이의 말에 태현은 그제야 골골이를 떠올렸다. 얘 진짜 어디 갔냐?

-죽은 건 아닐까요?

"너 은근히 기대하듯이 말한다? 안 죽었어. 죽었으면 메시지창 떴겠지. 역소환 됐을 테니까."

골골이 소환 반지가 있었으니 역소환 되더라도 시간이 지나면 다시 소환할 수 있었다. 그런 게 없었으니 아직 살아 있는 게 분명!

-그러면 폭탄 날릴 때 맞고서 어디 쓰러져 있는 건…….

"그건 가능성 있을지도 모르겠군……."

-크헤헤헤. 아주 꼴사나운…….

"너 속마음이 너무 노골적이다."

내성 안으로 잠입하는 건 쉬웠다. 사방이 터져 나가고 있었으니까. 물론 폭탄은 태현 일행도 가차 없이 노렸다.

"으아아! 김태현! 쟤네 좀 말려봐!"

에반젤린은 비명을 지르며 스킬을 사용했다. 뒤에서 쐐애액 소리를 내며 날아오는 폭탄이 등골을 서늘하게 만들었다.

"미안. 알아서 잘 피해봐."

"저거, 저거! 지 혼자 대미지 안 입는다고! 너무하네 진짜!!"

에반젤린의 목소리에 케인은 무심코 고개를 끄덕였다. 그러다가 태현과 눈이 마주쳤다.

"목, 목이 아파서……."

"……."

"진짜야! 진짜라고!"

탁-

착지한 일행은 빠르게 안으로 돌입했다. 주변이 온통 검붉은 안개가 끼어 앞이 제대로 보이지 않았다.

"거기는 길 없으니까 이쪽으로 와."

"너 길 되게 잘 안다?"

에반젤린은 의아해했다. 보이지도 않는데 무슨 지도라도 있는 것처럼 지형을 꿰고 있는 태현!

"나는 여기 몇 번 와본 적 있으니까."

"아 맞다. 너 귀족 작위 받았으니까…… 그럴 법도 하네."

에반젤린은 납득했다. 물론 태현이 잘 아는 이유는 저번에 도둑질을 하러 와서였다.

우뚝-

"에반젤린. 케인."

태현이 둘을 부르자 에반젤린은 고개를 갸웃거렸고, 케인은 불길함을 느꼈다.

하필이면 왜 에반젤린하고? 이다비나 유지수를 같이 불렀으면 이렇게까지 불길하지는 않았을 텐데…….

"둘이 해줄 일이 있다. 저 안으로 들어가서 의식 좀 깨고 나와."

"크흑!"

케인은 불길한 예감이 맞아떨어졌다는 것에 슬퍼했다.

꼭 이런 예감은 틀리지를 않냐!

케인은 어떻게든 반항을 시도했다.

"어…… 우리 둘이서?"

"그래."

"너, 너는? 같이 가자. 나 무섭다고."

분명 태현은 안 들어가고 둘만 보내는 걸 봤을 때 뭔가 위험하고 사악한 상황이 확실했다.

"난 HP가 부담되어서 못 들어가."

왕궁 내 진행되는 의식 때문에 들어가는 족족 HP가 깎이는 상황! 여기서 가장 잘 맞는 건 총 HP가 더럽게 많은 케인과, 마찬가지로 HP가 많고 각종 흡혈 스킬이 있는 에반젤린이었다.

"우리가 밖에서 지키고 있을 테니까 들어갔다 와. 빨리."

"알겠어. 그러지 뭐."

에반젤린은 선선히 고개를 끄덕였다. 그녀 본인이 살라비안 교단을 깨뜨려야 하는 퀘스트를 진행하고 있기도 했고, 이번 원정에서 뭔가 한 게 없기도 했다.

이 정도는 할 수 있지 뭐!

그러나 케인은 에반젤린과는 당한 시간 자체가 달랐다.

'크으흑…… 가기 싫다…… 가기 싫다…….'

'얘는 왜 이러는 거지?'

에반젤린은 이해가 안 간다는 듯이 케인을 쳐다보았다.

"빨리 가자니까? 뭐 해?"

"갈 거야! 꿍얼꿍얼…… 같은 호구인 줄 알았는데……."

케인의 수상쩍은 투덜거림과 함께, 둘의 왕궁 내부 공략은 시작되었다.

[의식의 힘이 점점 더 강해집니다.]

[붉은 힘이 당신의 HP를 빨아들입니다.]

'아. 진짜 신경 쓰이네.'

케인은 HP 상태를 확인하며 움직였다. 〈아키서스의 노예〉라는 강력한 직업의 스킬. 거기에 태현과 같이 다니면서 얻은 각종 아티팩트 아이템들. 그 두 가지가 아니었다면 버티기 힘들었을 정도로 HP 감소 속도가 높았다.

태현이 한 가지 놓친 것은, 의식이 더 진행되었다는 것!

덕분에 케인만 죽어나가고 있었다.

'근데 쟤는 왜 저렇게 태연하지?'

케인은 속으로 의아해했다. 지금 에반젤린도 HP가 쪽쪽 빨리고 있을 텐데……. 설마 훨씬 레벨이 높고, 스킬과 장비도 더 좋단 말인가?

케인은 분했다. 그래도 태현 일행에서는 언제나 그가 NO.1 탱커였는데……! 그런데 굴러온 돌 에반젤린한테 밀릴 줄이야.

'크흑. 평소에 더 열심히 연습할 거 그랬어. 김태현이 스킬 레벨 올리라고 할 때 한 번이라도 더 올릴걸…….'

분함 다음에 오는 것은 자기반성!

"너 괜찮아?"

"괜, 괜찮지. 난 끄떡없어! 하하! 이 정도로는 몇 날 며칠을 있어도 된다고!"

"그래? 난 직업이 고대 뱀파이어의 후예라 여기서 페널티를 안 받거든. 근데 넌 아니니까 페널티 받을 줄 알았는데 의외로 견딜 만한가 보네?"

"뭐…… 뭐?"

케인은 충격 받은 얼굴로 에반젤린을 쳐다보았다. 직업 특성으로 페널티를 안 받다니!

"왜?"

"이…… 배신자!! 너 혼자 들어가!"

그러는 사이 복도 앞에서 인기척이 느껴졌다.

-침입자를 막아라!

"블러드 골렘!"

핏덩어리를 뭉쳐서 만든 것 같은 덩치 큰 골렘. 뱀파이어 마법사들이 잘 부리는 소환수였다. 바로 정체를 알아본 에반젤린이 외쳤다.

"조심해!"

"흥. 나도 이런 골렘 정도는 몇 번 상대해 본 적 있는 사람이거든? 너 기계공학 골렘 상대해 본 적 있냐? 내가 말이자…… 억!"

[괴력으로 인해 튕겨 나갑니다!]

가드를 올리고 안심하고 있던 케인은 블러드 골렘의 일격에 뒤로 날아갔다.

쿵!

[괴력으로 인해 충격 상태에 빠집니다. <노예의 근성>으로 저항에 성공합니다. 강한 공격을 맞는 것으로 <굳건한 신체>의 스킬 레벨이 오릅니다.]

"뭐, 뭐야?!"
"여기 있는 골렘들은 밖에 있는 골렘들이랑 차원이 달라!"
"미리 말해줬어야지!"
"말해주는데 네가 앞으로 나간 거잖아!"
케인은 입이 열 개라도 할 말이 없었다.
에반젤린은 슬슬 수상해졌다. 얘 왜 이렇게 멍청해? 대회 때는 분명 안 이랬는데……?
투기장 대회 때 케인은 태현 팀의 선봉을 맡은 탱커로서 그야말로 눈부셨다. 탱커의 역할이면 탱커의 역할. 자기희생이면 자기희생. 다른 팀들의 탱커들 모두가 '와, 정말 대단하다', '세계 제일의 탱커는 케인에게 어울리는 칭호다'라고 떠들었을 정도! 그런데 지금 보여주는 모습은 뭔가 나사 하나 빠진 것 같은 모습이었다.

[의식이 완료되었습니다.]

-으하하하하하하! 드디어 살라비안 님의 온전한 힘이 내 손에 들어왔다. 버러지 같은 놈들…… 두려워하라! 내가 손수 찢어서 너희들의 피를 마셔줄 테니까!

케인과 에반젤린은 서로 쳐다보았다. 둘의 생각은 바로 일치했다.

'×됐다!'

동시에 밖에 있는 태현한테 귓속말이 날아왔다.

-애들아? 내가 메시지창을 잘못 본 것 같은데. 잘못 봤다고 해줄래? 의식이 완료되었다는데?

"……너 때문이야!"

"아냐! 너 때문이야!!"

[카르바노그가 <아키서스의 노예>를 시킨 건 실수였던 것 같다고 생각합니다.]

"후…… 아니야. 케인과 에반젤린은 최선을 다했겠지. 의식을 알아차리는 게 너무 늦었어."

퍼퍼퍼퍽!

달려오는 흡혈귀들을 검과 폭탄, 독으로 쓸어버리면서 태현은 말했다.

"그 상황에서 게네들은 최선의 선택이었으니까 뭐…… 게네들 잘못이 아니야. 책임은 나한테 있어."

태현의 말을 들은 이다비는 속으로 생각했다.

'두 사람 제대로 한 거 맞겠지?'

콰아앙!

의식을 막지는 못했지만, 한 가지 소득은 있었다. 태현 일행이 왕궁 뜰 앞에서 소란을 피우며 덤비는 교단원과 싸우는 사이, 내성의 성문과 성벽마저 뚫린 것이다.

우르르-

[아탈리 왕궁 수도 내성 3 성벽을 무너뜨리는 데 성공합니다!]

[아탈리 왕궁 수도 내성 1 성문을……]

[기계공학 스킬이 크게 오릅니다!]

[칭호: 성 파괴자를 얻었습니다.]

"오오오…… 오오오오!!"

태현이 먼저 걸었던 길을 이제야 뒤따라오는 후배 기계공학 대장장이들!

"성 파괴자 떴다!"

"드디어 우리도 어엿한 기계공학 대장장이야!"

대장장이들 주변에는 아무도 다가가지 않았다.

존재감 넘치는 미친놈들의 원!

미쳐 날뛰는 대장장이들은 내버려 두고, 플레이어들은 좀 더 현실적인 문제에 대해 떠들었다.

"지금 들어가도 되나?"

"성벽 무너지고 성문 무너졌으니까 넘어가도 될 거 같은데? 해자 위에 다리만 깔면 되잖아."

"태현 님! 지금 들어가도 되나요!"

원정대 플레이어들의 물음은 태현에게도 곧바로 들어왔다. 물론 거절했다.

'지금 의식이 완료되었다고 떴는데 플레이어들 들어오면 그냥 피주머니 되겠지…….'

살라비안 교단 특성상, 수준 안 되는 플레이어들 여럿 와봤자 방해만 될 가능성이 컸다.

"위험하니 안 됩니다! 일단 기사단만 들어오도록!"

그 와중에도 기사단은 어떻게든 안으로 들여보내려는 끈질김!

"아니, 우리는 왜……."

"이 정도면 공 많이 세운 것 같은데……."

두 백작은 투덜거렸다. 안 그래도 오송 백작이 치열하게 싸우다 영웅적인 죽음을 맞은 게 찝찝했던 것이다.

그러자 옆에서 펠마스가 헛기침을 하며 말했다.

"크흠, 크흠. 저희 김태현 백작님께서는 내성에 가장 먼저 들어가셔서 왕궁을 점령하실 수 있는데도 백작님들에게 이 기회를 양보하려고 하시는 건데…… 크흠, 크흠. 뭐 싫다면야……."

"!!"

"왕좌에 가장 먼저 앉으실 기회를 걷어차다니 정말 어리석…… 크흠, 크흠."

"돌격! 돌격!"

"지금 당장 들어간다!"

남아 있는 전력이고 뭐고 간에 신경 쓰지 않고 눈이 뒤집힌 두 백작!

펠마스는 뒤에서 간사한 얼굴로 낄낄 웃었다.

"태현 님이 들어오지 말라고 했다고? 그러면 기다리지 뭐."

"김태현이 들어오지 말라면 들어오면 안 되는 거겠지."

원정대 플레이어들 대다수는 태현의 말이 떨어지자마자 멈췄다. 정말 보기 드문 신뢰!

다른 길드의 공성전은 간부들이 '정지!'라고 해도 보통 듣지 않았다.

간부 놈들이 자기들만 먹으려고 저러는가 보다! 우리도 가자! 늦으면 다 **뺏긴다!**

그렇지만 태현이 이끄는 원정대는 그대로 정지했다. 그만큼 태현에 대한 신뢰가 가득했던 것이다.

"김태현 혼자 먹으려는 거 아냐?"

"왕궁 보물 혼자 털려고……."

그러나 모두가 그러는 건 아니었다. 실력에 자신이 있고, 욕심 많고, 의심 많은 플레이어들은 가만히 있지 않았다.

들어가서 내 눈으로 확인하고 싶다!

수도 왕궁에 있는 보물들을 직접 턴 플레이어들은 아직까지 없었다. 그만큼 왕궁은 보안이 철저한 곳이었다.

"야. 김태현이 속이고 있는 걸 수도 있잖아."

"무슨 소리를 그렇게 해! 너 뭐야! 너 뭐 하는 놈이야!"

"너 이 새끼 첩자지! 너 길드 동맹 스파이지!"

혼자 가기는 눈치가 보였다. 그래서 선동을 위해 은근슬쩍 말을 꺼냈는데……. 돌아오는 건 너무 격한 반응!

"아, 아니. 누가 스파이야."

"너 성기사 이즈 킹 길드 놈이냐?"

"아니라니까!"

"그런데 왜 그런 말을 해!"

"난 그냥……."

옆에서 조용히 이 공성전을 관찰하고 있던 진짜 길드 동맹 첩자는 가슴이 콩닥콩닥 뛰는 걸 느꼈다.

'저 미친놈은 왜 갑자기 김태현 욕을 해서 이 난리를 만드는 거야?'

결국 욕심을 낸 플레이어들은 선동을 포기했다. 그러고는 서로 눈빛만 교환했다.

우리끼리라도 가자!

보물 몇 개만 찾아도 대박, 만약 보스 레이드에 발이라도 담그면 대박, 뭘 해도 대박밖에 보이지 않았다. 몇몇 플레이어들이 무너진 성벽을 몰래 기어오르기 시작했다.

CHAPTER 3

"김태현 백작! 도우러 왔네!"

"내가 더 먼저 왔네! 누가 더 빨리 왔나가 중요하지 않겠나!"

이제 곧 의식을 끝낸 도미닉이 등장할 텐데도 호다닥 달려오는 두 백작을 보며, 태현은 따뜻하게 미소 지었다.

저런 호구들은 언제나 태현을 미소 짓게 만들었다.

"백작님들밖에 없습니다."

"그래, 그래…… 어. 저 흉흉한 핏빛 기운은 뭔가?"

"살라비안 교단 놈들이 원래 저렇지 않았습니까."

쾅!

케인과 에반젤린이 혼비백산한 얼굴로 왕궁 입구를 통해 빠져나왔다.

"미, 미안! 의식을 못 막아서……."

"됐어. 너희들도 최선을 다했겠지."

"……."

"왜 대답이 없지? 너희 설마……."

"아, 아니야! 우리 최선을 다했지!"

"맞아! 최선을 다했어!"

태현은 의심스러운 눈으로 둘을 쳐다보았다. 뭔가 수상쩍었다. 그러는 사이 왕궁의 천장이 무너지더니, 거대한 핏빛 기둥이 하늘로 쏘아졌다.

그러고는 귀를 찢는 웃음소리가 터져 나왔다.

-하찮은 놈들…… 너희들이 한 짓거리가 모두 다 무의미한 짓거리라는 걸 깨달아라. 살라비안 님의 진정한 힘 앞에서는 너희의 하찮은 군대 따위는 아무 의미 없다는 것을!

'아. 자식 되게 불안하게 하네.'

태현은 입맛을 다셨다. 그래도 한 가지 믿고 있는 게 있다면…… 도망칠 자신은 있다는 것 정도!

잡캐 중의 잡캐라고 불릴 정도로 온갖 직업 스킬을 익힌 것도 모자라 각종 신의 권능 스킬도 빼앗아 익힌 태현이었다. 권능 스킬들은 쓰지 않고 아껴놓은 상태. 이걸 쓰면 태현 한 몸 정도는 빠져나갈 수 있었다. 최악의 경우 공성전을 포기하고 후퇴할 생각이었다.

'얼마나 강한지 한번 보자. 살라비안의 화신 정도 되나? 그건 좀 끔찍하겠지만…….'

파아아앗-!

붉은빛이 번쩍이더니, 왕궁 뜰 앞에 도미닉과 살라비안 교단의 대주교가 나타났다. 아무런 호위도 없이 단둘이 나타났는데도 그 위압감이 대단했다.

꿀꺽-

누군가가 침을 삼키는 소리가 들렸다.

"크크크…… 기분 좋군."

도미닉은 오만한 얼굴로 허공에 떠 있는 핏빛 구(球)에 손을 뻗었다.

"이게 뭔지 아느냐?"

"?"

"이게 바로 살라비안 님의 혼이 담긴 유산이다. 살라비안 교단 궁극의 비의! 살라비안 님이 남기신 혼의 조각을 아티팩트에 담아내는 것이다!"

살라비안이 남긴 혼의 조각. 그리고 그 혼의 조각을 깨울 피와 마력. 마지막으로 그 깨운 혼의 조각을 담을 수 있는 그릇!

"이 세 가지가 내 손에 들어왔다. 그리고 의식은 끝났다!"

원래라면 말 많다고 구박했을 태현이었지만 이번에는 참았다. 정보가 필요했으니까!

"정말 놀랍군! 살라비안 교단 대단해!"

[카르바노그가 한심하게 쳐다봅니다.]

"이제 와서 아부해 봤자 늦었다. 김태현 백작. 네놈은 가장 처참하게 죽여주마. 자. 봐라. 이게 바로……."

촤아악―

자리에 있던 사람들 모두가 긴장해서 쳐다보았다. 얼마나 강력한 아티팩트일까? 얼마나 강력하길래 저렇게 호언장담을? 도미닉의 손에 들린 건, 핏빛으로 물들어 꿈틀거리는 두 개의 의수였다.

"저, 저게……!"

"저게 그 살라비안의 의수인가!"

"에반젤린. 저거 들어본 적 있어?"

"나도 들어본 적 없어! 전설에 없는 무기인가 봐!"

다들 경악하고 두려워하는 동안, 정작 의수를 꺼낸 도미닉은 당황한 목소리로 말을 더듬었다.

"이…… 이게 뭐지?"

그걸 본 케인이 입을 벌렸다.

"자기도 놀랄 정도로 강한 아이템이라는 거야? 저걸 어떻게 이기냐……?"

"아니, 저건 좀 다른 것 같은데요?"

이다비가 고개를 갸웃거렸다. 뭔가 반응이 파워 워리어 길드원들한테서 많이 본 반응 같은데?

물론 가장 많이 당황한 건 도미닉이었다. 아탈리 왕가의 왕관을 넣고 의식을 진행했는데 나온 건 처음 보는 의수 두 짝!

[도미닉이 극도로 당황합니다. 일시적으로 혼란 상태에 빠집니다.]

태현은 모든 상황을 알아차렸다. 에드안 너 이 자식……!

'대단한 놈 같으니!'

설마 에드안이 훔쳐 갖고 나온 왕관 때문에 의식을 막을 수 있을 줄은 꿈에도 생각지 못했다.

괜히 구박했네!

그렇다면 지금 할 건 하나뿐.

"공격 개시!"

"폐, 폐하! 정신 차리십시오! 뭐 하시는 겁니까!"

살라비안 교단 대주교가 당황한 목소리로 도미닉을 불렀다. 흉흉한 기세로 덤벼드는 태현 일행과 기사단까지.

지금은 도미닉의 힘이 필요했다.

"어디를 감히…… 여기는 살라비안 님의 땅이다. 저리 썩 꺼지지 못할까!"

대주교는 분노해서 거대한 지팡이를 휘둘렀다. 그러자 블러드 골렘들이 우르르 튀어나오며 길을 막았다.

"뚫어! 지금 패야 한다!"

"교단의 전사들이여, 지금 여기로 당장 오너라!"

대주교는 거기서 멈추지 않았다. 마법진을 그려 근처에 있던 교단원들을 전부 불러 모았다. 순식간에 불어나는 군세에 태현은 이를 악물었다. 빨리 뚫고 가서 죽여야 하는데!

그나마 다행인 건 왕궁 안뜰의 넓이가 있어서, 밖에서처럼 무자비한 소환을 할 수 없다는 점이었다. 그러나 그 대신, 대주교는 양보다 질에 집중했다.

소환수와 교단원을 향한 어마어마한 버프 주문들!

-피의 오라, 끓어오르는 피, 증오의 신념…….

[살라비안 교단의 정예 블러드 골렘을 쓰러뜨렸습니다. 신성이 오릅니다. 믿을 수 없을 정도의 속도로 살라비안 교단의 정예 블러드 골렘을 쓰러뜨렸습니다. 추가 보너스를 받습니다.]

콱! 콰콰콱!

다른 플레이어들은 꿈도 꾸지 못하는 폭딜을 넣으며 길을 뚫는 태현이었지만, 길은 열리지 않았다.

뚫는 만큼 새로 보충되는 교단원!

거기에 계속해서 대주교가 강화를 넣고 있었다.

'젠장. 뚫고 넘어갈 방법 없나? 위아래로 다 덤벼드니……'

태현이 전열에서 이탈해서 뒤를 돌았다가는 당장 일행이 밀릴 것 같았다. 그만큼 여기 모인 교단원들은 무시무시했다.

그나마 버틸 수 있는 건 태현이 앞에서 미친 듯이 날뛰고 있었고, 거기에 기사들이 있었기 때문이었다.

"장벽 개시!"

-기사의 장벽!

쿠쿠쿵-

자세를 잡고 대열을 맞춘 기사들은 그 자체로 걸어 다니는 요새였다. 덤벼들던 살라비안 괴수가 뚫지 못하고 튕겨 나갔다.

쿠당탕-

-쩨애애액! 쩨애애액!

"쏴!"

유지수의 호령에 타이럼 사냥꾼들은 일제히 괴수의 급소를 노렸다.

"눈 노려 눈! 가죽 질 떨어진다!"

'저놈들은 이 상황에서 가죽 질을 따지나?'

케인은 속으로 그렇게 생각하며 무기를 휘둘렀다. 이상한 놈들이긴 했지만 실력 하나는 확실했다. 이런 싸움에서 든든한 원거리 딜러들이 있다는 건 정말 숨통이 트였다.

케인과 에반젤린, 기사단이 앞에서 막고. 그 바로 뒤에서는 최상윤과 태현, 이다비가. 그리고 가장 뒤에는 정수혁과 유지수가 이끄는 사냥꾼들까지. 태현 일행의 조합도 만만치 않았다. 살라비안 교단을 뚫고 들어가진 못해도 밀리진 않았다.

"대주교님. 지금 도착했습니다!"

"어서 와라. 저놈들을 찢어버려라!"

뒤늦게 살라비안 교단의 간부들이 추가로 도착했다.

겉모습만 딱 봐도 하나하나가 정예인 준보스 몬스터들!

'이런……'

아티팩트 같아 보이는 코트를 입고 기괴하게 웃음을 흘리는, 한 손이 갈고리인 뱀파이어 해적. 머리가 두 개 달린, 살라비안 교단의 사제복을 입고 있는 뱀파이어 사제. 생김새가 거의 괴수나 다름없는, 전신에 달린 수십 개의 팔에 온갖 무기를 달고 있는 뱀파이어 전사. 어디서 많이 본 것처럼 친숙한 데스 나이트. 정말 무시무시한 교단의 간부들이 다 여기 모여 있었…….

"응?"

태현은 눈을 깜박였다. 그리고 마지막 간부를 다시 확인했다. 저건…… 골골이였다. 뭔가 많이 받아먹은 것처럼 때깔이 고와지고 신수가 훤해지긴 했지만…….

멀리서 근엄한 표정으로 고개를 끄덕이고 있던 골골이는 태현과 눈이 마주쳤다.

-너 뭐 하냐??

-주, 주인님. 설명을 들어주십시오. 이게 어떻게 된 거냐면 말입니다…….

골골이의 해명은 눈물겨웠다.

'흑흑이 그 새끼가 절 버리고 간 탓에'로 시작되어서, 살아남기 위해 얼떨결에 뱀파이어 사제가 소환한 정예 몬스터인 척하게 되었다는 이야기까지!

태현은 어처구니가 없었다. 살아 있는 건 알고 있었지만, 어디서 도망치고 있거나 두들겨 맞고 회복하고 있다고 생각했지 이렇게 교단 안에서 일하고 있을 줄이야. 게다가 지금 불러낸 걸 보니 그사이 공을 세워서 간부의 말단에 들어간 모양이었다.

'아니 뭐…… 저렇게 쓸데없는 데에 능력을 발휘하냐 쟤는?'

차고 있는 목걸이와 갑옷은 살라비안 교단에게 상으로 받은 아이템들!

태현은 빠르게 이성을 되찾았다. 지금 중요한 건 골골이의 살라비안 교단 출세기가 아니었다. 지금 중요한 건 골골이로 무엇을 할 수 있느냐!

-골골아!

-예! 주인님!

-찔러!

-예? 누구를 말입니까?

-누구겠냐. 대주교를 찔러!

-……진, 진짜 찌릅니까?

골골이는 기겁했다. 지금 주변에 대주교, 도미닉, 간부진 전원이 있는데……. 찌르는 순간 골골이는 잘 다진 고깃덩어리, 아니, 잘 다진 뼛조각이 될 것이다.

-넌 죽어도 시간 지나면 다시 소환되잖아.

-그래도 이게 보통 괴로운 게 아닙니다만…….

-골골아. 거기서 명예롭게 죽을래, 아니면 내 손에 더 아프게 죽을래?

[최고급 화술 스킬이…… 협박에 성공했습니다!]

-지금 찌르겠습니다!

-네 충성심이 날 기쁘게 하는구나!

골골이는 한 걸음 앞으로 다가갔다. 대주교가 골골이를 보더니 고개를 끄덕였다.

"네가 그 데스 나이트군. 소문은 들었다. 도미닉 폐하께서 소환해서 그런지 아주 영리하고 강해. 소환수는 소환자의 영향을 받는다는 게 괜한 말이 아니야."

골골이는 묵묵하게 고개를 끄덕였다.

"다른 간부들은 원정대 놈들을 처리해라. 특히 저 김태현 놈을 집중적으로 공격해! 저놈을 무너뜨리면 원정대는 무너진다."

"하지만 놈의 힘이 만만치 않습니다! 이상한 힘으로 보호받고 있습니다."

"아마 그 사악하고 더럽고 비열하고 야비하고 치사한 아키서스의 힘이겠지. 걱정 마라. 살라비안 님께 받은 내 권능의 힘으로 아키서스의 힘을 막아보겠다. 데스 나이트. 넌 나를 지켜라. 이번에도 공을 세우면 내가 직접 축복을 내리겠다."

끄덕-

다시 골골이는 고개를 끄덕였다. 그 묵직한 모습이 대주교의 마음에 쏙 들었다.

-가장 어두운 곳에 계신 살라비안 님의 혼이여…….

시작만 들어도 불길한 주문 영창!

대주교는 강력하고 긴 마법을 준비하기 시작했다. 원래 이런 건 써지기 전에 막아야 했지만, 살라비안 교단도 이런 대마법을 쓸 때 대주교가 약해진다는 걸 잘 알고 있었다.

때문에 대주교를 둘러싸고 방어에 들어갔다.

정말 바늘 하나 들어가기 힘든 철저한 방어!

"대주교…… 대주교! 지금 뭐 하고 있나?"

그사이 혼란에서 깨어난 도미닉이 대주교를 불렀다. 대마법을 준비 중인 대주교는 대답하지 못했다.

"대주교님께서는 지금 강력한 마법을 준비 중이십니다."

"이 상황에?! 위험하다!"

"걱정 마십시오. 폐하께서 소환한 데스 나이트가 직접 지키고 있으니 말입니다."

"……뭐?"

도미닉은 양손에 의수를 들고 멍청한 얼굴로 반문했다. 그순간 골골이가 번개 같은 속도로 검을 뽑아 들고 대주교의 가슴팍을 찔렀다.

푹!

"크아아악!"

"아니, 이런 미친!"

"저, 저 미친놈이?!"

[마법을 준비 중인 살라비안 대주교를 공격했습니다. 마법이 폭주합니다! 살라비안의 분노가 이 근처를 덮칩니다!]

콰아아아아아아앙!

대주교를 중심으로 핏빛 폭풍이 몰아치기 시작했다. 근처에 있던 살라비안 교단의 전사들은 물론이고, 간부들 전원이 휘말렸다.

[데스 나이트, 골골이가 커다란 타격을 받고 소환이 해제됩니다! 골골이를 다시 소환하려면 시간이 필요합니다. 언데드 소환에 필요한 힘을 많이 모을수록 시간이 짧아집니다.]

-으아악! 주인님!
그 옆에 있던 골골이도 바로 사망!

[살라비안 교단의 뱀파이어 해적······]
[살라비안 교단의 백 개의 팔을 가진 뱀파이어 전사······ 사망했습니다.]
[명성이 오릅니다.]
[골골이의 레벨이 오릅니다.]
[골골이의 레벨이······]

"와, 미친."
싸우고 있던 플레이어들은 멈추고 멍하니 뒤를 지켜보았다. 살라비안 교단의 진형이 완전히 붕괴되고 있었다. 정말 살벌한 마법 폭주였다.
"어······ 근데 우리도 튀어야 하지 않을까?"
점점 커지는 핏빛 회오리! 태현은 곧바로 대응에 들어갔다.

-아키서스의 신성 영역, 신의 예지!

아껴두었던 권능 스킬들을 사용해 방어! 아키서스의 신성 영역이 펼쳐지자, 안으로 들어오려던 핏빛 회오리는 빠르게 약해졌다.

"이쪽으로!"

태현은 신의 예지로 가장 안전한 곳을 찾아 움직였다. 덕분에 핏빛 회오리는 살라비안 교단 간부들과 전사들, 괴수들만 쓸어버렸다.

[살라비안의 분노가 끝납니다.]

"다, 다 죽었나?"

그러나 아니었다. 난장판 사이에 도미닉 혼자 서 있었다. 도미닉이 차고 있는 반지가 선홍빛을 발하며 공격을 막아내고 있었던 것이다.

"이…… 빌어먹을 아키서스 놈……! 내가 너부터 죽였어야 했는데!"

다른 사람들은 무심코 고개를 끄덕였다. 정말 맞는 말!

"자비를 구걸하려면 지금 구걸하는 게 좋을 거다. 이제 내가 널 찢어 죽일 테니까!"

도미닉은 붉게 물든 눈으로 태현을 노려보며 의수를 꺼냈다.

"왕관이여! 내게 힘을!"

"아니, 그거 왕관 아니야!"

"닥쳐라, 아키서스 놈. 그 혓바닥으로 어디까지 속이려고 하느냐!"

[설득에 실패함……]

"이렇게 모습이 변한 것은 분명 살라비안 님의 뜻이 틀림없도다! 이 의수! 널 이 의수로 찢어 죽이라는 뜻이겠지!"
　태현은 말없이 〈오스턴 왕가의 오리하르콘 석궁〉을 꺼냈다. 화살을 준비하면서 이번 원정에서 쓸 양이 될까 걱정했었다. 쏠 수 있는 화살은 하나인데 죽여야 할 놈은 너무 많다! 그런데 생각지도 못한 마법 폭주 덕분에 일이 쉬워졌다.
　철컥-

[카르바노그가 지금 쏘지 말라고 경고합니다!]

응? 왜?

[카르바노그가 저 의수가 공격을 막아낼 것이라고 합니다!]

―……진짜?
　대도적(자칭) 에드안이 차고 다니던 장비에 그런 효과가? 아니, 살라비안의 힘이 담겨서 그런가?
　태현은 쏘고 싶었지만 참았다. 일단 카르바노그도 신이었으니까. 그러는 사이 도미닉은 의수를 착용했다.

철커덕-

[살라비안이 남긴 혼의 조각이 도미닉에게 깃듭니다. <도적의 의수>가 살라비안의 힘을 견디지 못하고 파괴됩니다.]

[도미닉이 폭주합니다!]

"크아아아악! 크아아악!"

도미닉은 끔찍한 괴성을 지르며 울부짖기 시작했다. 온몸의 옷이 찢어지더니 근육이 부풀어 오르며 괴물과 같은 모습으로 변했다.

"어째서! 어째서! 왕관을…… 분명 왕관이라면 견딜 수 있다고……!"

"아니, 그거 왕관 아니라니까."

"죽이겠다…… 아키서스! 죽인다! 아키서스! 죽인다! 아키서스!"

[<살라비안의 혼에 잠식당한 도미닉>이 분노합니다.]

[도미닉을 처치하십시오. 그렇지 않으면 이 괴물은 왕궁을 불태우고 아키서스의 화신을 죽이러 올 겁니다.]

"안 그래도 그러려고 했다!"

핑!

태현은 주저하지 않고 석궁을 당겼다. 누구든지 간에 변신 직후가 가장 약하고 당하기 쉽다는 변하지 않는 진리!

퍽!

기분 좋은 소리가 들렸다.

[화살에 들어간 오리하르콘의 양이 부족합니다.]
[대미지에 페널티가 붙습니다.]

[카르바노그가 아무리 그래도 재료를 아끼냐고 한심해합니다.]

'아끼려고 한 게 아니라 재료가 그것밖에 안 나와서 그런 거 잖아!'

-크아아아아악! 크아아악! 크아아아아악!

[칭호: 왕족 살해자를 갖고 있습니다.]
[도미닉에게 막대한 추가 대미지가 들어갑니다!]

도미닉의 아버지, 안토니오를 잡고 얻은 왕족 살해자 칭호! 왕족을 상대할 때 막대한 추가 대미지를 넣는 칭호였다.

이걸 얻었을 때는 '이걸 쓸 일이 있나?' 싶었지만, 이런 상황이 되니 고맙기 그지없는 칭호였다.

[<살라비안의 혼에 잠식당한 도미닉>의 HP가 10% 미만으로

떨어집니다!]

　[<살라비안의 혼에 잠식당한 도미닉>이 치명적인 상처를 입고 괴로워합니다!]

　'오. 그래도 효과는 충분하군.'

　재료가 부족해서 작게 만들었는데도 보스 몬스터의 피를 90% 날려 버린 위력! 물론 왕족 살해자 칭호 버프까지 들어가 긴 했지만……

　조금만 더 컸으면 정말로 일격에 보내 버릴 수 있었을지도 몰랐다.

　[도미닉이 <살라비안의 재생> 스킬을 사용합니다!]
　[도미닉이 <살라비안의 흡혈> 스킬을……]

　-아키서스의 권능: 저주!

　도미닉이 회복하려고 하자 태현은 곧바로 방해에 들어섰다.

　[<아키서스의 권능: 저주>를 사용합니다!]
　[저주를 풀기 전까지 행운이 지속적으로 소모됩니다!]

　한 명에게만 걸 수 있고, 쓰는 순간 계속해서 행운을 소모 하지만 이 두 단점을 제외한다면 아키서스의 저주는 저주 계 열 스킬들 중 최강에 속하는 저주였다. 한번 걸리는 순간 게임을 접게 만들고 싶은 불운이 덮치는 것이다. 걸리지 않게 피하거나 막는 것밖에 답이 없었다.

[<살라비안의 재생> 스킬이 실패합니다.]
[<살라비안의 흡혈> 스킬이 실패……]

콰쾅! 콰콰쾅!
스킬이 실패하자 역으로 도미닉에게 대미지가 들어갔다.
-크아아!
이성을 잃은 도미닉은 땅을 구르며 괴로워했다. 물론 땅을 구르는 것도 조심해야 했다.
쿠당탕!

[도미닉이 균형을 잃고 넘어집니다.]

-아키서스! 죽인다! 아키서스! 죽인다!
'음. 이성을 잃어도 한 가지는 또렷하게 기억하고 있군.'
태현은 냉정하게 도미닉의 상태를 판단했다. 이 정도면 거의 다 잡은 것이나 다름없었다.
원래라면 태현 일행이 밀렸을지도 몰랐지만, 살라비안 교단 측이 하나하나 자폭을 한 덕분에 일이 몇 배로 쉬워졌다.
살라비안 대주교는 자폭으로 교단 간부들을 전부 날려 버리고. 도미닉은 알아서 불완전한 살라비안의 힘을 받아들이고 맛이 가버렸다. 물론 불완전한 살라비안의 힘도 충분히 위협적이고 강력한 힘이었지만…….

이성을 잃은 이상 태현처럼 온갖 비장의 수를 갖고 있는 플레이어에게는 그냥 손쉬운 사냥감일 뿐이었다.

아껴뒀던 화살을 맞고, 그 많던 HP가 10% 밑으로 내려간 상황에서 각종 스킬까지 저주로 잠가진 상태. 게다가 주변에는 도와줄 아군도 없었다.

이 정도면 태현이 해온 보스 레이드 중 손쉬운 축에 들어갔다. 다 잡았다!

'잠깐. 아직 저 두 인간이 살아 있는데.'

태현은 힐끗 시선을 돌렸다. 보스 몬스터를 다 잡고 나니 이제 다른 생각이 났다. 두 백작이 팔팔하게 살아 있는 것!

'아까 보내 버렸어야 했는데…….'

마법 폭주 때 슬쩍 등을 밀어버렸어야 했는데! 태현은 스스로를 자책했다. 다른 일행들을 지키느라 백작들을 끝내지 못한 것이다.

"김태현 백작! 저 괴물이 다 죽어가는 거 같소! 어서 끝장을 냅시다!"

부카드 백작과 피브레 백작이 기세가 올라서 외쳤다. 태현은 입맛을 다시며 고개를 끄덕였다.

"저 괴물은 제대로 힘을 쓰지 못할 겁니다. 백작님들께서 끝장을 내주시지요! 저 배신자, 반역자의 목을 치는 게 가장 커다란 명예가 아니겠습니까!"

[최고급 화술 스킬을…… 두 백작의 눈이 돌아갑니다!]

"내가…… 내가 죽일 거야!"

"비켜라, 부카드 백작! 어디 검술도 허접한 놈이!"

두 백작이 달려가자 기사들이 당황해서 외쳤다.

"위험합니다, 백작님! 저희한테 맡겨주십시오!"

"어허! 어디서 백작님들이 얻으려는 명예를 방해하려고! 설마 너희 허튼 꿈을 꾸고 있는 거냐! 백작님들이 얻을 명예를 뺏으려는!"

태현의 말에 두 백작은 눈이 돌아가서 기사들을 노려보았다. 그러자 기사들은 기겁해서 손을 흔들었다.

"아닙니다!"

"그러면 보고 있어라!"

태현은 말과 함께 유지수에게 작게 말했다.

"쏴버려."

"네!"

"아니. 도미닉 말고 저기 귀족들."

"네?"

"에이. 알면서 왜 그래."

"모, 모르겠는데……"

유지수는 당황했지만 일단 쏘려고 했다. 이유는 모르겠지만 태현이 하라고 했으니까!

"앗. 유지수 님. 쏩니까?"

"쏘는 겁니까?"

뒤에 있던 타이럼 사냥꾼들은 유지수가 활을 들자 신이 나서 화살을 겨누었다.

"도미닉을 쏘는 게 아니라······."

파파파파팍!

유지수가 말하기도 전에 시위를 놓아버리는 사냥꾼들!

'아. 저 청개구리들······.'

태현은 한숨을 내쉬었다. 생각해 보니 타이럼 사냥꾼들은 원래 말귀를 못 알아먹었던 놈들이었다.

"죄, 죄송······."

"아냐. 네 잘못이겠냐. 쟤네 잘못이겠지."

유지수가 울상이 되어 사과하자 태현은 말렸다. 타이럼이 이상한 거지 유지수 잘못이 아니었으니까.

퍼퍼퍼퍽!

경쾌한 소리가 울려 퍼졌다.

-크아아악!

안 그래도 한 발 한 발이 급소를 노리고 날아드는 공격이었는데 아키서스의 저주가 걸린 상태였다. 온갖 상태 이상이 다 들어왔다. 도미닉은 괴성을 지르며 뒹굴었다. 그렇게 뒹굴던 도중 도미닉의 손아귀에 접근하던 두 백작이 와락 붙잡혔다.

덥썩!

"백작님!!"

"아이고, 백작님!"

같은 '백작님'이지만 어딘가 실린 감정은 많이 다른 외침!

'일을 편하게 만들어주셔서 감사합니다'가 생략된 것 같은 외침이었다. 기사들이 기겁해서 달려들려고 했다.

"구해 드리겠습니다!"

"비켜라! 내가 구해 드리겠다!"

"오오! 김태현 백작님! 감사합니다!"

대륙의 영웅이자 왕국의 영웅인 태현이 나서자 기사들은 뛸 듯이 기뻐하며 감사해했다. 물론 태현이 구해주겠다는 건 조금 다른 의미였다. 죽여서 구해줄게!

타다닥-

이성을 잃고 날뛰는 도미닉의 공격은 태현에게 하나도 맞지 않았다. 저런 기습에 당하는 건 백작들 정도였다.

가까이 붙은 태현은 도미닉의 팔을 잘라내서 백작을 구하지…… 않았다.

-사디크의 화염 룬!

촤촤촤 !

어지럽게 움직이는 도미닉의 등짝에 사디크의 화염 룬 스킬을 사용! 곡예에 가까웠지만 태현에게는 손쉬운 일이었다.

[<사디크의 화염 룬> 스킬을 사용합니다. 글자가 사라지기 전까

지 사디크의 화염 룬에서는 사디크의 화염이 영원히 솟구칩니다!]

살라비안 교단과 사디크 교단의 상성이 최악이라는 건 영지 공성전 때 확인을 끝낸 뒤였다. 이성을 잃은 뒤에야 이렇게 쓸 수 있었지만……!

[사디크의 화염이 도미닉을 불태웁니다. 살라비안의 재생력이 막힙니다.]

-크아아악! 크아악!

도미닉은 울부짖었다.

"으아악! 김태현 백작! 우리도 있네!"

그리고 두 백작도 울부짖었다.

앗 뜨거워!

"앗. 백작님!"

"그래! 김태현 백작! 구해주게!"

"그럴 수가 없습니다! 도미닉이 너무 강합니다!"

"팔을 잘라! 이놈의 팔을 자르라고!"

"너무 두껍고 단단해서 자를 수가 없습니다!"

"아니 이런 미친놈이! 기사들을 불러! 기사들을 부르라고!"

뜨거워 죽겠는데 안 된다는 소리만 하니 백작들은 화가 치솟았다. 왕국의 영웅이 저런 놈이었다니!

"지금 저보고 미친놈이라고 하신 겁니까? 와. 저 기분 상했습니다."

"아, 아니…… 그게 아니라…… 아뜨! 아뜨! 구해주게! 김태
현 백작!"

"정말 구해 드려도 됩니까?"

"그래!"

"어떤 방법을 써서라도?"

"그래!"

"알겠습니다!"

태현은 품속에서 폭탄을 꺼냈다. 그걸 본 백작들은 반색
했다.

"오오! 그래! 그거라면 놈의 몸을 날려 버릴 수 있겠군!"

"잠깐. 저 폭탄을 터뜨리는데 우리는 멀쩡할 수 있나?"

"김…… 김태현 백작은 폭탄의 달인이라고 했으니 할 수 있
지 않…… 으아아! 말 좀 하고 던지게!"

콰콰쾅!

[도미닉이 <살라비안의 끈질김>으로 폭발 공격을 견뎌냅니다.
스턴 상태에 빠진 도미닉이 한동안 움직일 수 없습니다.]

'패시브 스킬! 끈질긴 자식 같으니.'

이미 써져 있는 패시브 스킬은 저주를 맞은 상황에서도 작
동을 하고 있는 모양이었다.

사실 도미닉은 문제가 아니었다. 이번 공격을 막긴 했지만

숨통을 끊을 방법은 많았으니까. 문제는 두 백작!

"죽, 죽는 줄 알았네!"

"역시 김태현 백작이야. 완전히 계산한 거지! 자! 빨리 우리를 구하게!"

도미닉이 막아낸 덕분에 폭발 대미지를 안 입은 둘! 태현도 이제 슬슬 저 둘을 못 죽이는 거 아닌가 하는 위기감이 들었다. 뒤에 기사들도 있고 언제 도와주겠다고 달려올지 몰랐다. 도미닉을 빨리 죽이고, 그전에 저 둘을 못 끝내면 그다음부터는 정말 죽이기 힘들어진다!

태현은 결심하고 스턴 상태에 빠진 도미닉의 몸에 손을 올렸다.

-살아 움직이는 폭탄!

[살리비안 교단의 괴물에게 살아 움직이는 폭탄을 사용했습니다. 기계공학 스킬이 크게 오릅니다!]

고급 기계공학 스킬이 마침내 레벨 9에 도착했다. 1만 더 올리면 최고급 기계공학 스킬로 도착!

그동안 태현이 얼마나 많은 폭탄을 터뜨려 왔는지 생각해 보면, 이 속도는 오히려 늦은 편이었다. 기계공학은 의외로 성장이 느린 스킬!

"김태현 백작. 지금 뭘 하는……?"

"쉿. 가만히 계십쇼."

[살아 움직이는 폭탄 스킬이 완료되었습니다.]

태현이 스킬을 마치는 순간, 스턴 상태에서 풀려난 도미닉이 발악했다. 뭔지는 몰라도 겁을 먹은 것이다.
-크아아아!

[도미닉이 <살라비안의 도주> 스킬을 사용합니다.]
[<살라비안의 도주> 스킬이 실패합니다.]
[아주 가까운 거리로 순간이동합니다.]

팟!
원래라면 먼 거리를 공간이동했어야 했는데, 스킬 실패로 랜덤한 근거리에 순간이동! 도미닉은 왕궁 앞뜰에서 내성 성문까지 날아갔다. 빠르게 달려가면 10초면 닿는 거리! 별로 의미는 없었다.
'아니. 오히려 잘됐군. 기사들한테 잘 보이지도 않을 거고!'
바로 지금!

[살아 움직이는 폭탄이 폭발합니다! 살라비안의 저주받은 후계자이자 아탈리 왕가의 반역자, 도미닉이 영원한 안식에 빠져듭니다.]

[레벨 업 하셨습니다.]

[명성, 신성이 크게 오릅니다.]

[부카드 백작, 피브레 백작이 사망합니다.]

[악명이 크게 오릅니다.]

[칭호: 귀족 살해자를 얻었……]

[레벨 업 하셨습니다.]

한 번에 레벨 5 상승! 다른 사람들이었다면 '에이 그게 뭐 대단하다고'라고 했을 테지만 태현한테는 아니었다.

도미닉이 직접 살라비안의 힘을 얻어 폭주를 해주고, 거기에 두 백작이 살신성인해서 협조해 준 덕분에 할 수 있었던 레벨 업!

'고맙다. 모두들!'

[카르바노그가 미친놈 보듯이 쳐다봅니다.]

[아이템을 얻었습니다.]

[……]

[살라비안 교단의 권능, <살라비안의 폭주>를 얻었습니다.]

[<왕이여, 만수무강하소서> 퀘스트를 성공적으로 완료했습니다.]

[이제 아탈리 왕국의 국왕 선포식 퀘스트를 진행할 수 있습니다. 주의하십시오. 아탈리 왕국의 국왕을 선포할 경우 아탈리 왕국의 다른 귀족들이 친밀도, 명성, 악명에 따라 반발할 수 있습니다.]

새삼스럽게 보니 이 퀘스트를 정말 어떻게 깼나 싶었다.

태현 본인도 못 깰 줄 알았는데…….

'스탯 확인.'

HP: 72,520

MP: 63,045

힘: 740(+35)

민첩: 746(+35)

체력: 880(+35)

지혜: 836(+35)

행운: 6,030(+35)

보너스 스탯: 0

아름답고 균형 잡힌 스탯!

사실 이렇게 스탯을 균형 있게 키우는 사람은 드물었다. 보통 랭커들은 주력 스탯 하나와 보조 스탯 하나를 골라 거기에 올인을 하니…… 지금 최상위권 랭커들은 주력 스탯이나 보조 스탯 모두 1,000 정도는 가뿐하게 넘겼을 것이다. 어쩌면 주력 스탯은 2,000을 바라보고 있을지도 몰랐다. 레벨이 깡패니 당연했다.

'뭐…… 상관없다.'

어차피 이렇게 된 이상 태현은 레벨로 승부할 생각은 없었다. 다양한 스킬들의 조합과 균형 잡힌 스탯(이걸 어떻게 써야 할지는 잘 모르겠지만), 그리고 압도적 행운 스탯!

행운 스탯은 아무리 쓰고 써도 줄지 않는 샘물 같았다.

아키서스의 저주로 행운을 쭉쭉 소모해서 쓰는데도 레벨 업 한 번만 하면 행운이 꽉꽉 올랐다. 오른다고 좋아할 게 아니었다. 행운이 오르면 오를수록 태현은 레벨 업이 빡세지는 것이다.

패시브 스킬 〈아키서스의 변덕〉은 보상으로 받는 스탯 양을 올려주는 대신, 랜덤으로 배분시키는 스킬.

'그런데 행운만 많이 올리는 거 같단 말이지…….'

왠지 모를 수상함!

태현은 고개를 흔들었다. 레벨 업의 쾌감 때문에 정신을 놓고 있었지만, 지금은 해야 할 게 너무 많았다.

확인은 나중에 해도 된다. 일단 뒷정리부터!

"봐라! 뭐가 위험하다고!"

"김태현이 혼자 먹으려고 한 거 맞다니까?"

-김태현이 이미지 포장 엄청 해서 그렇지 그 새끼 아주 나쁜 새끼야!
-판온 1 때 당해본 사람이라면 좋은 소리가 나올 수 없지!

부서진 성벽과 성문을 넘어가는 플레이어들. 그리고 그들의 개인 방송을 지켜보는 시청자들은 신나서 태현의 뒷말을 했다. 물론 모든 시청자가 태현의 원수는 아니었다.

　-태현 님 그런 분 아니거든요?
　-판온 1 때 태현 님한테 당했던 사람들은 먼저 선공 날려서 그런 거거든요? 던전 잡고서 다른 사람들한테 안 줘서 그런 거거든요?
　-아니 뭔 개소리야! 내가 직접 맞아봤는데!
　-헛소리하지 마세요. 님 길드 동맹이죠!
　-맞아요! 태현 님을 모함하는 사람은 길드 동맹밖에 없어!

　순수하게 태현한테 당했던 사람은 정말로 억울했다. 난 길드 동맹하고 상관 하나도 없는데! 그냥 맞은 건데!!
　"자! 시청자 여러분. 보세요! 여기가 한 번도 제대로 공개된 적 없는 아탈리 왕가의 왕궁 입……."
　슈우욱-
　신이 난 플레이어들이 떠드는 사이, 무언가 날아왔다. 거대하고, 너덜너덜하고, 양손에는 비명을 지르는 백작들을 쥐고 있는 도미닉이었다. 그리고 터져 나갔다.
　"으아아아아아아악!"
　꼴사나운 비명과 함께 플레이어들은 바로 로그아웃 당했다. 개인 방송 화면은 시꺼멓게 변했고 남은 시청자들은 황당해했다.

-뭐임??

-그러니까 태현 님이 말하셨잖아요! 위험하다고!

덕분에 기세등등해진 건 태현의 팬들! 태현이 말한 대로 상황이 흘러가고 있었으니 기분이 좋을 수밖에 없었다.

-키에에엑! 키에엑!

"도, 도망쳐야 한다! 도망쳐야 해!"

도미닉이 쓰러지고 교단 간부들이 쓰러지자, 내성 곳곳에서 저항하고 있던 살라비안 교단의 전사들과 괴수들은 단체로 패닉에 빠졌다.

[사기가 0으로 떨어집니다.]

[절망에 빠진 살라비안 교단의 전사들이 도망칩니다!]

아탈리 왕국 수도 곳곳에서 도망치는 살라비안 교단원들을 털어대는 플레이어들을 볼 수 있었다.

[수도의 상점가를 점령했습니다.]

[명성이……]

마지막 공적치 포인트를 더 얻기 위한 레이스! 도미닉이 처치되고 태현의 퀘스트가 성공했다는 메시지를 받은 플레이어들은 눈빛을 반짝였다. 원정 퀘스트가 정말로 성공한 지금, 공적치 포인트 1이 승패를 갈랐다.

반드시 더 얻고 말리라!

"파워 워리어 길드 집합! 다른 뉴비들한테 밀리면 우리의 수치다!"

"성기사 이즈 킹 길드 집합! 야! 모이라고! 못 들은 척하지 마!"

"저, 저는 길드원 아닌데요. 성기사도 아닌데요?"

"길드 마크나 떼고 말해 이 자식아!"

곳곳에서 길드와 파티들이 집합! 지금부터는 목숨을 건 싸움이 아니라 누가 더 빨리 많이 먹냐의 사냥이었다. 파워 워리어 길드원들은 눈빛을 불태우며 아이템을 줍고 잔해를 뒤졌다.

[아이템을 얻었습니다.]
[악명이 오릅니다.]

부서진 건물 사이에서 나온 아이템들을 줍는 건 악명이 올랐지만, 길드원들은 상관하지 않았다.

-김태현도 악명은 높다더라!
-김태현이 그러는데 악명은 훈장 같은 거래!
-뭐? 악명이 높을수록 좋다고?

이상하게 퍼진 태현의 소문!

"저기 괴수 도망친다!"

"우리가 가장 가깝다. 가자!"

괴수가 발견되고, 파워 워리어 길드원들이 가장 가까웠기에 달려가기 시작했다. 그걸 본 다른 플레이어들은 안타까워했다.

"아! 늦었어!"

"아니야! 저거 봐! 저기 파워 워리어 길드잖아! 쟤네는 별거 없어! 우리가 늦게 가도 쟤네보다 더 많이 잡을 수 있다고!"

"그러네?!"

쫑긋-

앞서서 달려가던 파워 워리어 길드원들의 귀가 꿈틀거렸다.

이 자식들이!

물론 그들이 실력으로는 별 볼 일 없다는 건 알고 있었지만 그래도 저렇게 대놓고 말하는 건 경우가 달랐다.

"흥! 어디 한번 해봐라. 길막 팀!"

파워 워리어 길드 사이에서 한 무리의 파티가 튀어나왔다. 그냥 나온 파티가 아니라, 묵직하게 생긴 골렘을 타고 있었다.

"저, 저거……."

"야! 저거 김태현이 만든 거잖아!!"

"그걸 여기에 쓰냐?!"

플레이어들이 항의를 했지만 파워 워리어 길드원들은 귓등으로도 듣지 않았다.

"하하. 무슨 소리를 하시는지. 저희는 그냥 여기 서 있는 겁니다만?"

"골렘이 이게 조종하기가 은근히 힘들어요."

좁은 길목을 골렘으로 막고 비키질 않는 길드원들!

"너희끼리 잡지도 못해! 비켜!"

"우리끼리 잡을 수 있거든요?"

파워 워리어 길드원들의 말에 다들 코웃음쳤다.

아무리 그래도 설마……

그러나 파워 워리어 길드원들은 다 자신 있는 표정이었다.

"단검 팀! 발사!"

"발사? 뭔 발사?"

파아앗!

대장장이들처럼 복잡한 기계공학 아이템을 쓰지는 못했지만, 파워 워리어 길드원들은 잔머리의 대가였다. 일단 힘 스탯이 높은 플레이어들이 여럿 모여서 카르바노그의 단검을 맡은 길드원을 들었다. 그리고 집어 던졌다.

날아가는 길드원은 등에 망토 대신 글라이더를 달고 있는 상황!

쉬이이익!

[<단단하게 만들어진 글라이더>가 바람을 가르고 날아갑니다! 비행 스킬이 오릅니다!]

곳곳에서 양손에 단검을 든 길드원들이 날아갔다. 그리고 괴수에 그대로 돌격했다.

콰콰콰쾅!

-크어어어어······.

수십 명이 넘는 길드원들이 날아가서 꽂히자 괴수가 비명을 지르며 쓰러졌다.

"말, 말도 안 돼!"

"그냥 충격 때문에 쓰러진 거야! 분명히 곧 다시 일어날······."

뒤에서 지켜보고 있던 플레이어들은 놀라 외쳤다.

저놈들끼리 괴수를 잡는 건 말도 안 돼! 그러나 길드원들의 공격은 멈추지 않았다.

푹찍푹찍푹찍푹찍!

단검은 가장 공격 속도가 빠른 무기. 한 번 제대로 기회를 잡고 공격을 넣으니 무시무시한 속도로 공격이 들어갔다.

-피의 폭발!

"광역기다!"

그러자 괴수가 광역기를 써서 몸에 달라붙은 길드원들을 떨쳐내려고 했다. 그걸 본 플레이어들은 움찔했다. 저건 피할 수 없었다.

'제대로 당했다!'

'보아하니 방어구도 별로인데 멀쩡할 리가······.'

그러나 길드원들은 대부분 멀쩡했다.

"뭐…… 뭐야?"

"포션이다! 아키서스 교단의 포션이야!"

지속 시간이 짧지만 공격 한 번 정도는 회피할 수 있다!

결국 길드원들은 괴수를 쓰러뜨렸다.

"와아아아!"

"말…… 말도 안 돼!"

"흑흑. 두 백작님을 구하지 못하다니."

"아닙니다! 백작님!"

"백작님의 잘못이 아닙니다!"

"아니다! 다 내 잘못이다!"

태현은 기사단 앞에서 악어의 눈물을 보여주고 있었다.

"하지만 지금 이렇게 슬퍼할 때가 아니지. 아직 살라비안 교단이 남긴 상처가 크다. 끝까지 날 도와주겠는가?"

"물론입니다!"

"최선을 다하겠습니다!"

[부카드 백작 기사단, 피브레 백작 기사단을 지휘할 수 있습니다.]

"일단 왕궁부터 확인하고 점령하고 내성에 있는 살라비안 교단들을 전부 처리한다! 오늘 안에 수도를 확실하게 재정비하자!"

태현의 명령이 떨어지자 다들 분주하게 움직이기 시작했다.

[현재 수도를 90% 점령한 상태입니다.]

[살라비안 교단이 도망치고 있습니다.]

"김태현, 김태현!"

"?"

"대주교가 도망쳤어!"

"뭐? 안 죽었다고?"

에반젤린이 와서 외치는 말에 태현은 깜짝 놀랐다.

골골이가 와서 그렇게 찔렀는데 안 죽었다니!

"대주교 추적 퀘스트가 떴으니까 살아서 도망친 게 분명해!"

"그래. 파이팅!"

"같이 쫓…… 어?"

"응?"

"아, 아니. 같이 쫓는 거 아니었어?"

에반젤린은 어색하고 민망한 얼굴로 손을 내렸다.

"지금 수습하느라 바빠서 못 쫓아가. 대신 애들은 좀 빌려주지. 누가 좋을까……"

"케인 말고 다른 사람!"

바로 튀어나오는 대답!

"……나 여기 있거든?"

"아, 아차."

에반젤린은 아차 싶었지만 이미 케인의 눈빛에는 원한이 가득했다. 오늘 일은 기억해 두겠다!

"아…… 아니. 탱커는 내가 있으니까 필요 없다는 거야. 진짜야. 진짜라고."

케인은 대답 대신 가버렸다. 에반젤린은 안절부절못했다.

"어, 어떡하지?"

"뭘 어떡해. 쟤 삐지는 게 하루 이틀 일이냐. 됐고 상윤이가 도와줄 거야. 상태 많이 안 좋으니 잡을 수 있으면 잡고 안 된다 싶으면 튀고."

"우리만으로? 좀 부족하지 않나?"

"뭐 부족하면…… 이다비. 사람 좀 모아줄래?"

"네!"

이다비는 내성 성벽 위로 기어올랐다.

-상인의 외침!

-추가 퀘☆스트 선착순 모집▨▨참가 시$$ 전원 공적치 포인트 증정☜┅김태현과 친한 에반젤린이 파티장☜100% 성공보장※!

순식간에 구름처럼 사람들이 몰렸다.

"됐지?"

에반젤린은 입을 다물지 못했다.

[왕궁 접견실에 장식된 예술품들을 보았습니다. 명성이 오릅니다. 일시적으로 스탯에……]

저주도 풀렸고 적들도 없어졌겠다, 태현은 느긋하게 왕궁 안을 돌기 시작했다.

옆에는 이런 일에 빠질 수 없는 인재가 있었다.

"후후후…… 태현 님. 이제 제가 대도적이라는 걸……."

"그래. 그래. 너 대도적이다. 알겠으니까 빨리 창고나 안내해 봐. 사람들 오기 전에 빠르게 챙겨야 한다고."

"후후! 저만 따라오시면 됩니다."

에드안은 신이 나서 움직였다. 이렇게 날로 먹는 도둑질이 있을까! 아무도 없는 왕궁 복도를 달리는 즐거움이라니.

"자. 일단 여기부터 확인해 보겠습니다. 여기는 왕가 사람들이 귀중품들을 보관하는 곳인데……."

벌컥-

방 안은 텅 비어 있었다.

"어…… 음. 교단 놈들이 다 쓸어가 버린 것 같군요. 다음 곳을 찾아보도록 하겠습니다."

에드안은 다음 장소로 움직였다.

"여기는 왕가의 보검들이……."

텅텅-

태현의 얼굴이 점점 굳어지는 게 보이자, 에드안은 당황했다.

"내가 그러니까 저번에 빼돌리자고 하지 않았냐? 응? 그딴 예술품이나 챙기고!"

"왕…… 왕관도 챙겼습니다!"

"왕관 하나로 될 거 같냐!"

태현은 에드안의 멱살을 잡고 앞뒤로 흔들었다.

〈빼앗긴 왕가의 위엄을 되찾아라-아탈리 왕가 퀘스트〉

비열하고 더러운 살라비안 교단은 수도를 점령하고 나서 몰래 왕가의 창고를 털었다. 아탈리 왕가의 보물들은 모두 다 살라비안 교단의 비밀 은신처로 흘러가게 되었다. 아탈리 왕가의 명예를 회복시킨 자로, 혹은 아탈리 왕가를 이을 자로서 이 상황은 참을 수 없다.

교단을 추적해 보물을 되찾아라!

보상: ?, ??, ??

'젠장. 좀 쉽게 가는 게 없어요.'

[수도 내 살라비안 교단이 전부 도주했습니다. 현재 수도를 100% 점령했습니다. 공성전에서 승리합니다! 아탈리 왕국의 수도, 모라시를 점령했습니다. 도시를 통치할 수 있습니다!]

보물을 어떻게 찾아야 할지 고민할 시간도 없었다. 국왕 즉위 퀘스트부터 시작해서 도시 통치부터 고민해야 했다!

영지는 어떻게 통치해야 하는가. 판온 1 때부터 이어진, 수많은 영주 플레이어들이 한 고민이었다.

정답이란 건 없었다. 영지가 열 개라면 열 가지 방식, 백 개라면 백 가지 방식이 있었으니까.

그 영지의 상황에 맞춰서 통치해야 했다.

-기본적으로 영지의 통치는 당근과 채찍을 줘야 하지. 처음에는 이런저런 혜택으로 사람들을 최대한 많이 끌어모으고, 사람이 많이 모이면 그다음부터는 본전을 찾으면 돼. 영지에 사람이 많고 혜택이 많으면 세금 좀 많이 걷어도 사람들이 온다고.

-그런데 쑤닝 님. 저희는 처음부터 세금 많이 걷고 있지 않나요? 지금 오스턴 왕국에 저희 길드원들만 득시글거려서 문제인데…….

-너 죽고 싶냐?

쑤닝과 길드 동맹.

-영지 통치? 난 그런 거 신경 안 써. 우리끼리 놀고 있으면 같이 놀고 싶은 놈들이 알아서 오겠지.

-맞는 말씀입니다. 형님. 우리는 저기 길드 동맹 놈들처럼 억지로 애들 끌고 오지 않습니다.

-오크 부족이 또 생겼다는데? 저기에 집 좀 지어줘야겠다.

-아니, 오크들은 무슨 눈만 감았다 뜨면 새로 생겨나?

김태산과 최강지존무쌍 길드.

-낚시꾼인가?

-네.

-그럼 환영한다.

-저, 낚시꾼이 아니면요?

-그러면 나가야지.

-…….

-농담이다. 규칙을 설명해 주마. 여기는 세금이 없다. 매일 아이템 상자를 하나씩 줄 테니 받아가라. 이 아이템 상자에는 일회용 고급 낚싯대와 미끼, 포션 세트와 장비가 있는데…….

-??

-왜?

-광, 광고가 허위 광고가 아니었어?!

유 회장이 이끄는 아란티스 영지.

각자 다 개성이 다르고 방식이 다른 영지들이었다. 중앙 대륙 말고도 새로 발견된 남쪽 프리카 대륙에 진출해 영지를 만들어보려는 시도가 있긴 했다. 오스턴 왕국에서 밀려난 길드들이나, 에랑스 왕국, 에스파 왕국에서 활동하던 길드들이 노리는 시도였다. 왕국이 없고 부족들만 있으니 영지를 만들긴 비교적 쉬웠지만……. 역시 중앙 대륙보다는 사람들이 적었다.

대부분의 사람은 잘 알려지고 많은 정보가 공유되는 중앙 대륙을 선호했지, 아직도 모르는 게 많은 프리카 대륙을 선호하진 않았다. 게다가 필요한 레벨도 전체적으로 더 높았고!

태현은 생각에 잠겼다. 현재 수도 모라 시는 많이 파괴된 상황(주로 태현이 이끈 공격 때문에).

복구하려면 어마어마한 골드가 들어갈 것이다. 태현이 보유하고 있는 골드는 일반 플레이어들보다는 압도적이었지만, 이건 다 <절망과 슬픔의 골짜기> 운영으로 들어갔다.

퀘스트 깨면서 얻은 골드, 다른 플레이어들 PK해서 뺏은 아이템 판 골드, 영지에서 나오는 골드…….

이걸 다 잡아먹는 영지 운영비!

골드가 필요했다. 그것도 아주 많은 골드.

'그렇지만 아무래도 길드 동맹처럼 할 수는 없겠지.'

길드 동맹이야 이미 데리고 있는 길드원들 숫자가 어마어마했다. 서버에서 가장 많은 중국인들을 등에 업고서 나오는 힘! 그러니 세금을 엄청 세게 때리고 차별 대우를 해도 버틸 수 있었다. 다른 플레이어들이 우르르 오스턴 왕국을 떠나도 길드원들이 있으니 왕국이 돌아가는 것이다. 물론 길드원들의 불만이 쌓이고 쌓이긴 했지만 그 정도면 싸게 먹힌 편이었다. 그렇지만 태현은 저런 식으로 조직화된 길드원이 없었고, 데리고 있는 플레이어들은 언제든지 떠날 수 있었다.

'길드 동맹도 어떻게 보면 참 불쌍하단 말이야. 기껏 오스턴 왕국 다 먹었는데 사디크의 화신이 나타나서 그 난리를 쳤으니…….'

태현이 보기에는 참 안타까웠다. 저런 상황이라면 쑤닝의 대응도 어쩔 수 없다고 생각되었던 것이다.

물론 원인 제공을 한 태현이 할 생각은 아니었다.

'세금을 높일 수는 없고…… 어떻게 해야 한다…….'

고민하던 태현은 결론을 내렸다.

"여러분!"

태현이 내성 성벽 위에 나타나자, 도시 안에 있던 수많은 플레이어의 고개가 일제히 돌아갔다.

"이번 원정은 성공했습니다."

"와아아아아아아!"

"이 모든 게 다 여러분 덕분입니다."

"와아아아아아아아!"

"그래서 저는……."

"고블린 만능 제작기 이용권을 뿌리나요?!"

"아니. 그건 아니고."

시무룩-

기대한 플레이어들이 어깨를 축 늘어뜨리자 태현은 당황했다. 아니, 그것보다 훨씬 더 좋은 걸 주려고 하는데!

"이 도시를 여러분들과 함께 운영하려고 합니다."

플레이어들은 무슨 소리를 하는지 이해하지 못했다. 태현의 말이 너무 뜻밖이었던 것.

"공적치 포인트를 계산해서 높은 사람들부터 앞으로 나오십시오! 이 도시에서 원하는 자리를 드리겠습니다!"

[모라 시를 자유도시로 만들겠습니까?]

[모라 시는 자유도시로 변합니다. 자유도시의 통치는 12인 통치 회의에서 다수의 의견에 따라 결정됩니다. 통치 회의는 최소 매달 한 번씩 열려야 하며, 열고 싶으면 과반의 인원을 모아 열 수 있습니다.

통치 회의에 참가할 수 있는 사람은 귀족 작위나 명예로운 칭호가 있어야 합니다. 도시 내에 귀족 작위를 가진 사람이 없습니다. 통치 회의에 참가할 수 있는 사람들은 도시 내 공적치 포인트 순위에 따라 결정됩니다.]

태현이 직접 다스리는 게 아닌, 이번 원정대에 참가한 플레이어들 중 공적치 포인트가 높은 12명을 뽑아 그들에게 영지 통치 권리를 부여하는 형식! 도시 내 귀족 NPC들이 깡그리 없어진 상태여서 플레이어들한테 공이 돌아간 것이다.

"우…… 우리가 할 수 있다고?"

"정말요?"

"물론이죠."

태현은 상냥하게 웃었다. 그러나 사실 속은 못 먹는 감, 남한테 떠넘기는 것에 가까웠다.

어차피 아탈리 국왕 즉위 퀘스트는 태현만 할 수 있었고, 국왕 즉위만 하면 자유도시든 뭐든 태현 손아귀에 들어오게 되어 있었다. 그렇지만 이렇게 플레이어들이 직접 통치하게 된 이상, 저 플레이어들은 알아서 자기 주머니를 털어 도시를 수리하고 발전시킬 것이다.

'게다가 공적치 포인트 순위 높은 놈들이면 보통 랭커겠지. 가진 골드도 많고 길드도 있을 테니 탈탈 털어서 다스리지 않을까?'

"근데 공적치 포인트 1위 누구지?"

"글쎄…… 순위 확인을……."

터벅터벅-

사람들 사이에서 한 명의 플레이어가 나왔다.

저, 저건……!

"제가 1위입니다. 태현 님!"

"그…… 그래."

1위는 가브리엘이었다. 외성과 내성 성벽을 모두 때려 부수고 길을 만든 공적치 포인트!

태현의 얼굴이 살짝 굳었다.

"다음 사람은?"

"난데?"

얼마 지나지 않아 통치 회의에 참가할 사람 12명이 모였다. 가브리엘, 에반젤린, 케인, 유지수, 이다비, 최상윤, 정수혁…… 태현 일행이 7명이 넘는 상황!

'아니. 돈 좀 뜯으려고 했더니…….'

"크헤헤. 김태현. 우리가 공적치 포인트로 비교해도 지지 않을 줄 알고 일부러 비교한 거구나? 공정한 것처럼 보여주려고."

"시끄러. 인마."

케인은 눈치 없이 말했다가 괜히 한 소리 들었다.

그래도 다행인 건 나머지 5명은 외부인이었다는 점이었다.

각자 다 다른 길드 소속에, 전원 랭커!

그들은 얼떨떨한 얼굴로 태현을 쳐다보았다.

"정말 저희가 통치해도 됩니까?"

"의견만 맞으면 뭘 해도 상관없으니까 마음대로 하라고."

"와…… 정, 정말로……."

꿀꺽-

랭커들이라고 해도 간신히 하위권 랭커에 발을 디딘 수준이었다. 그런 그들에게 이런 기회는 생각지도 못한 기회!

'정말 영지를 통치할 수 있는 건가?!'

'이런 기회가……!'

'뭐…… 뭐부터 해야 하지?'

다들 복잡하게 머리를 굴렸다. 그런 와중에 시선이 한 사람에게 모였다.

"그런데…… 저놈은 첩자 아닙니까?"

"뭐…… 뭐가 어때서!! 모젝 대신 온 거야!"

성기사 이즈 킹 길드의 모젝. 이번 원정에서 공적치 포인트 12위로 통치 회의 마지막에 낀 사람이었다. 물론 일대일 결투에서 죽고 로그아웃 당한 상태라, 같은 길드의 친구가 대신 참석한 상황!

물론 다른 사람들은 의심쩍은 눈빛으로 봤다.

"성기사 이즈 킹 길드는 수상쩍은데……."

"우리 저놈 쫓아내는 투표할래?"

"너무하잖아! 같이 싸운 동료인데! 편견을 버리라고!"

"편견을 버리라고 해도 저 길드명부터가 수상쩍었어."

수군수군!

태현은 회의장에 모인 인원을 보고 고개를 저었다.

'망한 거 같군.'

"태현 님. 그래도 한 가지 좋은 게 있어요."

"?"

"저희가 과반이라 마음만 먹으면 통치는 마음대로 할 수 있 겠네요."

이다비의 말을 듣고 태현은 깨달았다. 생각해 보니 그런 효 과가!

"다음. 음. 자네는…… 뭘 원하나?"

공적치 포인트 12위한테까지만 혜택이 있는 건 아니었다.

현재 모라 시의 온갖 작위가 빈 상태였다. 수비대장, 마구간 관리인, 연금술사 상점 관리인, 대장장이 길드 대표…….

평소라면 이런 작위는 온갖 퀘스트를 깨고 깨야 간신히 손 에 넣을 수 있는 작위였다. 예를 들어 수비대장 자리를 얻고 싶 으면 영지 수비 관련 퀘스트를 계속 깨서 NPC와 친해지고 공 적치 포인트를 쌓는 식!

그런데 태현은 이걸 그냥 휙휙 보상으로 던져주고 있었다.

다들 미친 듯이 기뻐하고 있었다.

"저, 저는 마구간 관리인! 마구간 관리인 해보고 싶었습니다! 평소에 몬스터 길들이기 스킬을……."

"합격!"

지원한 플레이어는 당황해서 되물었다.

"아니, 뭐 더 안 물어봐요?"

"왜. 뇌물이라도 줄 생각인가?"

이번 일을 맡은 펠마스는 진지하게 물었다.

줬으면 좋겠다!

"아, 아니요. 제가 감히, 태현 님의 친절한 선물에……!"

"쳇."

"방금 쳇이라고?"

"아냐. 어쨌든 합격! 저리 가! 쉭쉭!"

에드안은 왕궁을 털러 갔는데 자기는 이런 잡일이나 하고 있다니. 그래도 펠마스는 투덜거리며 일 처리를 해냈다. 평소 영지 관리를 하던 가락은 어디 가지 않았다.

"다음. 자네 이름이……."

"장, 장샨입니다."

"그래. 장샨. 자네는 뭘 하고 싶나?"

"지금 수비대장 자리가 비었나요?"

"1, 2, 3은 찼고 4 수비대장은 비었네."

"하고 싶습니다!"

"그래. 해라."

펠마스는 바로 합격을 찍어서 보냈다.

[모라 시 4 수비대장 작위를 얻었습니다.]

[4 수비대 NPC들을 동원할 수 있습니다.]

[수비대 인원을⋯⋯.]

장샨은 당혹스러웠다. 왜냐하면 그는⋯⋯. 길드 동맹이 보낸 첩자였던 것이다.

'아, 아니. 어쩌다 일이 이렇게 됐지?'

길드 동맹이 시킨 건 그냥 '야, 가서 이번 원정 관찰이나 해라. 들키지 말고. 훼방 놓을 수 있으면 최대한 놓고'였다.

여기서 제대로 지킨 게 별로 없었다. 관찰은⋯⋯ 별로 제대로 본 게 없었다.

콰콰콰콰콰쾅! 하더니 성벽 무너지고 사람들 우르르 달려가고, 내성에서 싸우더니 원정이 끝나 버렸다. 차라리 파워 워리어 길드 홍보 영상이 더 설명이 잘 되어 있을 것이다.

훼방? 훼방은커녕⋯⋯.

"야. 김태현이 속이고 있는 걸 수도 있잖아."

"무슨 소리를 그렇게 해! 너 뭐야! 너 뭐 하는 놈이야!"

도중에 김태현을 못 믿고 내성으로 들어가려는 놈이 나왔을 때, 오히려 놈을 공격했다.

너 성기사 이즈 킹 길드 놈이냐?

물론 걸릴까 봐 한 짓이었지만, 지금 생각해 보니 그랬으면 안 됐다. 어떻게든 분란을 일으키는 게 훌륭한 첩자!

'으…… 보고하면 욕 더럽게 처먹을 거 같은데…….'

장샨은 괴로워했다. 한 게 별로 없었다.

'그래도 4 수비대장 정도나 되는 작위 얻었으니까 이거 보고하면 쓸 만하지 않을까?'

4 수비대장 작위만 해도 대단한 일이었다. 물론 길드 동맹 입장에서는 '이 새끼는 첩자로 보내놨더니 공적치 포인트를 얼마나 쌓은 거야?'라는 반응을 하겠지만…….

'잠깐. 4 수비대장이면 길드 동맹에서 내 위치보다 훨씬 더 나은 위치 아닌가?'

장샨은 문득 깨달았다. 원래 위치보다 훨씬 더 높은 위치에 앉아버린 첩자!

그렇게 생각하니 고민이 됐다. 그의 상관은 길드 동맹 좀 먼저 들어왔다는 것 때문에 어깨에 힘주고 다니면서 맨날 구박이나 하는데…….

이걸 보고해 봤자 '넌 훼방도 못 놓고 김태현을 도왔냐?'라고 까겠지! 그런 거 참아가면서 길드 동맹에 계속 있을 이유가 있을까?

'중국인들은 모두 길드 동맹 오라고 해서 갔더니…… 제대로 된 혜택도 없고 말이야…….'

장샨은 고개를 연신 끄덕이며 투덜거렸다. 오스턴 왕국의 다른 플레이어들이 너무 많이 빠져서, 지금 길드 동맹의 하위 등급 길드원들은 일반 플레이어와 별 차이가 없었다.

세금 내고 던전 입장 못 하고 시설 이용 제한 걸리고…….

'생각하니까 화나네!'

-야. 장샨. 뭐 하냐? 이게 빠져 가지고. 제대로 보고 안 해? 원정은 또 성공했네. 훼방도 못 놔? 어?

장샨이 생각하는 사이 귓속말이 날아왔다. 장샨은 결심했다.

-x까!
-뭐, 뭐? 너 미쳤어?

[상대방을 차단했습니다.]

태현의 걱정과 달리 영지는 의외로 멀쩡하게 돌아갔다. 가브리엘을 빼고 나머지 11명의 사람은 대부분 제정신이 박혀 있는 사람이었던 것이다. 심지어 성기사 이즈 킹의 모젝도 그랬다. 아니, 오히려 가장 정상적인 제안을 많이 했다.

"일단 세금을 내리고 NPC들 불만도 내려가게 치안을 강화

시켜야 해. 지금 성벽을 가장 먼저 다시 올려야 하고 그다음은 요새를…… 왜 다들 그렇게 쳐다보지?"

"오올……."

"아니. 솔직히 '성기사만 우대해 주자!' 이럴 줄 알았는데."

다른 랭커들은 수군거렸다. 모젝이 생각했던 것과 너무 달랐던 것이다. 그러자 모젝이 발끈했다.

"날 뭐로 보고!"

"아니…… 〈성기사 이즈 킹〉 같은 이름을 가진 길드에 들어가는 사람은 일단 좀 편견을 갖고 볼 수밖에 없지……."

"맞아. 맞아."

"〈성기사이즈킹〉 길드는 좋은 길드거든! 이름 빼고는 다 좋은 길드거든!"

모젝은 진심으로 그의 길드가 좋은 길드라고 생각했다. 이름만 빼고.

"자기도 인정하지 않았냐?"

"심지어 이름도 붙여서 불렀어."

"닥쳐!"

어쨌든 회의는 잘 굴러갔다. 다들 자기가 영지 운영에 참가하게 되었다는 사실 하나만으로 기뻐하고 좋아하고 있었던 것이다.

절대 이런 기회를 날릴 수 없어!

[통치 회의가 종료됩니다. 다음 회의 때까지 영지는 다음과 같은 규칙으로 진행됩니다.]

그리고 그건 회의에 참가하는 사람들만이 아니었다. 원정대에 참가한 플레이어들은 크든 작든 감투 하나씩을 받았다. 그리고 그 감투들은 사람들의 마음에 불을 질렀다.

"내가…… 내가 수리할 거야! 비켜!"

"아냐! 내가 수리할 거라고!"

"허허. 싸우지 마라. 너희 둘 다 수리하면 되지 않겠느냐?"

"그렇구나!"

펠마스는 두 플레이어 사이의 분쟁을 해결해 주고서는 지나갔다. 물론 자기는 아무것도 하지 않았다.

"그런데 살라비안 교단의 대주교는 어떻게 찾지?"

영지에서 자기가 모르는 사이 자기가 통치 회의 12인의 일원이 되었다는 것도 모르는 채, 에반젤린과 최상윤은 머리를 맞대고 의견을 나눴다.

"걱정 마. 내가 누구야?"

"아쓰……."

"뭐?"

"아, 아니야."

태현이 맨날 에반젤린을 부를 때 부르던 별명이 입에 붙은 것! 최상윤은 황급히 입을 다물었다. 다행히 눈치채지 못한 것 같았다.

"내 직업이 <고대 뱀파이어의 후예>잖아. 살라비안 교단은 추적할 수 있어."

에반젤린이 이끄는 뱀파이어 중 한 명이 나서서 〈피의 흔적〉 스킬을 사용했다.

-여기입니다, 주인님.

"좋아! 이대로 가면 되겠네."

"와아아!"

최상윤뿐만 아니라 에반젤린을 따라온 원정대 플레이어들은 신이 나서 외쳤다.

1시간 후……

-여기입니다, 주인님.

"저기……"

"이거 언제까지 쫓아가야 하는 건데?"

최상윤과 원정대 플레이어들은 원망 섞인 눈으로 에반젤린을 쳐다보았다. 한 시간 째 추적만 하고 있는데 적들의 꽁무니도 보이지 않는 상황!

"아하하, 하하하하……"

에반젤린은 멋쩍은 웃음만 흘렸다.

"적들이 생각보다 빨리 도망갔나 본데…… 우리가 너무 느린가 봐."

"그걸 1시간 전에 깨달았으면 안 됐니?"

"자. 다들 다시 복창해 봐."

"나는 나가서 헛소리를 하지 않는다."

"다시, 케인만."

"나는 나가서 헛소리를 하지 않는…… 아니 왜 나만!"

"네가 가장 위험하니까 그렇지 이 자식아!"

태현은 케인을 앞에 두고 단단히 주의시켰다.

"인터뷰한다고 신나서 이상한 소리 하지 마라. 생방송 아니어도 재밌는 이야기 나오면 그대로 내보낼 사람들이니까. 알겠어?"

"아. 알겠다니까. 내가 애도 아니고."

케인을 제외한 다른 팀원 전원은 똑같은 생각을 했다.

'과연 괜찮을까?'

"신호를 정하는 게 어떨까요? 태현 님이 손가락으로 한 번 찌르면 입 다물고, 두 번 찌르면 말하고……."

"이다비 너까지 왜 그래?!"

태현은 다시 한번 대기실에서 팀원들을 확인했다.

'코디 괜찮고, 케인 복장은…… 음. 멀쩡해. 안 이상하군.'

MBS에서 진행하는, 국내 판온 게임단 인터뷰. 한국 게임단만 나오는 인터뷰지만, E스포츠에서 한국이 차지하고 있는 비중을 생각한다면 절대 가벼운 게 아니었다. 실제로 던전 공략 대회 본선도 과반에 가까운 팀이 한국 팀이었고, 해외 팀이어도 한국인 선수 한두 명쯤은 데리고 있는 경우가 많았던 것이다.

MBS도 확신하고 있었다. 국내 방송이어도 수많은 해외 사람들까지 이 방송을 보게 될 것이라고.

'관심이 안 갈 리가 없지!'

"앗. 김태현 선수! 팬입니다. 사인 좀 해주시겠어요?"

"김태현 씨. 이렇게 뵙게 되어서 반갑습니다."

"김태현 ㅅ……."

태현 팀 대기실을 지나갈 때마다 선수들이 태현을 보고 아는 척을 해왔다. 다른 팀들도 유명한 랭커들과 선수들을 데리고 있었지만, 그것과 차별되는 압도적인 인기!

그뿐만 아니었다. 태현을 제외한 다른 팀원들도 인기가 좋았다. 케인만 빼고.

"나, 나는 누군지 모르겠어?"

케인은 은근슬쩍 선수들에게 물었다. 선수들은 고개를 갸웃거렸다.

"어…… 어디서 본 것 같은데."

"누구시지?"

"팀 KL 매니저인가?"

"훈련 코치?"

"케인! 케인이잖아! 이 자식들 일부러 이러는 거지!"

대화를 지켜보던 PD는 소곤거렸다.

"야, 저거 찍고 있지?"

"물론이죠. 크헤헤."

정말 태현 팀은 알아서 분량을 만들어주는, 걸어 다니는 흥행 보장 수표였다. 태현 본인뿐만 아니라 팀원들도 모두 캐릭터가 확실!

옆에서 그런 사악한 속셈을 담은 카메라가 돌아가고 있다는 것도 모른 채, 선수들은 당황해서 대답했다.

"아…… 아아! 케인 선수! 팬입니다!"

"팬인데 왜 얼굴도 못 알아보는데!"

"그야……."

판온 내 캐릭터와 현실 모습이 이렇게 차이 나는 건 케인뿐! 최상윤도 대회에 출전하고 나서는 여장을 풀고 다녔으니 다들 케인만 못 알아보는 것도 당연했다.

"흥. 됐어."

"아니. 진짜 팬이에요. 저번 투기장 대회 때 보고 얼마나 멋있었는데요."

"진, 진짜? 정말이지?"

"그렇다니까요. 맞다. 제가 친구랑 이걸로 싸웠었는데, 혹시 확인 좀 해주실래요?"

"뭘 확인?"

"그때 그 대회에서 그 자폭이 원래 계획하고 있었던 건지 아니면 강제로 떠밀린 건지…… 저는 분명 계획하고 합을 맞춘 거라고 생각하거든요. 근데 제 친구는 그게 아니라고 하니까…… 그게 말이 돼요? 그런 게 즉석에서 나올 리가……."

그러는 사이 태현은 오랜만에 어색한 기분을 느껴야 했다.

"안, 안, 안녕하십니까."

"어…… 네. 안녕하십니까."

무겁고 어색한 침묵!

투기장 대회 때는 팀 에이트의 주장, 현재는 유성 게임단의 팀원. 류태수와 마주 보고 있었던 것이다.

태현한테 '판온 1 김태현의 사칭이나 하다니! 너는 가짜다!' 라고 외친 적 있던 류태수! 판온 1 태현의 광팬으로서 태현한 테 가짜 태현이라고 했던 민망함은 어떻게 해도 사라지질 않 았다.

"유, 유성 게임단은 좋죠?"

"좋, 좋습니다. 이세연 씨도 훌륭한 리더고⋯⋯."

"그, 그렇군요. 회장님도 훌륭하시죠. 게임단에 관심도 많고"

"그, 그건 몰랐습니다. 회장님을 뵌 적 있는데 그냥 진지하 신 분이라고 생각했⋯⋯."

이다비는 그 대화를 보고 자기까지 답답해지는 걸 느꼈다.

'누군가 저 대화를 구해줘!'

벌컥-

"류태수 씨, 방송 시작 전이니까 와서 대본 한 번 더⋯⋯ 거 기서 뭐 하고 있어요?"

"이세연 씨!"

"이세연!!"

태현과 류태수가 모두 반색을 하며 이세연을 반가워하자, 이 세연은 당황해서 한 걸음 물러섰다.

이 자식들 뭔 속셈이지?

"뭐, 뭐야. 무슨 속셈이야?"

"아니야. 아니야. 자. 여기 오라고."

태현은 신이 나서 이세연을 끌고 안으로 왔다. 이제야 좀 대화가 멀쩡하게 돌아가겠네!

이세연은 도와달라는 눈빛으로 이다비를 쳐다보았다.

'이게 대체 무슨 상황이죠?'

'그러니까 그게……'

이다비는 손짓, 발짓으로 상황을 설명했다. 이세연은 바로 알아차렸다.

'이 인간들이……'

태현한테 욕한 태현의 광팬과 태현. 둘이 대화하기 어색하다고 자기를 끌어들이다니!

"난 갈래."

"왜! 조금만! 조금만 더 이야기하자! 던전 공략에 대해 이야기해 보자고!"

쫑긋-

주변에 있던 다른 선수들마저 귀를 쫑긋거렸다.

대회에서 1위, 2위를 다투고 있는 저 두 팀의 리더. 듣기만 해도 얻을 수 있는 것이 엄청나게 많을 것이다.

"됐거든? 둘이 어색하게 대화해."

"어, 어색하기는 무슨."

"맞, 맞습니다. 전혀 안 어색했습니다. 즐거웠습니다."

"퍽이나 그렇겠다!"

이세연은 밀어냈다. 그러나 태현은 손을 잡고 놓지 않았다.

"방송에서 폭탄 가지고 안 놀릴 테니까!"

"진짜? 진짜지?"

"그래. 조금만 더 여기 있어줘!"

그걸 본 PD는 감동으로 눈을 감았다. 김태현은 볼 때마다 아니라고 부정하지만, PD는 확신했다.

김태현은 방송을 위해 태어난 인재야!

"이건 좀 짓궂은 질문일 수도 있겠는데요. 하하하. 이번 대회를 앞두고서, 가장 상대하기 두려운 팀이 있나요?"

MC는 쾌활하게 웃으며 말했다. 질문이 나오자 자리에 앉은 게임단 선수들 사이에서는 웃음이 터져 나왔다.

"야. 우리 이름 적어줘라."

"한 표도 없으면 어떡하지?"

짓궂은 질문이었지만 모두들 훈훈했다. 오늘 방송 진행이 편안하고 친근했기에, 이런 짓궂은 질문에도 다들 웃어넘길 수 있었던 것이다.

"자. 모두들 쓰셨나요? 자. 순서대로 한 팀씩 들어주세요!"

각자 걱정되는 팀을 화이트보드에 써서 들어 올리는 식.

모두들 팀원들끼리 상의해서 이름을 하나씩 적었다.

팀 KL.

팀 김태현.

팀 김태현.

'팀 김태현이 아니라 팀 KL인데…….'

태현은 속으로 생각했지만 뭐 어쩌겠는가.

MC도 그렇게 생각했는지 웃었다.

"여러분. 팀 KL입니다. 김태현이 아니라."

유성 게임단.

유성 게임단.

유성 게임단.

유성 게임단도 팀 KL과 비슷한 수준으로 이름이 나왔다.

유 회장이 봤다면 감격의 눈물을 흘렸을 것이다.

이세연도 화이트보드를 들었다.

팀 KL.

사실 이세연 본인은 굳이 팀 KL을 쓰고 싶지 않았지만, 류
태수를 포함한 다른 팀원들이 강력히 주장했다.

"팀 KL이 2위 아닙니까!"

"근데 쟤 이름 적어주기는 얄미운데…….."

"주장님! 그런 사사로운 감정에 휘말리시면 안 됩니다!"

"사사로운 감정에 휘말리는 건 그쪽이잖아…… 알겠어. 알
겠어. 별로 중요한 것도 아니고."

이세연은 포기하고 팀 KL의 이름을 써줬다. 확실히 2위 팀을 적어주지 않는 것도 이상했다. 경계하고 있는 건 사실이었으니까. 그렇다고 다른 팀을 고르자면 또 억지로 이유를 만들어내야 했으니……

'김태현은 우리 팀 이름 적었겠지.'

그렇게 생각하며 이세연은 태현에게 시선을 돌렸다. 태현은 마지막 순서였다. 순간 태현과 이세연이 시선이 마주쳤다. 태현은 씩 웃었다. 그 웃음을 본 이세연은 뭔가 잘못되었다는 걸 느꼈다.

'아차!'

"자. 팀 KL도 들어주세요!"

태현이 화이트보드를 들었다. 거기에는 아무 이름도 쓰여 있지 않았다.

"하하. 저희는 본선에 올라온 이상 모든 팀이 다 상대하기 까다롭고 걱정된다고 생각했습니다. 최선을 다해야지요."

"아아! 그런 뜻이!"

MC는 감탄했다. 태현에게 호감을 갖고 있는 다른 선수들도 감탄했다. 저게 바로 만족을 모르고 계속해서 정진하는 일인자의 자세인가!

물론 이세연은 아니었다. 태현의 시꺼먼 속마음이 뻔히 보였던 것이다.

'저, 저, 저거 내 이름 쓰기 싫어서……!'

주먹을 꽉 쥐었다. 세상에 저렇게 속이 좁을 수가!

이세연은 눈빛으로 항의했다. 그러나 태현은 뻔뻔하게 어깨를 으쓱거렸다.

"과연 팀 KL의 각오는 남다르군요!"

"하하. 감사합니다."

그 뒤로는 순탄하게 진행이 이어졌다. 이번 대회 공략의 키워드는 뭐가 될 것이냐(모든 사람이 입을 모아 〈폭탄〉 아이템이라고 대답했다), 게임단에 들어간 프로게이머로서 불편한 점이 있느냐(케인 혼자 숙소가 너무 넓어서 청소하기 귀찮다는 말을 했다가 눈총을 받았다)……

"고생 많으셨습니다!"

"이야. 오늘 방송 정말 잘됐네요."

방송이 끝나자 PD가 와서 모두를 칭찬했다. 프로게이머들은 게임은 잘해도 방송 진행은 어색할 때가 많아서 걱정했는데, 생각보다 훨씬 잘 풀렸던 것이다.

MC가 능숙하게 이끈 것도 있었지만 태현이나 이세연처럼 이미 방송을 경험해 본 적 있는 선수들이 큰 도움이 됐다.

거기에 케인처럼 예측할 수 없는 대답을 하는 선수들까지!

'아주 좋아. 아주 좋아……'

"그러고 보니 김태현 선수."

"?"

"이번에 이동팔 대표님께서 새로운 프로젝트를 진행한다고 하시던데. 김태현 선수 역할이 크겠군요."

"아, 네. ……네?"

무심코 대답하던 태현은 뭔가 이상하다는 걸 깨달았다. 엔터테인먼트 대표가 새 프로젝트를 진행하는데 왜 태현 도움이 필요하지?

"아. 들었군. 후후. 그래. 언제 한번 이야기하려고 했었지."

'당황한 거 같은데?'

태현은 이동팔 대표의 이마에 땀 한 방울이 맺혀 있는 걸 보며 생각했다. 더운 날씨는 아니었다.

"우리 SI 엔터에서 김태현 선수를 얼마나 아끼는지 알지? 간판 중 하나라고. 그 수많은 사람 중에서 간판이라는 건 정말 대단한 거야. 김태현 선수가 들어올 때만 해도 이렇게까지 클 줄은……."

"그 소리는 많이 들었고요. 매번 하시잖습니까."

네 인기를 봐라! 네가 나가기만 하면 이렇게 히트를 친다! 이렇게 인기 좋은데 방송 하나 더 나가야 하지 않겠느냐! 그런 뉘앙스의 문자를 주기적으로 받는 태현이었다.

대회를 앞두고 판온을 해야 한다는 이유가 있어서 망정이지, 그게 아니었다면 정말 거절하기 힘들었을 것이다.

"그런 만큼 김태현 선수도 이제 후배들을 챙겨줘야 하지 않겠나?"

"후배 말입니까? SI 엔터에서 새로 선수 영입하시게요? 뭐, 요즘 프로게이머들이 인기긴 하니까……."

판온의 인기가 높아질수록 판온 관련자들의 인기도 따라서 높아지게 되어 있었다. 태현이 판온만 하는데도 점점 인기가 늘어나는 것처럼.

"아니. 인제 와서 선수 영입은 좀…… 그리고 김태현 선수도 있고 세연이도 있는데 굳이 더 늘려야 하나 싶네. 이래 봬도 내가 소수정예를 좋아하거든. 잘 키운 한 명이 회사를 먹여 살리는 법."

SI 엔터 입장에서는 다른 선수들이 성에 차지 않을 만도 했다. 태현과 이세연이 압도적인 활약으로 성적을 내고 있었으니…….

"그러면 뭡니까? 선수 아니면 제가 챙겨줄 게 없는데요……."

태현은 의아해했다. 판온 관련 선수가 아니라면 태현이 챙겨줄 게 있나? 가수나 배우들은 태현이 뭘 가르쳐 줄 게 없었다.

'운동이라도 가르쳐 주란 건가?'

"만약 챙겨줄 게 있으면 챙겨줄 건가?"

"뭐 일단 들어보고……."

"수락한 걸로 알겠어! 그래. 내 야심 찬 계획을 들려주지. 이건 아무한테도 말하면 안 되네."

"……?"

"아이돌 게임단을 만들어 볼 생각이야."

태현은 자리에서 일어섰다. 그리고 돌아서서 나가려고 했다.

탁-

"잠깐! 끝까지는 들어줘야지!"

"아니, 뭔 개소립니까 그게!"

"잘 들어봐! 아이돌, 잘 나가지? 인기 좋잖아!"

"그렇죠……."

"게임단은 어때? 요즘 인기 좋잖아!"

"……."

"둘 다 인기 좋은데 합치면 얼마나 시너지 효과가 날지 아나?"

"어중간해져서 망할 거 같은데요."

"부정적인 소리 하지 말고. 그렇게 되지 않도록 잘해야지. 춤이면 춤, 노래면 노래, 연기면 연기, 그리고 게임이면 게임."

'이 사람이 미쳤나?'

태현은 진지하게 의심하는 눈빛으로 이동팔을 위아래로 훑어보았다. 요즘 SI 엔터가 잘 나간다고 약을 한 건 아니겠지?

"왜 그렇게 쳐다보나?"

"아니…… 아닙니다."

이동팔은 100% 진지해 보였다. 저렇게 진지해 보이니 태현도 살짝 흔들렸다. 자기보다 훨씬 더 연예계 경험이 많은 사람이 하는 소리니 뭔가 계산이 있는 게 분명한 거 아닐까?

"생각해 보니 대표님이 하시는 일이고, 망해도 대표님이 책임질 일이니 제가 말릴 이유는 없네요."

"그래…… 잠깐. 방금 망한다고 했나?"

"근데 전 왜 부른 겁니까?"

"아, 게임 훈련 좀 부탁……."

"저 갑니다."

"조금만! 조금만 해주면 돼! 기초 실력이나 컨트롤 같은 거!"

"바빠 죽겠는 사람한테 뭘 시키는 겁니까?"

"그러니까 조금이라고 했잖아! 아주 기초적인 훈련 정도만 시켜줘도 괜찮다고! 그리고 대회로 바쁜 건 나도 알아! 대회 끝난 다음 해도 돼!"

태현은 한숨을 쉬며 다시 자리에 앉았다.

"근데 코치는 많지 않나요? 넘쳐나는 게 판온 코치일 텐데……."

게임단이 우후죽순으로 생기면서 코치나 감독을 맡으려는 사람들도 그만큼 많이 나왔다. 주로 나이가 좀 있고, 전 세대 프로게이머 경력이 있는 사람들이 맡곤 했다.

"내 신조 모르나? 할 수 있는 한 최고를 고르라는 신조."

"이세연 시켜요, 이세연."

"시키려고 했는데 걔는…… 그 뭐시냐. 원거리? 캐스터? 그런 것만 해왔고 그런 것만 알아서 힘들다고 하던데. 법사면 도와주겠다는데 다른 건 자기가 무리래. 그래서 다른 직업들은 역시 김태현 선수가……."

"아."

태현은 무슨 소린지 바로 이해했다. 이세연은 판온 1 때부터 2까지 네크로맨서만 파온, 골수 네크로맨서 플레이어였다. 그리고 네크로맨서는 마법사 중에서도 운용 방법이 꽤 독특한 편이었다.

소환수를 조종하면서 동시에 저주 계열 마법도 사용해야 하는, 대표적인 고난이도 직업! 그런 이세연인 만큼, 근접 직업을 가르치기는 꺼릴 수 있었다.

"대회 끝나고 생각은 해보겠습니다."

"정말이겠지?!"

"한다고 안 했고 생각만 한다고 했거든요?"

CHAPTER 4

"……이런 일이 있었는데. 혹시 요즘 뭐 안 좋은 걸 드신 적이 있으신가?"

"……아니거든."

이세연은 어이가 없다는 듯이 태현을 쳐다보았다. 회사 스타일링 룸에서 메이크업을 받으며 쉬고 있는데 태현이 찾아온 것이다.

"삼촌도 다 생각이 있어서 계획하신 거야. 판온의 인기가 워낙 좋으니 충분히 해볼 만한 계획이란 거지. 춤이나 노래는 확실하게 실력을 키우고 있으니 거기에 판온이란 요소를 추가하는 거지."

"분명 그럴듯한 소리인데 왜 이렇게 미친 소리처럼 들릴까……."

"원래 평범한 사람들에게 혁신적인 시도는 잘 와닿지 않는 법이지."

이세연은 태현에게 도발을 찔러 넣었다. 저번 방송에서 했던 일에 대한 보답이었다.

"나, 나도 혁신적이라고 생각하긴 했거든?"

"난 할 만하다고 생각하는데. 준비하고 있던 연습생 애들 보니까 노래도 괜찮고 춤도 괜찮더라. 이제 게임만 잘하면 되겠네."

이세연은 진심으로 그렇게 생각했다. 그렇지만 한 가지는 이동팔 대표와 생각이 달랐다.

'삼촌은 나하고 김태현한테 배웠다는 걸로 화제몰이를 하려는 것 같은데, 굳이 그러고 싶지는 않아. 그냥 코치 고용해도 충분할 거야.'

태현과 매번 티격태격 다투었지만, 이세연은 태현과 한가지 생각은 일치했다. 누군가 가르치는 건 부담이야!

같이 프로그램에 출연하는 연예인들이 '하하 판온 좀 같이 해요~ 배우고 싶어요~'이럴 때도 최대한 돌려서 거절했는데, 연습생 애들을 진지하게 가르쳐야 한다니.

생각만 해도 부담 그 자체였다. 게다가 연예인들과 달리 연습생들은 될 때까지 이세연이 책임지고 가르쳐야 하지 않겠는가. 하지만 거절할 수도 없었다.

기대 잔뜩인 삼촌의 부탁을 거절하는 건 생각보다 많은 용기가 필요했던 것이다.

"김태현 선수한테도 부탁해야겠군. 둘이 가르치면 최강일 테니……!"

그때 이세연은 깨달았다. 그녀가 굳이 거절하지 않아도 태현이 알아서 거절해 줄 것이라는 걸! 태현이 저런 제안을 받을 리 없었으니…….

만약 태현이 거절하면 이동팔은 근접 직업 코치를 구할 테니, 이세연은 '에이 그럴 바에는 한 사람이 다 가르치는 게 낫죠' 같은 핑계를 대면서 빠져나갈 수 있을 것이다.

이세연은 태현을 믿었다.

'네가 받을 리 없지!'

"그래서, 제안을 거절하니까 삼촌…… 아니, 대표님이 뭐라셔?"

"응? 거절 안 했는데? 생각해 보겠다고 했는데."

"왜?!"

"하도 간절한 태도로 미친 소리를 하시니까…… 그리고 너도 가르친다고 하고, 대회 끝나고 내 스케줄에 맞춰서 한다고 하니 그것도 거절하긴 뭐했어. 생각해 본다고 했지. 예전이었다면 거절했겠지만 나도 게임단을 이끌어야 하잖아. 같이 홍보가 되지 않을까 싶더라고. 아무래도 팔이 안으로 굽는데, 게네들이 데뷔하면 우리 게임단하고 많이 엮이지 않겠어?"

이세연의 입이 벌어졌다. 일이 생각지도 못한 방향으로 흘러가고 있었다.

'말, 말도 안 되는…….'

저 천상천하 유아독존인 놈이 저런 생각을 하게 될 줄이야!

"그런데 너 방금 좀 이상하게 놀란 것 같은데."

"어, 어? 뭐가?"

"너 혹시…… 내가 거절할 거라고 생각해서 제안을 받아들인 건 아니겠지?"

"무…… 무슨 소리야. 내가 왜 그러겠어?"

"랭커들 중에 다른 사람 가르치는 거 좋아하는 사람 드물잖아? 방해되면 방해됐지 도움 안 되니까. 점점 수상해지는데……."

흔들리는 이세연의 눈빛을 보고 태현은 확신했다. 이 녀석, 내가 거절할 줄 알고 받아들였구나! 내 핑계 대려고!

"아…… 아니라니까."

"그래. 뭐 상관없지. 난 제안을 받아들일 테니까."

이세연의 눈동자가 더 크게 흔들렸다. 태현은 웃으며 자리에서 일어섰다.

"그러면 난 가볼게."

태현이 자리를 떠나고 나서 이세연은 발을 동동 굴렀다. 무덤을 스스로 판 꼴이 된 것이다.

그걸 본 스타일리스트가 물었다.

"둘이 진짜 사귀어?"

"언니는 눈이 있으면 방금 그걸 보고서 그런 말이 나와요?!"

"미, 미안. 그냥 물어본 거야……."

'음. 아무리 생각해도 아이돌 게임단은 좀 아닌 것 같은데……'

탕탕탕탕-

"야, 손, 손! 네 손 찍겠다!"

보지도 않고 망치를 미친 듯이 휘두르며 강철 판을 찍어내는 걸 보며, 케인은 기겁했다. 그러나 태현은 아무렇지도 않게 손을 치웠다. 보지도 않고 망치를 두드려서 작업을 끝내는 달인의 기예! 머릿속으로는 수십 가지 생각을 해도 손끝은 정확하게 움직였다.

지금 태현은 수도 성벽에 나와서 대장장이들과 같이 잡일을 하고 있었다.

"그런데…… 있잖아."

"?"

"국왕 즉위는 언제 할 거냐?"

케인은 소곤소곤 물었다. 그렇지만 다른 사람들에게도 다 들렸다. 다들 그 말을 듣자마자 기대 가득한 눈빛으로 쳐다보았다. 모든 사람들이 궁금해하고 있었다. 김태현이 과연 아탈리 왕국 국왕 즉위를 언제쯤 할 것인가?

태현이 즉위식 이벤트를 펼친다면 판온에서 두 번째로 왕위에 오른 플레이어가 되는 것!

사실 길드 동맹은 오스턴 왕국의 수도를 점령하자마자 사디크 화신 때문에 비상이 걸려서 제대로 즉위식 이벤트도 펼치지 못했으니, 엄밀히 따지자면 첫 번째로 즉위식 이벤트를 펼친 플레이어가 되는 것이다.

길드 동맹을 싫어하거나 길드 동맹에게 당한 게 많은 플레이어들은 모두 다 태현을 응원했다.

-길드 동맹보다는 김태현이 낫지!
-길드 동맹 놈들 잘난 척은 엄청 하더니 쌤통이다! 여기서 김태현이 즉위식까지 먼저 해버리면 진짜 웃기겠네!
-난 김태현한테도 당했고 길드 동맹한테도 당했는데…… 으윽…… 그래도 김태현이…… 낫나?

모두가 한마음 한뜻으로 원했다. 즉위식 이벤트를 하라고(길드 동맹보다 먼저)!
물론 태현의 입장에서는 이야기가 달랐다.

[즉위식 이벤트를 시작할 수 있습니다. 즉위식 이벤트를 어떻게 준비하느냐에 따라 다른 결과가 나올 수 있습니다.]
[너무 검소할 경우 명성이 하락할 수 있습니다.]
[너무 사치스러울 경우 악명이 증가할 수 있습니다.]
[필요한 재료는 다음과 같습니다. 최고급 원목 탁자 100개……]

'미친.'
너무 사치스러우면 어떡하지란 걱정은 할 필요도 없었다. 그냥 기본 구색만 갖추려고 해도 어마어마한 골드가 필요했던 것이다.

창고는 살라비안 교단이 알뜰하게 골드 한 푼까지 싹 털어 먹고 사라져 버린 상황. 무에서 유를 만들 수 있는 게 아니라면 세금을 올리던가 해야 했다.

그뿐만이 아니었다.

[당신이 즉위식을 할 수도 있다는 소문을 듣고 아푸 백작이 심기가 불편해집니다.]

[당신이 즉위식을 할 수도 있다는 소문을 듣고 케브렌 백작이 심기가……]

은근히 싫어하는 아탈리 왕국 지방의 귀족들! 도미닉이 반란을 일으킬 때는 입 싹 닫고 가만히 있다가, 반란이 끝나자 탐탁지 않은 시선을 보내는 게 매우 얄미웠다.

거기에 다른 영지 문제도 있었다.

[오송 백작의 영지에서 백작의 기사단과 유해를 찾기 위해 사람을 보냈습니다.]

[부카드 백작의 영지에서……]

[피브레 백작의 영지에서……]

태현이 슥삭 해버린 귀족들의 영지에서 찾아온 사신들!

"펠마스. 싸움이 너무 혼란스러워서 유해 못 찾았다고 전해."

이미 관련된 아이템은 태현이 모조리 꿀꺽한 상황. 그냥 돌려줄 수는 없었다.

"기사단을 돌려달라고 하면요?"

"기사단도 없다고 해야지."

"……."

"아. 그건 안 되겠군. 기사들이 날 너무 좋아해서 못 돌아간 다고 전해."

"그대로 전합지요."

문제가 한두 가지가 아니었지만, 태현은 하나씩 해결해 나갔 다. 죽은 백작들의 영지에서 온 사신은 펠마스한테 맡기고…….

"백작님, 혹시 실례가 되지 않는다면 즉위식에 필요한 음식 은 제가 준비해도 되겠습니까?"

[귀족 전속 요리사, 데브엘이 즉위식 이벤트를 진두지휘하길 원합니다.]

오송 백작을 습삭 해버리고 얻은 새 요리사.

"흠흠. 데브엘. 다 좋긴 한데 지금 즉위식을 할지 안 할지 정 하지 않은 상태라서……."

"그렇습니까. 아쉽군요. 재료가 상하기 전에 다 쓰고 싶었습 니다만……."

"그래. 어쩔 수 없…… 재료? 무슨 재료?"

"오송 백작님이 갖고 다니던 식재료 말씀이십니까?"

"그…… 그런 게 있었나? 양이 얼마나 되는데?"

"영지에 보관하던 것과 비교하면 얼마 되지 않습니다만, 그래도 안 쓰면 아까우니까요. 오송 백작님께서는 미식가였기 때문에 영지에 온갖 식재료를 다 보관하셨죠."

"그렇군. 에드안! 에드안!"

"후후. 부르셨……"

"데브엘과 같이 오송 백작의 영지에 가서 식재료를 빌려오도록."

에드안과 데브엘은 둘 다 의아해했다. 데브엘이 이해가 안 간다는 듯이 물었다.

"백작님. 오송 백작가의 영지에서 식재료를 빌려줄 것 같지는 않습니다만. 거기 분들이 욕심이 좀 많은 분들이라……"

"데브엘. 내 눈을 보게."

태현은 데브엘의 어깨를 붙잡고 눈을 빤히 쳐다보았다.

"진심은 통하게 마련이야."

"그…… 그렇습니까?"

"그래. 난 이제까지 진심 하나로 모든 위기를 헤쳐 나오고 고난을 극복해 왔지. 내 진심에 저 귀족의 기사들도 내 밑으로 오지 않았나?"

[데브엘이 당신의 말에 완전히 설득됩니다.]

"확실히…… 욕심 많은 그들이라도 영웅인 백작님께서 말씀하신 거라면…… 들을지도 모르겠습니다."

영웅인 태현에 대한 알 수 없는 신뢰!

그 사이 에드안은 뒤에서 입을 벙긋거리며 물었다.

'훔칩니까?'

'훔쳐 와.'

즉위식과 관련해 요리는 어떻게든 되더라도 여전히 남은 건 산더미였다. 연회를 여는 데 필요한 각종 재료와 수많은 아이템. 태현을 따르는 플레이어들은 '즉위식 열면 무상으로 일하겠습니다! 열어만 주세요!'라고 떠들고 다녔지만 이런 건 재료 아이템이 필요했다.

고급 꽃 장식을 만들기 위해서는 고급 꽃 아이템이 필요하지, 아무것도 없이 만들 수는 없는 것 아닌가.

"좋은 방법이 있습니다."

"……네가 말하니까 좀 불안한데. 뭐지?"

갈락파드가 찾아와서 의견을 내려고 하자 태현은 불길함을 느꼈다.

"위대한 아키서스의 지도자이신 태현 님께서는 마침내 아탈리 왕국을 손에 넣으셨습니다."

"정확히 말하자면 수도하고 그 근처만이지. 지방 쪽 귀족들은 내 말 안 들을걸."

"아키서스 님의 인도 앞에서 그런 것은 헛된 저항에 불과합니다. 그들이 저항한다면 아키서스 님의 분노를 맛볼 뿐……!"

"우리 하던 이야기나 하면 안 될까?"

"그렇게 하지요. 태현 님. 이제 태현 님께서는 아탈리 왕국을 손에 넣으셨으니…… 국교를 아키서스 교로 하시고, 나머지 교단을 모조리 이단으로 선포하십시오."

"……왜?"

"그러면 수도 내에 있는 나머지 교단의 재산을 모조리 얻을 수 있습니다."

실로 악마의 유혹!

[아키서스 교단을 국교로 선포하시겠습니까?]

[아키서스 교단을 국교로 선포할 경우 다른 교단들이 불만을 가질 수 있습니다.다른 교단을 이단으로 선포할 경우, 이단으로 선포된 교단은 매우 극심한 불만을 가질 수 있습니다.매우 극심한 불만을 가진 교단은 성전을 일으킬 수도 있습니다.]

[재산을 몰수할 경우 악명이 크게 증가합니다.]

"너무…… 막 나가는 거 아닌가?"

"태현 님."

"?"

"어차피 다른 교단들은 아키서스 교단을 싫어합니다. 태현 님께서 친절하게 구셔도 싫어할 겁니다."

반박할 수가 없는 맞는 말!

"확실히 그건 그렇지."

"태현 님이 관대하게 살려주고 있는데도 은혜를 모르는 저들에게 따끔한 맛을 한번 보여주셔야 합니다!"

"으음…… 너무 맞는 말인데?"

"오오. 태현 님! 믿고 있었습니다! 아. 그리고 즉위식에 필요한 의례 준비는 제가 해도 되겠습니까? 교단에서는 저만큼 이런 것에 능숙한 자들이 없을 겁니다."

"그래. 부탁하지. ……잠깐만. 다시 생각해 볼……."

"감사합니다. 태현 님!"

[아키서스 교단을 아탈리 왕국의 국교로 선포했습니다.]
[타 교단의 적대도가 크게 증가합니다.]
[파이토스 교단을 이단으로 선포합니다.]
[모라 시 내의 파이토스 교단 재산을 몰수하시겠습니까?]

[현재 모라 시는 자유도시인 상태입니다. 모라 시 내의 파이토스 교단 재산을 몰수하기 위해서는 회의가 필요합니다.]

'이런.'

태현은 생각지 못한 메시지를 보고 당황했다.

'뭐 상관없지.'

왜냐하면…….

12명 중에 태현 편만 과반수를 넘기는 상황이었으니까!

그걸 모르는 파이토스 교단에 가입한 플레이어는 회의장에서 뜨겁게 외쳤다.

"파이토스 교단 재산을 몰수한다는 게 말이 돼!? 아니, 그러면 파이토스 교단 믿는 플레이어들은?!"

아닌 밤중에 홍두깨라고, 웬 〈파이토스 교단 재산 몰수〉로 긴급회의가 떴으니 놀라지 않을 수가 없었다.

'이거 어떤 놈이 장난친 거 아냐?'

"너희 중 누가 장난친 거지? 이런 것도 회의가 되나 확인해 보려고?"

"아닌데?"

"우린 진지한데?"

플레이어의 입이 벌어졌다.

"파이토스 교단 믿는 플레이어들은?!"

"다른 곳에 가면 되지 않나?"

"아니면 아키서스 교단으로 갈아타도 되고. 요즘 많이들 그러던데."

"말, 말, 말도 안 되는…… 교단 신전도 없는 도시가 어디 있어!"

"아키서스 신전이 있잖아."

"교단 하나만 있는 도시가 어디 있어! 다들 싫어할 거라고!"

"미안한데 투표는 우리 12명이서 하는 거야. 자. 투표하자!"

결과는 정해져 있었다.

[파이토스 교단 재산이 몰수되었습니다.]

[파이토스 교단이 당신을 교단의 적으로 선포합니다.]

[야타 교단 재산이……]

"흠. 뭐 그럴 수도 있겠지. 이해해 준다."

졸지에 수도에 있던 재산들이 모조리 뺏기게 되었으니 교단들이 분노하는 것도 이해가 갔다. 그나마 데메르 교단은 넘어가 준 게 태현의 마지막 남은 양심!

사실 데메르 교단을 좀 더 이용해 먹으려는 속셈이었지만……

하나밖에 없는 유니크한 아티팩트들은 아쉽게도 뺏지 못했지만, 교단이 미처 챙기지 못한 일반 장비나 희귀 장비들은 굴러다닐 정도로 챙겼다. 각종 포션과 스크롤, 축복용 재료 아이템들은 덤이었다.

[현재 교단 내 의식 아이템 숫자가 충분합니다. 교단 사제들의 사기가……]

다른 교단들의 아이템을 뺏어서 그걸로 교단 의식을 지낸다는 게 좀 그렇긴 했지만, 태현은 신경 쓰지 않기로 했다. 그런 것에 신경 쓰기에는 이미 아키서스 교단은 너무 멀리 걸어온 것이다.

"요리…… 됐고, 나머지 준비는…… 갈락파드가 할 거고, 골드만 좀 준비하면 되겠는데…… 골드를 만들어야겠군."

몇십, 몇백 골드로는 턱도 없었다. 최소 몇만 골드 이상!

태현은 새삼스레 골드를 모으는 일에 대한 어려움을 느꼈다. 태현은 이제까지 골드가 부족할 일이 없었다. 판온 1 때는 대부분 솔플이었고, 필요한 아이템이 있으면 자급자족을 했다. 경매장에서 아이템을 사는 정도였기에 골드는 남고 남았다. 판온 2에서는 〈절망과 슬픔의 골짜기〉를 얻어 운영해야 했지만, 거기까지도 어떻게든 됐다.

태현이 퀘스트를 하며 탈탈 털어먹은 장비들이 많아서 그걸 경매장에만 올려도 자금이 꽤 되었던 것이다.

사실 태현도 다른 길드들과 비교해 보면 영지 운영에 꽤 골드를 많이 쏟아부은 편에 속했다. 자기 골드가 아니어서 그렇지. 그렇지만 지금 태현이 구해온 골드들은 〈절망과 슬픔의 골짜기〉를 운영하는 걸로도 아슬아슬했다.

골드를 벌기 위해서는 뭘 해야 할까? 판온에서는 정말 골드를 벌기 위한 수많은 방법이 있었다. 그렇지만 그중 크고 빠르게 한탕을 할 수 있는 방법은 많지 않았다.

'제작? 아니야.'

태현이 작정하고 대장장이 기술을 동원하면 경매장에서도 꽤 화제가 되는 아이템을 만들 수 있었다. 최고급 대장장이 기술 스킬은 아니었지만, 고급 대장장이 기술 스킬과 고급 기계 공학 스킬을 다 갖고 있는 건 태현뿐이었으니까. 거기에 강력한 행운까지!

판온 초기에 태현이 만든 단검을 사기 위해 이리저리 사람들이 모였던 걸 생각하면…….

'그렇지만 수지타산이 안 맞겠군. 한두 개로는 모자라고……
많이 풀었다가는 가격이 내려갈 거고…… 무엇보다 길드 동맹 쪽이 사갈 거 같단 말이지.'

최고급으로, 온갖 희귀 재료들을 사용해서 만들면 많이 만들 수 없었다. 솔직히 그런 재료가 있으면 태현이나 태현 일행 장비를 만들었지! 그러면 어디까지나 일반 재료로 만들어야 하는데. 그러면 한계가 있어서 상위권 랭커들은 쓰지 않고 그 밑의 사람들이 사려고 할 것이다.

　당연히 한두 개 팔아서는 무리였고 많이 만들어서 많이 풀어야 했는데, 그러면 가격이 떨어질 테니……. 천천히 하나씩 파는 것도 나쁘진 않겠지만 태현은 그렇게 느긋하게 플레이하는 플레이어가 아니었다. 게다가 가장 꺼려지는 건 그렇게 많이 팔았을 때 그걸 적들이 구입하는 경우였다.

　걱정이 과한 것 같았지만, 태현은 판온 1 때 실제로 자기가 판 장비들로 무장하고 덤빈 길드를 상대한 적이 있었다. 쓸데없이 튼튼하게 만들어서 더 개고생!

　'음…… 역시 빠르고, 깔끔하고, 크게 골드 벌 수 있는 방법은 하나밖에 없나.'

　전통적으로 밑천 하나 없어도 크게 한탕을 벌 수 있는 기적의 방법!

　태현은 자리에서 일어섰다.

　"케인! 나랑 일 하나 같이 하자."

　"앗! 즉위식 준비야?!"

　"그래. 오스턴 왕국으로 가자! 복면 써라!"

　"……즉, 즉위식 준비하는데 왜?"

　"케인. 멍청한 소리는 하지 말자. 즉위식 준비에 필요한 게 있으니까 가지러 가는 거잖아."

"오스틴 왕국에? 아탈리 왕국 즉위식 준비잖아……."

"오스틴 왕가 아이템이 아니라…… 애초에 그건 이미 내가 갖고 있잖아."

"응?"

"오스틴 왕가 아이템을 가지러 가는 게 아니라 그냥 골드와 아이템을 가지러 가는 거야."

케인은 그제야 태현이 무슨 소리를 하는지 이해했다.

"……강도질한다는 거지?"

"이제야 이해가 좀 빠르네. 자, 복면 쓰자."

"넌 복면 필요 없지 않나?"

태현에게는 〈마르덴 후작의 살아 움직이는 가면〉이라는, 이런 상황에서는 사기적인 아이템을 갖고 있었다.

외모 변경이 가능한 가면!

"케인, 케인. 너도 PK 좀 해보고 강도질 좀 해봤을 텐데 왜 이러냐?"

"난 너하고 비교하면 엄청 착하게 산 편이거든 이 자식아?!"

이제는 케인도 알았다. 그도 나름대로 악당 플레이를 해왔다고 생각했지만, 판온 1 때 태현과 비교한다면 보름달 앞의 반딧불이라는 걸!

판온 1 때 태현의 일화들을 들으면 믿기지 않는 일들이 많았다. 참으로 온갖 방식으로 사람을 털어먹는, 강도질의 마에스트로! 오죽하면 산적 플레이어들이 태현의 일화들을 따로 모아서 〈산적 교본서〉로 부르고 다닐까!

"케인. 한 번 하고 말 거면 상관이 없지만, 지속 가능한 강도질을 위해서는 여러 고민이 필요하지."

지속 가능한 강도질 같은 단어는 처음 들어봤다. 케인은 가만히 있었다. 어디 무슨 소리를 하나 보자!

"왜 판온에서 강도질을 전문으로 하는 플레이어들은 오래 가지 못할까?"

"글…… 글쎄?"

자기가 벌거나 만드는 것보다 남의 것을 뺏는 건 언제나 쉬운 일이었다. 그렇기에 판온에서 산적, 해적 등 강도질을 전문적으로 하는 플레이어들은 초기부터 있어왔다. 그러나 그들 중 오래 살아남아 랭커까지 된 사람은 극히 소수였다.

"다 꼬리를 잡혀서지."

강도질을 시작하면 여러 페널티가 붙었다. 강도질을 많이 할수록, 그 피해가 클수록, 페널티는 더더욱 커졌다. 각 마을, 요새, 성, 도시 등등에서 출입 금지가 걸리는 건 물론이고. 현상금까지 걸려서 퀘스트를 받은 NPC와 플레이어들이 찾아오게 됐다. 드넓은 판온에서 쉴 곳 하나 없이 계속 신경을 곤두세우고 싸워야 하는 것이다.

태현이야 악명 스탯이 워낙 높아도, 작위에 영지에 미친 명성 스탯까지 갖고 있었으니 크게 힘든 적이 없었지만 다른 사람들은 아니었다. 그래서 강도짓을 하는 플레이어들은 뭉쳐서 길드를 만들곤 했다. 자기들끼리라도 뭉쳐야 했으니까.

그리고 물론, 그 결과는 좋지 않았다. 케인만 봐도 알 수 있듯이 보통 그런 길드는 자기들끼리도 싸우게 마련이었던 것이다.

"꼬리를 잡히는 순간 여러모로 귀찮아져. 알겠냐, 케인? 깽판을 칠 때는 두 가지로 구분을 해야 해. 정체를 들켜도 되는 깽판과 정체를 들키면 안 되는 깽판. 이런 강도질은 보통 후자일 때가 많지."

태현의 목소리에서는 오랜 연륜을 가진 현자만이 뿜어낼 수 있는 지혜가 담겨 있었다. 순간 진지하게 듣던 케인은 정신을 차렸다.

'아니. 생각해 보니까 이 자식은 강도질하는 방법을 뭐 이리 폼 나게 말하는 거야? 난 강도질 좀 했다고 아직까지 게시판에서 욕먹는데……'

케인은 왠지 모르게 억울해졌다. 조금 훔친 그는 아직도 욕을 먹는데 태현은 영웅 취급을 받다니!

"난 일단 길드 동맹과 휴전을 맺은 상황이란 말이지. 그런데 강도질한 걸 들키면 좀 그래."

"너도 그런 걸 신경 쓰는구나……."

"신경 써야 할 때는 신경 써야지. 자. 그래서 왜 복면을 써야 하는가. 왜냐하면 정체는 숨겨도 다 들통나게 마련이거든."

꼬리가 길면 잡힌다는 말이 괜히 있는 게 아니었다. 복면을 쓰고, 이것저것 변장을 하고, 아닌 척을 해도 하다 보면 판온에서는 꼬리가 잡히게 되어 있었다.

마법이나 추적 관련 스킬 이야기가 아니었다. 강도짓한 걸 본 플레이어들이 동영상이라도 찍어 올리면, 그걸 수십, 수백만의 플레이어들이 보게 되어 있었다. 그러면 어떻게든 제보가 들어오게 마련이었다.

'어? 저 사람 어디서 본 거 같은데?'

'저 사람 ×× 같아요!'

"그러니까 최대한 속임수를 많이 걸어야 해. 지금 길드 동맹쪽에서 난리를 치면 가장 먼저 의심받을 게 나란 말이지."

'알긴 잘 아네.'

"아예 가상의 인물, 새로 나타난 놈인 척해야 의심을 벗어날 수 있어. 난 평소에 복면을 쓰고 다니지 않았으니까 복면을 쓰는 것도 혼란을 주겠지. 그리고 케인. 평소 쓰던 스킬도 쓰면 안 돼."

"뭐?!"

"노예의 쇠사슬 같은 거 쓰면 죽는다. 평범한 스킬들만 써. 시중에 풀려서 개나 소나 쓸 수 있는 스킬들. 〈강타〉나 〈세번 치기〉 같은 것들 있잖아."

"끙……."

"그리고 이름도 가짜로 지어야겠군. 흠. 좀 산적 플레이어 같아 보여야 하는데…… 요즘 유명한 산적 플레이어들 누구 있더라?"

'너, 인마. 너.'

케인은 속으로 삼켰다. 그리고 게시판을 검색했다.

"길드 동맹에 느레, 느페 형제가 유명하네."

느레, 느페 형제. 산적으로 뛰다가 한계를 느껴서 길드 동맹에 가입한 두 산적 랭커였다. 최근에는 아란티스 왕국에서 태현과 부딪혔다가 느레의 장비가 전부 다 털린 적이 있었다.

"그런 애가 있었나?"

"네가 장비 다 털었잖아! 경매장에도 올렸는데 까먹었냐?!"

"몰라. 그런 놈. 그런 놈 하나하나 다 기억하면 어떻게 살라고."

"……"

"어쨌든 잘됐네. 그럼 우리는…… 느구, 느가로 가자."

"이름 너무 구리지 않냐……."

"시끄러, 인마. 우리 컨셉은 '느레, 느페 형제를 동경해서 새롭게 나타난 산적 듀오'야. 알겠어?"

'강도질하는데 이렇게 열심히 해야 하나?'

"너 지금 속으로 강도질하는데 이렇게 열심히 해야 하냐고 생각했지?"

"?!"

"케인. 세상 모든 일은 쉽게 되는 게 하나도 없어. 다 열심히 해야 한다고. 강도질도 마찬가지야! 네가 그러니까 강도질로 대성을 못 한 거지!"

케인은 충격과 함께 살짝 감동을 느꼈다.

'아니. 또 감동받을 뻔했네. 속지 말자. 속지 말자.'

이상하게 태현과 대화하다 보면 넘어가게 됐다.

한번 느레 장비를 만져본 적이 있는 태현에게, 다시 비슷한 장비를 맞추는 건 쉬웠다. 느레는 기억 못 해도 느레한테 뺏어서 확인해 본 장비는 기억하는 태현!

[<정교하게 따라한 산적의 갑옷>을 만들었습니다.]

"흠. 좋아. 좋아."

아주 똑같지도 않으면서도, 거의 비슷하게 생긴 갑옷.

이걸 보면 사람들은 '어? 느레, 느페 형제랑 장비도 비슷하다니. 둘을 따라 하는 건가?' 생각할 것이다.

"가자. 케인!"

"……."

"그러고 보니 새로 얻은 스킬 중에 너한테 어울리는 스킬이 있어."

"뭔데?"

케인은 살짝 기대되는 목소리로 물었다.

"<살라비안의 폭주>라고."

"이름만 들어도 수상쩍어 보이는데……."

태현이 도미닉을 잡고 얻은 권능 스킬!

"아냐. 좋은 스킬이야."

<살라비안의 폭주>

살라비안의 힘을 빌려 생명력을 폭주시킵니다! 일정 시간 동안 HP와 HP 회복력, 물리 방어력과 마법 방어력이 매우 크게 증가합니다.

"거봐. 좋지? 권능 스킬들은 대체로 좋다니까."

"진짜 좋네? 근데 왜 스킬 이름에 폭주가 들어가지?"

"……하하. 멋있어서 넣었나 보지."

태현은 가장 밑의 줄에 있는 설명을 숨겼다.

주의: 살라비안의 힘으로 인해 모습이 흉측해질 수 있습니다.

태현은 케인과 같이 가면서 아이템을 확인했다. 도미닉을 잡고 기타 살라비안 교단과 귀족들까지 털면서, 아이템이 너무 많이 나와 전부 확인하지 못한 상태였다. 중요한 것부터 먼저 먼저 확인하면서 움직이고 있었던 것이다.

아탈리 왕국의 왕관:

내구력 ∞/∞, 마법 방어력 700.

스킬 왕국 추방, 국왕의 현상금, 국왕의…….

아탈리 왕가를 상징하는 아름다운 왕관이다. 한때 살라비안의 힘이 깃들어 있었지만, 이제는 완전히 정화된 상태다.

-착용하는 순간 즉위식 퀘스트 시작.

가장 중요한 왕관. 이건 또 극단적인 아이템이었다. 물리 방어력이 없는 대신 마법 방어력이 이제까지 본 아이템 중 최고였다.

'마법사들 죽이라고 만든 아이템인가?'

이걸 끼고 마법사들한테 덤벼들면 마법사들이 피눈물을 흘릴 것이다. 물론 이거 없어도 태현은 마법사들 죽일 자신은 충분히 있었지만! 마법 방어력도 극단적이었지만, 스킬 목록도 극단적이었다.

이제까지 얻은 아이템 중 가장 스킬들이 많았다. 관련된 스킬은 대부분 국왕의 명령 스킬이었다. 쫓아내거나 현상금 걸거나 괴롭히거나 귀족으로 올려주거나…….

하도 세세하게 나뉘어 있어서 다 볼 수가 없었다.

'음?'

스킬 목록들을 훑어보던 태현은 신기한 걸 발견했다.

<아탈리 왕가의 힘>

오랫동안 내려오던 아탈리 왕가의 힘을 빌려, 일시적으로 무적 상태가 됩니다.

-아탈리 왕궁 안에서만 사용할 수 있습니다.

순간 뭐 이런 사기 스킬이 있나 했는데, 생각해 보니 아탈리 왕궁 안에서만 쓸 수 있으면 좀 애매했다.

적을 어떻게 왕궁 안으로 끌어들이지? 태현은 도미닉이 이스킬을 못 쓰고 죽었다는 것에 안도하기로 했다. 그것만으로 충분했다.

'에드안이 안 훔쳤으면 정말 사달이 날 뻔했군…….'

"태현…… 아니, 느구! 느구!"

케인이 태현을 불렀다.

"저기 길드 동맹 애들 아냐?"

"오."

아이템 확인을 하던 태현은 창을 끄고 시선을 돌렸다. 저 언덕 밑에서 수레 몇 대와 함께 길드 동맹 깃발을 단 플레이어들이 오고 있었다.

"뭔 아이템이냐…… 보자. 오호라. 대장장이 재료군."

질 좋은 강철 주괴들이 수레에 잔뜩 실려 있는 걸 보고 태현은 흐뭇하게 미소를 지었다. 거기에 길드 동맹 깃발까지 달고 있다니.

보통 '이거 건드리면 넌 길드 동맹한테 쫓겨서 죽는다!'라는 의미로 단 거겠지만, 태현한테는 '여기를 털어주세요!'라는 깃발로 보였다.

"가자! 느가!"

"그…… 그래!"

케인은 아직도 어색한 새 이름에 겸연쩍어하며 태현의 뒤를 쫓았다.

"모두 정지!!"

수레를 끌던 길드 동맹 플레이어들은 갑자기 나타난 플레이어들에 깜짝 놀랐다. 그리고 안심하고 비웃기 시작했다.

왜냐하면 단둘이었으니까!

"……뭐, 뭐야? 으하하하! 두 명이잖아!"

"너희 판온 시작한 지 얼마 안 됐나 본데, 우리가 길드 동맹 길드원이거든? 너 잘못 걸렸다."

"무릎 꿇고 '잘못했어요' 하면 봐줄게."

태현은 그걸 보고 작게 말했다.

"친절하네."

"뭐, 뭐라고 해야 하더라?"

"너 산적질 해본 적 있잖아?"

"한 지 너무 오래됐다고!"

"쯔쯔…… 이름이 부끄럽다. 내가 한다. 난 느구! 여기는 느가! 짐을 놓고 가면 목숨은 살려주마!"

길드원들은 여전히 비웃으면서 머리 옆에 손가락을 빙빙 돌렸다.

"잠깐만, 느구, 느가면…… 설마 느레, 느페 형제 따라 한 건가?"

"야! 장비도 비슷해! 산적 꿈나무인가 봐! 크하하하…… 킥!"

태현은 말을 하던 길드원에게 도끼를 집어 던졌다.

[HP가 0이 되어……]

장비는 전부 바뀌었지만 쌓아놓은 스탯과 패시브 스킬이 어디 가지는 않았다. 행운의 일격으로 잔뜩 버프된 투척 도끼가 들어박히자 길드원은 그대로 로그아웃됐다.

"어…… 어……."

"우리가 우스워 보이냐? 어!?"

케인은 뒤늦게 끼어들었다.

"우리는 느레, 느페 따위보다 훨씬 더 크게 될 산적들이다! 쫄아서 길드에 들어간 느레, 느페하고 비교하지 말라, 이 말이야!"

"그래! 말 잘했다. 느가!"

"저…… 저 미친놈들이 진짜! 너희 길드 동맹한테 척살당하고 싶, 킄!"

"쓸어버려!"

그 말과 함께, 태현과 케인은 길드원들에게 덤벼들어 공격을 시작했다!

단둘이었지만 정체불명의 2인조의 실력은 대단했다. 느구라고 불린 플레이어는 넓적하고 투박한 산적용 칼을 휘둘렀는데, 그럴 때마다 한 명씩 로그아웃됐다.

다른 한 명, 느가는 화살을 쏘고 마법을 날려도 멈추지 않고 덤벼들었다. 마치 걸어 다니는 요새 같았다.

"으악! 저놈 여기로 오잖아! 막아!"

창을 든 길드원 셋이 케인을 향해 덤벼들었다.

푸푸푹-

[<노예의 근성>……]

[매우 높은 체력을 갖고 있습니다. 저항에 성공합니다!]

[핏속에 흐르는 악마의 피가 약한 공격을 튕겨냅니다!]

일반 공격 따위는 무시해 버리는 케인의 스탯과 스킬! 거기에 저번 대족장 퀘스트 때 악마에게 오염된 탓에 이런 스탯들은 더 높아진 상태였다. 모습은 추했지만!

"크하하! 내가 바로 느가다! 난 산적왕이 될 남자다!"

뒤에서 싸우고 있던 태현은 떨떠름한 표정을 지었다. 물론 가상의 인물을 연기하라곤 했지만, 저 대사는 좀……

"히이익!"

그러나 그런 패기에 길드원들은 오히려 겁을 먹은 모양이었다.

"산, 산적왕이라니. 그런 직업이 있나?"

"어…… 전설 직업 아닐까?"

'그런 거 없어. 바보들아…….'

버티던 길드원들이 하나씩 나뒹굴자, 남은 길드원들도 도망치기 시작했다. 태현은 굳이 쫓지 않고 뒤에서 외쳤다.

"우리 이름을 잘 기억해 둬라! 느구, 느가! 앞으로 산적 플레이어라고 하면 우리 둘이 떠오를 테니까!"

"갔나?"

"갔다. 챙기자."

태현은 수레로 돌아와 아이템을 확인했다. 질 좋은 강철 주괴는 물론이고 각종 화살부터 시작해 무기들이 잔뜩 실려 있었다.

'음?'

그냥 강철 주괴면 모를까, 이 소모 아이템 세트들은 뭔가 좀 다르게 느껴졌다. 어딘가에 필요해서 갖고 가던 아이템들 같았던 것이다.

'아. 뭔지 알겠군.'

지금 길드 동맹이 이런 물자를 옮길 이유는 하나밖에 없었다. 사디크의 마수들!

사디크의 화신은 사라졌지만 아직도 놈이 남긴 마수들은 국경 지대에 나타나 요새와 마을을 두들기고 있었다. 그 때문에 길드 동맹은 피눈물을 흘리며 대응하고 있었다.

어쩌다 오스턴 왕국에 자리를 잡아서 이 고생을!

물론 오스턴 왕국밖에 플레이어들이 먹을 수 있는 곳이 없어서였지만, 정말 오스턴 왕국은 저주받은 땅이었다. 안 그래도 왕자들의 내전 때문에 많은 건물이 파괴되고 NPC들이 준상태였는데, 거기서 또 플레이어들끼리 싸움을 벌였다.

게다가 김태산 같은 놈들은 아예 역병 지대를 만들고 떠났고, 간신히 기껏 통일을 시켰다 싶으니 사디크의 마신까지 등장! 판온에서 가장 저주받은 왕국이라고 봐도 좋았다.

'음. 이런 걸 뺏다니 살짝 미안해지는데…….'

"끙끙. 김태현. 이거 양이 너무 많은데."

"챙길 만큼 챙기고 나머지는 땅에 묻어. 이동 속도 느려질 정도로는 챙기지 마. 땅에 묻어놓으면 나중에 다시 가져갈 수 있으니까."

"너 정말…… 많이 해봤구나……."

-화살 언제 옵니까?
-보냈으니까 기다려.

-지금 강철 없어서 대장장이들이 손가락만 빨고 있습니다.

-강철도 보냈으니까 기다려.

-느레, 느페 형제를 따라 하는 놈들이 나타났어요!

-지금 마수가 요새 벽 부쉈는데 고칠 재료가 없어서 나무로 때우고 있어요!

-보냈다니까!

-느레 느페 따라하는 놈들이 나타났다니까요!

-아 어쩌라고!

-그놈들한테 털렸다고요!

-뭔 개소리야!

요새로 물자를 보낸 길드 동맹의 간부는 당황했다. 어떤 간 덩어리가 부은 놈들이 길드 동맹을 건드려? 판온 플레이어들의 숫자가 어마어마하니, 모든 플레이어가 길드 동맹을 두려워하고 존경하는 건 아니었다. 그래도 적어도, 오스턴 왕국 내에서 길드 동맹을 건드리는 사람은 거의 없었다.

싸움이 벌어지면 길드 동맹은 그 힘을 제대로 보여줬던 것이다. 마찰이 생기면 길드원들을 전부 불러서 짓밟아 버린다! 다른 플레이어들은 더럽고 치사해서라도 길드 동맹을 건드릴 수 없었다. 가끔 미친놈이 나오긴 했지만 그런 놈들은 보통 처참하게 당해 게임을 접었다.

접을 때까지 쫓아가서 PK! 그게 길드 척살령의 무서움이었다.

-지금 가까이 동원할 수 있는 게 누구야? 에이젠 파티지? 에이젠 파티 보내서 추적하라 그래! 죽인 다음 위치 확인하고. 쫓아가서 또 죽여서 단단히 혼을 내줘!

간부는 이를 갈며 명령을 내렸다. 안 그래도 정신없어 죽겠는데 그 틈을 타 이런 일을 벌이다니. 이 쥐새끼는 반드시 벌을 내리겠다!

쉬익- 퍽!

[모라 시 근처에 출몰하는 도적단을 모두 해치웠습니다.]
[명성이 오릅니다.]
[공적치 포인트가 오릅니다.]

"잘 쏘시네요."
"어렸을 때부터 쏴서 자신 있거든요. 사실 잘하는 게 이거밖에 없어요."
"활 하나면 충분하죠. 그것도 못 하는 사람들 많은데요."
이다비는 유지수와 함께 모라 시 주변을 돌며 일반 퀘스트들을 깨고 있었다. 모라 시가 한번 살라비안 교단에 점령된 덕분에, 근처 치안이 많이 안 좋아진 상태였다. 덕분에 원정대 플레이어들에게는 퀘스트가 쏟아져 내렸다.

'가만히 있지 말고 뭐라도 하면 한 푼이라도 더 벌린다'라는 신조를 가진 이다비는 당연히 움직였다.

그러자 유지수도 도와주겠다고 따라온 것이다.

'으음. 무슨 말을 해야 하지?'

도와주는 건 고마웠지만 이다비는 살짝 걱정이 됐다. 유지수와 이다비는 공통점이 별로 없었던 것이다.

유지수는 딱 봐도 잘 사는 집 아가씨 같았고, 성격도 착하고 순해 보였다. 이다비를 존경하고 있긴 했지만 이다비는 솔직히 좀 당혹스러웠다.

'파워 워리어 길드 운영하는 걸…… 존경하면 좀……'

파워 워리어 길드원이면 편하게 대하겠지만, 태현이 아는 동생인데 '우리 같이 파워 워리어 길드 광고나 하면서 돌아다닐까요?'라고 할 수는 없었다. 이다비도 양심이 있었던 것.

'무슨 말을 해야……'

고민하던 이다비였지만 의외로 대화는 쉽게 풀렸다. 공통된 화제가 있었던 것이다.

"그러니까 태현 오빠…… 선배가 요리에 독을 풀고 참가자들을 약화시킨 다음 길드원들을 싸움 붙였다고요?"

"그랬다니까요. 그런 다음에는 전부 다 잡아버렸죠. 저도 처음에는 그럴 줄 몰랐는데……"

유지수가 계속 묻자, 이다비는 태현과 처음 만났을 때를 떠올렸다.

아발랍 시 투기장! 생각해 보니 그녀의 인생이 전환점을 맞은 곳이 거기였다. 거기서 태현을 만났으니까.

처음 만났을 때는 이런 사람인지는 정말 상상도 못 했지!

"그때도 케인 씨하고 같이 있었네요."

"저, 저도 같이 가고 싶었는데…… 이번에도 케인 씨만 같이 가고……."

유지수는 축 처져서 중얼거렸다. 이번 산적질에도 케인만 같이 가다니. 타이럼 사냥꾼들을 데리고 가겠다고 했지만 태현은 '너무 눈에 띄고, 궁수 직업은 케인이나 나랑 달리 정체 숨기는 게 힘들어서 안 돼'라고 거절했다.

이다비는 무심코 고개를 끄덕였다.

"저도 같이 가고 싶었어요."

유지수는 이다비를 보고 고개를 갸웃거렸다. 이다비의 목소리가 너무 쓸쓸해 보였던 것이다. 파워 워리어 길마로서, 목적이 맞아서 태현과 같이 일하는 사람치고는 너무 아쉬워 보이는 목소리!

'어……?'

유지수는 그제야 뭔가 이상하다는 걸 깨달았다. 생각해 보니 케인보다 훨씬 더 이다비가 태현과 잘 어울렸던 것이다.

이다비를 태현 옆에 놓고 생각하니 안 맞는 게 없었다. 성격도 잘 맞지, 게임도 같이 잘하지, 태현의 일을 이것저것 도와주지…….

'두, 두 사람이 사귀는 거였어?'

사귀는 거라면 이제까지의 행동이 다 이해가 갔다. 같이 다니는 것부터 시작해서 종종 둘이서 따로 이야기를 하는 것까지. 사실 그건 숙소 위에 이다비 가족이 있어서 그런 거였지만…….

유지수의 눈동자가 크게 흔들렸다.

'같은 팀이니까 스캔 터지지 않으려고 비밀로 한 거 아닐까? 난…… 그것도 모르고……!'

시작도 하지 못하고 실연당한 기분에 가슴이 아팠지만, 그보다 둘 사이에 눈치 없이 끼어들었다는 게 더 미안했다.

죄책감!

'나, 나는 어떡하지?'

'……저 눈빛은 길드원들이 쓸데없는 생각을 할 때 종종 보여주던 눈빛인데……?'

"나는 있잖아. 네가 하는 강도질은 좀 더 화려하고 멋질 줄 알았어."

케인은 중얼거리며 삽을 휘둘렀다.

[정말로 아름답고 깊은 구덩이입니다!]
[삽질 스킬이 크게 오릅니다!]
[초급 삽질 스킬이 중급 삽질 스킬로 변합니다!]

어떻게 된 게 싸우는 것보다 삽을 쓰는 게 더 많은 것 같았다.

"뭘 원한 건데?"

"아니, 너 판온 1 영상 보면 막 화려하게 콰쾅! 하고 폭발하고, 함정 파고 나타나고 습격하고……."

"그거 다 누가 설치했겠냐?"

"!!"

"원래 화려한 영상 뒤에는 수많은 준비가 있는 법이지."

둘은 길드 동맹의 에이젠 파티부터 시작해 따라붙는 파티를 몇 개 더 로그아웃시켰다. 그리고 남는 시간에는 계속 땅을 팠다. 땅을 파는 이유는 많았다.

최대한 땅을 많이 파서 임시 창고를 여럿 만들어놔야, 나중에 손쉽게 아이템을 보관할 수 있었다. 적들이 많을 때 땅을 팔 수는 없었으니까.

거기에 적들에게 혼란 효과도 줄 수 있었다. 게다가 이런 구덩이는 개조해서 함정으로 쓸 수 있었다. 태현 정도 기계공학 스킬을 가진 사람한테 이런 구덩이는 정말 활용하기 좋은 장치였다.

"그나저나…… 너 정말 삽질을 잘하는데? 내가 판온 1 때부터 이런 걸 해봤지만 너만큼 잘하는 사람은 드문데."

태현은 진심으로 케인을 칭찬했다. 삽을 드는 각도부터 휘두르는 속도까지. 가장 이상적인 자세로 흙을 퍼내고 있었다.

"별로…… 칭찬 같지가 않아서 안 기뻐……."

"아니야, 인마. 그것도 아주 좋은 재능이야. 광부 직업을 하지 그랬어. 괜히 약탈자 직업을 해서 고생했네."

케인은 복잡한 기분으로 칭찬을 받아들였다.

[영웅 작품, <둘이 걷다가 셋이 빠져도 모를 구덩이>를 파는 데 성공했습니다! 현재 삽질 스킬로는 거의 불가능한 결과를 만들어 냈습니다. 삽질 스킬이 크게 오릅니다!]

'그만······!'

게임 시스템까지 뭔가 놀리는 기분!

턱-

뭔가 걸리는 느낌이 들자 케인은 고개를 갸웃거렸다. 뭐지?

탁탁- 탁!

케인은 세게 후려갈겼다.

[지반의 취약한 부분을 한 번에 찾아 부수는 데 성공했습니다. 놀라운 감각입니다!]

[삽질 스킬이 크게······]

"아, 좀!"

와르르-

성질 낼 틈도 없이 바닥이 무너져 내리고, 케인은 아래로 쑥 빠져 버렸다.

"케인, 너 정말····· 삽질의 달인이구나. 너라면 최고급 삽질 스킬, 아니, 전설 삽질 스킬을 노려도 될 거 같은데?"

현재 플레이어들이 갖고 있는 가장 높은 스킬은 최고급까지였다. 최고급을 넘어 전설 스킬을 찍는 순간, 그 스킬을 마스터하게 되는 것이다. 최초이자 최고의 영광!

당연히 아무나 할 수 있는 건 아니었다. 그 스킬에 맞는 재능과, 그것보다 훨씬 더 많은 노력이 필요했다. 그리고 태현은 케인에게서 재능을 보았다. 이제 하다못해 한 번에 저 밑까지 파고 내려가다니.

"개소리하지 말고 구해줘!!"

"알겠어. 내려간다."

탁-

[사디크의 마수 산란장에 들어왔습니다.]
[뜨겁고 강렬한 사디크의 힘이 침입자를……]
[사디크의 권능을 갖고 있습니다. 페널티를 받지 않습니다.]
[카르바노그가 기겁합니다!]

"오…… 이런 곳이."

태현은 놀랐다. 오스턴 왕국과 에랑스 왕국 국경지대 근처에 계속해서 사디크의 마수가 나타나고 있다는 건 태현도 알고 있었다. 사디크의 화신을 잡기 전까지는 끝나지 않는 지옥 같은 소모전!

덕분에 길드 동맹부터 시작해서 에랑스 왕국에 있는 길드들까지 다 사디크의 화신을 찾아 헤매고 있었지만……. 이런 마수 산란장이 지하에 있었다니.

넘어져 있던 케인은 일어서서 다가왔다. 벽에 붙어 있는 거대한 알들이 살아 있는 것처럼 불길하게 꿈틀거리는 게, 당장에라도 깨어날 것 같았다.

"어떡하지? 불태워야 하나?"

"아니. 불태우면 어떡해! 넌 이 알들이 불쌍하지도 않냐!"

케인은 순간 잘못 들었나 싶었다.

"아니 태워야 하지 않아? 잠깐…… 네가 무슨 생각하는지 알겠다!"

정말로 태현의 생각을 알아차린 것일까? 태현은 놀랐다. 서당개도 3년이면 풍월을 읊는다던데, 케인도 정말 성장을 하는구나!

"사디크의 마수면 불에 강한 내성을 갖고 있을 테니까 태우지 말고 다른 방식으로 없애야 한다는 거구나!"

"……아니야, 인마."

태현은 한숨을 쉬었다. 그러면 그렇지.

"말은 맞는 말인데…… 지금 얘네를 없앨 필요는 없지. 얘네가 깨어나서 일어나면 누구를 먼저 공격할까?"

"나하고 너?"

"빼고."

"밖으로 나가서 주변 공격하지 않나?"

"그래. 그러면 뒤처리를 길드 동맹이 할 거 아니야."

케인은 깨달았다. 그렇구나!

"그러면 조용히 나가야겠네."

"아니지."

"?"

"더 보살펴 줘야지."

케인의 입이 벌어졌다. 언제나 남들보다 한 발짝 더 앞서가는 태현!

"그런데 이거 언제 깨어나는지 모르잖아."

"걱정 마. 스킬로 보고 있고, 또 깨어나기 전에는 알 수 있을 거야."

〈신의 예지〉 스킬도 쓰고 있는 데다가 카르바노그까지 보고 있었다. 알이 부화하기 전에는 미리 눈치챌 수 있었다.

태현은 재빨리 솥을 꺼내서 바닥에 설치했다. 미리 알 수 있긴 해도 시간이 많지 않았다. 최대한 빠르게!

부글부글-

물을 붓고 들고 있던 재료 중 몸에 좋아 보이고 사디크에게 좋아 보이는 건 대충 다 쓸어 넣었다.

"화염석도 넣어? ……요리 맞아?"

"어허. 마수들은 식성도 다를 거 아냐."

[화염석을 넣었습니다. 괴식 요리 스킬이 오릅니다.]

괴식 요리 스킬을 가진 태현만이 할 수 있는, 마수들을 위한 알짜배기 스테미너 요리!

'무럭무럭 자라거라.'

[악명, 요리 스킬이 오릅니다.]
[칭호: 마수를 위한 요리사를 얻습니다.]

태현은 찜찜한 메시지창을 무시하며 요리에 집중했다.

[<활활 불타는 스테미너 수프>가 완성되었습니다!]
[플레이어가 먹을 경우 화상을 입을 수 있습니다.]
[플레이어가 먹을 경우 HP가 깎일 수 있습니다.]

"자. 케인. 저기 가서 먹이 주고 와."

"어…… 어떻게?"

"알 위에 부어."

케인은 뜨겁게 타오르는 수프 그릇을 들고 찜찜한 표정으로 걸어갔다. 이거 붓는 순간 알이 빠쳐서 공격하는 건 아니겠지?

촤아악-

[사디크의 마수 알이 <활활 불타는 스테미너 수프>를 흡수합니다. 한층 더 강력해집니다!]

"멀쩡하냐?"

"멀쩡한…… 잠깐, 너 확신 없는데 시킨 거였냐?!"

"하하. 이미 지나간 일은 잊고. 멀쩡하다니 잘됐군. 있는 쓰레기…… 아니, 재료 다 털어야겠어."

괴식 요리의 장점은, 남들은 요리에 쓸 수 없어서 버리는 아이템들로도 요리를 할 수 있다는 점이었다. 태현은 갖고 있는 잡템들 중 팔기 애매하고 쓰기도 애매한 잡템들을 모조리 꺼내서 수프에 넣었다. 어차피 맛으로 먹는 것도 아니니까!

'그나저나 사디크의 마수 산란장도 이런 지하에 있는 걸 보면, 사디크의 화신도 지하로 숨어 들어간 걸지도 모르겠군.'

지하로 들어갔다면 길드 동맹과 다른 길드들이 수색을 해도 찾기 힘든 게 이해가 갔다. 제대로 된 입구를 모르면 찾기 힘든 게 지하 던전이었으니까.

'버포드는 제대로 쫓고 있으려나……'

사디크의 화신이 영지를 떠날 때 버포드를 시켜 쫓게 했지만, 아직 버포드에게서는 연락이 없었다.

"망했다!"

버포드는 탄식하며 주저앉았다.

"흑흑. 어떻게 된 거지."

사디크의 화신을 뒤를 쫓아간 버포드. 처음에는 괜찮았다. 사디크의 화신은 워낙 덩치가 커서 멀리서도 쫓을 수 있을 것 같았다. 그런데 어느 순간, 골짜기를 돌고 나니 사디크의 화신이 그대로 사라져 버렸다. 기겁한 버포드는 근처를 돌면서 NPC한테 묻고, 이곳저곳 다 뒤져봤지만 딱히 나오는 게 없었다.

"이봐!"

"?!"

"너 뭐 하는 놈이야!"

"아…… 아무것도 안 하는데요?"

"수상한데?"

"아니야. 혼자잖아. 그리고 산적 같아 보이지는 않아."

길드 동맹에서 나온 추적대 플레이어들은 버포드를 보고 수군거렸다. 성기사 같아 보였지 산적 같아 보이지는 않았다.

"수상한 짓 하지 말고 조심해. 우리가 지켜보고 있으니까."

"네, 네……."

'개소리하고 있네.'

버포드는 속으로 욕을 하면서 뒷걸음질 쳤다. 재수 없는 놈들! 아탈리 왕국에서 만나기만 해봐라!

한편, 에반젤린이 끌고 온 살라비안 추적 파티도 비슷한 상황을 겪고 있었다.

"배를…… 타고 갔네."

추적 끝에 도착한 곳은 해안가. 배가 있었다는 흔적만 남아 있었고, 아무것도 보이지 않았다.

파티원들은 수군거리기 시작했다.

"저 사람 정말 김태현이 믿을 만한 사람이라고 한 사람 맞아? 사칭 아니야?"

"누가 김태현이 믿을 만한 사람이라고 했더라? 잘못 들은 거 아닐까?"

에반젤린은 이마에서 진땀이 흘러내리는 걸 느꼈다.

수습해야 해!

"걱정 마! 쫓아가면 되니까!"

"아니……."

"바다 건너서 쫓아가는 건 좀…… 어디까지 갔을지도 모르는데……."

"자기들이 도망쳐 봤자 얼마나 갔겠어! 게다가 살라비안 교단은 갈 수 있는 곳이 한정되어 있어! 뱀파이어들이라 사람 많은 왕국만 가거든. 해봤자 에랑스 왕국이나 에스파 왕국, 오스턴 왕국 정도야!"

"그렇군요……."

"에반젤린 님이 그렇다면 그런 거겠죠……."

대답은 긍정이지만 점점 벌어지는 거리!

파티원들이 은근슬쩍 뒷걸음질 치고 있었던 것이었다.

"잠깐! 어디 가!"

"급한 일이 있어서!"

"죄송합니다!"

후다닥!

거리가 벌어지자 파티원들은 급하게 돌아서 도망치기 시작했다.

"휴. 속아서 배 탈 뻔했네."

"이게 그 게시판에서 종종 보이는 납치 사기지? 배에 타면 내리게 될 때까지 노가다만 시킨다는."

"아, 그거! 나도 봤어. 파워 워리어 길드원이 배 태워준다는 말 절대 믿지 말라던데. 할당량 안 채우면 안 내려준다고……."

도망치는 파티원들의 말이 에반젤린의 가슴을 아프게 찔렀다.

"아니야……! 아니야! 난 양심적인 사람이라고!"

"후회는 나중에 하고 쫓기나 하자."

남은 건 최상윤뿐. 그는 지친 표정으로 앉아 있었다.

"너…… 너는 날 믿는구나!"

"아니, 믿는 건 아니고. 살라비안 교단 놓치면 태현이가 날 엄청 귀찮게 할 테니까."

"……."

"뭘 그렇게 봐? 남았으면 된 거 아냐?"

"그래……."

[사디크의 마수를 품은 알이 요동칩니다!]
[곧 마수가 깨어납니다!]
[카르바노그가 경고합니다!]

"튀자!"

태현은 솥을 치우고 재빨리 움직였다. 기다리던 케인도 호다닥 뒤를 쫓았다. 밖으로 나오자 저 멀리서 달려오는 파티가 보였다.

"길드 동맹이지?"

"길드 동맹이군."

"이 자식들! 너희가 그 느구, 느가란 놈들이구나! 나, 에이젠이 너희들을 박살을……."

푹찍푹찍푹찍!

케인은 무식하게 달려가서 에이젠을 몸으로 붙잡았다. 에이젠이 검을 휘두르는 것 정도는 그냥 몸으로 막아내는 방어력! 그사이 태현은 같이 무식하게 에이젠을 찔러댔다. 폭발적으로 올라간 대미지가 에이젠을 박살 냈다.

환장, 아니, 환상의 듀오!

"으헉! 으허억! 야! 안 도와주고 뭐 해!"

"저…… 저기……."

콰직! 콰지직!

땅 속에서, 머리 셋 달린 거대한 개를 닮은 사디크의 마수가 걸어 나오고 있었다.

[사디크의 정예 상급 마수, <머리 세 개 달린 사디크의 화염 사냥개>가 나타났습니다!]

"정…… 정예 상급 마수라니!"

"이름도 길어!"

이제까지 그냥 이름도 딱히 없고 그냥 마수들만 나왔는데, 갑자기 저런 추가 칭호들을 덕지덕지 달고 나온 마수라니.

대체 무슨 일이 있었던 거지!?

'사디크는 점점 더 강해지고 있는 건가?! 아니, 교단도 없는 놈이 대체 뭘 해서 저렇게 강해지는 거야?!'

그사이 태현은 케인에게 귓속말을 보냈다.

-야. 놀라는 척해야지.

"헉! 허어어억! 마, 마수다!"

"으아악! 마수다! 너무 무섭다!"

퍽! 퍼퍼퍽! 퍼퍽!

입은 무섭다고 하지만 손은 붙잡은 에이젠을 두들겨 패고 있었다.

"컥, 컥! 무서우면 좀 놔 개자식들…… 으헉!"

로그아웃되는 에이젠!

에이젠이 데리고 온 파티원들은 마수를 보고 도망쳐야 할지 두 산적 놈들을 막아야 할지 망설였다. 그 틈에 태현과 케인은 에이젠의 장비를 알뜰하게 챙기고 튀었다.

"도망치자!"

"에이젠 파티까지 깨졌다고?!"

"그뿐만 아니라 근처에 있는 추적대까지……."

"걔들까지?!"

"아니, 근처에 있는 추적대는 마수한테 털렸답니다."

길드 동맹의 간부는 심각한 표정을 지었다. 에이젠 파티까지 털렸다면 이건 확실히 평범한 놈이 아니었다.

'최소 랭커 급이 분명해!'

길드 동맹을 시기하고 질투하는 놈들은 판온에 많고 많았다. 순간 가장 먼저 떠오른 건 김태현이었다.

"김태현은…… 영지에 있나?"

"네. 영지에 있다는데요."

"후. 나도 참…… 무슨 일만 생기면 김태현 놈이 한 짓 같아서…… 하긴, 김태현 말고도 할 놈들은 많지. 마수는? 갑자기 정예 마수가 나타났다던데?"

"이놈들이 마수를 보고 놀라는 걸 보니 관련이 없는 것 같습니다."

"하긴 그렇겠지. 그걸 누가…… 어쨌든 더 두고 볼 수는 없겠어. 현상금 걸어."

"예."

아깝지만 어쩔 수 없었다. 이런 랭커들은 길드 동맹의 추적대로만 상대하기 힘들었다. 현상금을 걸면 일반 플레이어들도 신나서 덤벼들 것이다. 악명 높은 산적 직업이니 얻는 보상은 덤!

"그리고 지금…… 앨콧이 딱이겠군. 앨콧 불러서 이 자식들 좀 잡아 달라 그래."

암살자 앨콧. 길드 동맹이 이런 상황에서 가장 쓰기 좋은 패였다. 암살자 직업이 빛나는 순간은 1:1이 아닌, 남들을 추적해서 등 뒤를 찌를 때!

"앨콧이 나선다면 놈들은 파리 목숨이나 마찬가지겠군요. 크헬헬."

"그래. 불쌍하게 됐어. 그러게 적당히 까불었어야지!"

"케인."

"왜?"

"넌 정말……."

"아, 알겠으니까 그만 좀 해!"

둘은 지금 또 지하에 있었다. 케인이 삽질을 하다가 새롭게 사디크의 마수 산란장을 발견한 것이다. 미친 듯한 재능!

태현은 케인을 쳐다보며 생각했다.

'이 자식 진짜 광부로 전직시켜야 했나? 교단 직업 목록에 〈아키서스의 광부〉는 없나?

어떻게 삽질을 할 때마다 뭘 이런 걸 다 찾아내지?

[카르바노그가 감탄합니다. 카르바노그는 아키서스의 노예가

광부의 신 프워드의 화신 같다고 생각합니다.]

태현은 일단 하던 대로 마수들을 잔뜩 먹이고 일어섰다. 그리고 밖으로 빠져나왔다.

'마수 키워주는 건 좋은데 정작 창고로 쓸 구덩이를 못 만드네. 뭐, 다시 파면 되니까…….'

그러나 태현의 생각은 너무 안일한 것이었다.

팍팍팍-

[사디크의 마수 산란장을…….]

"너 혹시 사디크의 노예냐?"

"우연이라니까!!"

마침내 세 번째로 발견한 케인!

'여기에 산란장이 많나? 잠깐만. 거리를 계산해 보면…….'

첫 번째 산란장, 두 번째 산란장, 세 번째 산란장의 위치를 지도에서 그리며 태현은 대략적인 거리를 가늠해 보았다. 다들 같은 간격으로 흩어져 있었다.

물론 그건 그거고, 이 넓은 산에서 마수 산란장 위로 들어갈 입구를 찾아낸 케인은 기막힌 감각이라고 할 수밖에 없었다.

파파파팍-

산란장 안쪽 벽에서 뭔가 파헤치는 소리가 들렸다. 태현과 케인은 서로 쳐다보았다.

"다른 사람이 있는 거 같은데……?"

촤악!

벽이 뚫리더니 안쪽에서 어디서 많이 본 얼굴이 나왔다. 앨콧이었다.

"김태현?"

"어…… 어떻게?!"

케인은 당황해서 대답했다. 태현은 어이가 없다는 듯이 케인을 쳐다보았다.

-야…….

-헉!

잡아떼야 하는 상황에서 무심코 대답해 버린 것! 저런 대답은 인정하는 것이나 다름없었다. 태현은 혀를 찼다. 이미 부정하기엔 늦었던 것이다.

"그래. 김태현 맞다."

"그러면 저 이상한 놈은 케인인가?"

케인은 대답하지 않았다. 태현은 신기하다는 듯이 물었다.

"어떻게 알아본 거지? 무슨 스킬이라도 쓴 건가?"

"아니, 그냥 느낌이 들어서 찍어본 건데."

앨콧은 얼떨떨한 목소리로 대답했다. 사실 그도 여기서 태현을 만나게 될 거라고는 꿈에도 생각지 못했던 것이다. 사디크의 화신을 쫓아 이리저리 돌아다니고 있는데 왜 갑자기 김태현이 튀어나온단 말인가?

"느낌으로? 그게 가능해?"

케인은 경악한 표정으로 말했다. 외모도, 장비도, 다 달라진 상황. 그런데도 느낌으로 사람을 맞추다니.

그러고 보니 앨콧은 유명한 암살자 플레이어였다. 그쯤 되면 저런 초감각이 생기는 걸까? 케인이 이상한 오해를 하고 있는 것 같아서 앨콧은 설명에 나섰다.

"아니. 모두 가능한 건 아니고 김태현만 그런 건데……."

"그러니까 수많은 사람 중 김태현만 알아볼 수 있다……?"

앨콧을 쳐다보는 케인의 눈빛이 기묘해졌다. 이 새끼 이거 완전 스토커 아냐?

'잠깐. 생각해 보니 이 자식 길드 동맹이면서 김태현한테도 협조 잘했었잖아? 정말 스토커인가?'

앨콧이 들었다면 억울해서 돌아버렸을 의심을 하는 케인!

케인이 그러는 사이 앨콧과 태현은 다시 이야기를 하기 시작했다.

"널 보는 순간 소름이 쭉 돋았거든. 그래서 설마 했지."

"뭐…… 뭐?"

케인은 다시 기겁했다. 저거 정말…….

"음. 이런 방식으로 날 알아볼 줄이야. 앞으로 좀 더 조심해야겠어."

"그냥 우기면 기분 탓이라고 생각했을 테니까 괜찮지 않겠어?"

"그럴지도 모르겠어."

케인이 무슨 생각을 하는지도 모르는 채, 앨콧은 스스로 뿌듯해했다. 김태현과 마주치고서 이렇게 태연하게 대할 수 있다니! 과거의 상처에서 많이 벗어난 것 같았다. 이번에는 심지어 존댓말도 하지 않고 평범하게 대할 수 있었다. 이걸 다른 사람들이 봤어야 했는데! 특히 크로포드 같은 놈이!

화염 마법사 랭커인 크로포드는 볼 때마다 놀리고 있었던 것이다.

"넌 근데 여기 무슨 일이냐?"

"난 투기장 뛰고 있었는데……."

길드 동맹에서 구박하는데도 빠져나오지 못한, 아키서스 투기장의 매력! 앨콧은 거기서 우승 한 번 하겠다고 계속 매달려 있었다.

-한…… 한 번만 우승하게 해줘!

물론 도미닉이 사달을 일으키기 전의 이야기였다.

"거기 공성전 때문에 닫혀서 다른 퀘스트 하러 왔지. 맞다. 혹시 나 투기장 이용권 남는 거 있으면 줄 수는……."

"없어."

"그, 그래. 없으면 어쩔 수 없고."

바로 쪼그라드는 앨콧이었다.

"무슨 퀘스트길래?"

"뭐? 너 몰라? 사디크 화신 찾아서 토벌하는 퀘스트인데."

"아. 그거."

"오스턴 왕국에서 플레이하는 플레이어들에게는 전부 다 떴다고."

앨콧이 사디크의 화신을 추적하고 있는 이유는 꼭 길드 동맹이 시켜서는 아니었다. 사디크의 화신이 바로 잡히지 않고 피해가 점점 커지자, 국경 근처에 있는 플레이어들뿐만 아니라 두 왕국 플레이어들 모두에게 퀘스트가 뜬 것이다.

〈사디크의 화신을 토벌하라-사디크 교단 토벌 퀘스트〉
교단은 몰락해도 신은 쉬이 사라지지 않는다.

사디크의 교단은 몰락해서 대륙에서 자취를 감추었지만, 사디크의 화신은 부활에 성공해 대륙을 불태우기 시작했다.

한시라도 빨리 이 광폭한 신의 화신을 막지 않는다면 대륙에는 재앙이 닥칠지도 모른다!

왕국에서는 이 위기를 해결할 용사를 구하고 있다. 이 위기를 해결할 경우 커다란 보상을 받으리라.

보상: 국왕과의 직접 대면 후 결정.

-이…… 이거, 작위 퀘스트 아니냐?

-국왕과의 대면 후 결정하는 거면…… 작위 받을 수 있을 것 같은데?

추측이지만 꽤 가능성 높은 추측이었다. 중앙 대륙에서 가장 잘 나가는 에랑스 왕국의 귀족 작위! 오스턴 왕국처럼 피폐

한 상황도 아니고, 아탈리 왕국처럼 이리저리 찢어진 상태도 아닌, 그런 멀쩡한 에랑스 왕국의 작위에 눈빛을 빛내는 사람들은 많았다. 앨콧도 그중 한 사람이었다.

"넌 근데 길드 동맹 소속인데 에랑스 왕국 영지를 받아도 되냐?"

"영지 있으면 좋은 거지! 땅은 무조건 좋은 거야!"

'아버지하고 비슷한 소리를 하는군……'

앨콧은 일단 받고 나서 생각할 모양이었다. 길드 동맹 입장에서도 앨콧이 오스턴 왕국을 떠나서 입는 아주 조금의 손해보다, 에랑스 왕국에 알짜배기 영지를 얻어서 들어오는 이익이 컸다.

'김태현 녀석 진짜 몰랐나?'

앨콧은 속으로 생각했다. 보아하니 태현은 정말 사디크의 화신 관련 퀘스트가 어떻게 굴러가고 있는지 모르는 눈치였다. 만약 태현이 불러낸 거였다면 저렇게 무심할 리가 없었다.

'역시 사디크의 화신은 김태현이 한 짓이 아니었군. 길드 놈들이 너무 예민해졌어. 저거까지 어떻게 김태현이 했겠어.'

몇몇 길드원들은 '저거 김태현이 한 거 아니냐, 선제공격해야 한다, 지금 해야 한다!'로 말했다. 물론 대부분의 길드원이 '에이…… 아무리 그래도 저건 못하지' 같은 식으로 넘겼지만!

"그런데 사디크 화신 토벌로 온 게 아니라면, 여기는 무슨 일로 온 거냐? 너희들 여기 와서 좋을 거 없을 텐데."

처음 보는 산적 같은 복장을 하고 있는 둘.

앨콧은 의아해했다.

"그게……."

"음……."

그 순간 앨콧에게 귓속말이 날아왔다. 길드 동맹의 간부들이 보낸 귓속말이었다. 설명을 듣던 앨콧의 안색이 변했다. 혜성처럼 나타나서 깽판을 치는 산적 2인조라니.

-듣고 있는 거 맞지, 앨콧? 웬 같잖은 두 놈이 나타나서 난리인지 모르겠어. 네가 처리를 해줘야 할 것 같아!

-어…….

-어? 좋다는 거지?

-어…….

케인은 갑자기 벙어리가 된 앨콧을 보고 물었다.

"쟤 왜 저래?"

"흠. 표정을 보니 귓속말로 날 잡으라는 명령을 받은 것 같군."

앨콧은 기겁하고, 케인도 놀랐다.

'여기는 다 미친놈들밖에 없나??'

한 놈은 눈빛만 봐도 누군지 알아채고, 다른 한 놈은 표정만 봐도 뭔 말을 들었는지 눈치채는, 소름 끼치는 육감의 세계!

"어…… 어떻게……."

"나 보면서 표정 굳히길래 혹시나 해서 짚어봤는데 역시나였군. 진짜 길드 동맹이 명령하디?"

"아, 아차!"

앨콧은 그제야 실수를 깨달았다. 딱 잡아뗐어야 했는데!

그 모습을 본 케인은 왠지 모를 친근함을 느꼈다.

'자식…… 그 마음 이해한다.'

사람이 아무리 머릿속으로는 미리 생각을 해놔도 저런 경험을 하게 되면 반사적으로 반응이 나오게 되어 있었다.

"하긴 뭐…… 너도 암살자 랭커고…… 길드 동맹이 시켜도 이상할 게 없지."

"하, 하하. 그렇지."

"그래. 잘 가라."

태현은 무기를 뽑아 들었다. 그걸 본 케인도 무기를 뽑아 들고 말했다.

"미안하게 됐다. 난 네가 마음에 들었는데……."

"잠깐, 잠깐, 잠깐! 왜! 난 공격도 안 했어!"

"이제 할 거 아니야."

"나, 나는 널 공격 안 해! 내가 왜 널 공격하겠어!"

"날 공격 안 하더라도 내가 어디 있는지, 산적 듀오 정체가 뭔지는 말하겠지. 너무 슬프군, 앨콧. 난 널 믿었는데 그렇게 낱낱이 위에 보고를 해버리다니……."

아직 하지도 않았는데 벌써 한 것처럼 가정해 버리는 태현! 그 모습에 앨콧은 등 뒤에서 식은땀이 났다.

"아니라니까!"

"지금은 안 했지만 곧 할 거 아니야. 그러면 내 마음이 아플 거고, 그러면 그걸 풀기 위해 널 찾아서 족쳐야 하는데…… 나중에 하면 귀찮으니까 지금 하는 거지. 앨콧. 나도 마음이 아프다. 얌전히 맞아주라."

"공격도 안 하고 보고도 안 해! 날 믿어줘!"

앨콧은 진심을 담아 외쳤다. 그걸 본 케인은 생각했다.

'얘는 왜 길드 동맹 소속인 랭커가 김태현만 보면 저렇게 분노 조절을 할까? 소문만 들어보면 엄청 성질 더러운 놈이라던데. 소문이 잘못된 건가?'

태현 앞에서는 자동으로 분노 조절이 되는 앨콧이었지만 케인이 그것까지 알 수는 없었다.

"정말이야?"

"정말!"

"만약 약속을 어기면 널 쫓아가서 죽인 다음에 리스폰 한 곳으로 찾아가서 계속 죽이고…… 아니다, 굳이 이렇게 길게 설명할 필요가 없지. 판온 1 때처럼 해주마."

오싹!

한 줄로 사람의 심장을 얼어붙게 만들고 등골을 서늘하게 만드는 태현이었다. 앨콧은 다급하게 고개를 위아래로 흔들었다. 그제야 태현과 케인은 무기를 집어넣었다.

'살, 살았다……'

목숨을 구했지만 앨콧의 위기는 아직 끝난 게 아니었다. 태현과 케인이 이것저것 요구하기 시작한 것이다.

"우리 봤다는 말은 하지도 말고, 우리 찾았다는 말은 하지도 마라."

"계속 찾다가 못 찾았다고 하면 되겠네! 내 핑계 좋지 않나?"

"맞다. 길드 동맹 물자 중에 좀 비싼 거 있으면 공유 좀 해봐."

"비싼 거 입고 다니는 놈 있으면 개도 좀 말해보고. 탱커 위주로 알려주라."

앨콧은 속으로 둘을 욕했다. 이런 강도 새끼들······.

"잠깐, 잠깐. 나도 핑계가 필요하다고. 나 정도 되는 랭커가 너희 둘 같은 뉴비 산적을 못 찾았다는 게 말이 되겠어?"

"하긴······."

"지금 내가 사디크 화신 찾고 있는 퀘스트 중이니까, 그 퀘스트 핑계를 대고 못 한다고 할게. 그러면 되는 거 아니야."

"뭐 그 정도라면야 허락해 주지."

"고······ 맙다?"

"뭘 별걸 가지고 다."

말하는 사이 앨콧에게 다시 귓속말이 날아왔다.

-앨콧. 알겠어. 그만 튕기라고. 내가 아끼는 길드원들 보내줄 테니까 최대한 빨리 퀘스트 일단락하고 그 산적 놈들 좀 추적해 줘. 현상금 걸긴 했는데 너만 한 사람이 없잖아. 사디크의 화신도 문제지만 이 건방진 산적 두 놈한테 따끔하게 맛을 보여줘야 한단 말이야.

앨콧의 애매한 대답을 오해한 길드 간부!

-아, 아니. 안 보내줘도 되는데?

-뭐? 이미 보냈어. 다 왔을 거야.

-뭐, 뭐?!

앨콧은 기겁해서 둘을 쳐다보고 말했다.

"야! 길드원들 여기로 오고 있대!"

케인은 그 말을 듣고 분노했다.

"뭐?! 그사이 일러바쳤냐?! 이런 개자식! 널 믿었는데! 친근하게 생각했는데!"

"뭔 개소리야! 모르고 오는 거야! 그 누가 봐도 '나 산적이에요' 하는 복장 벗고 최대한 다른 복장으로 갈아입어! 너희 그런 거 잘하잖아!"

둘은 상황을 깨닫고 후다닥 갈아입기 시작했다. 태현이야 머리보다 몸이 먼저 움직이고 가면까지 있었으니 쉬웠지만 케인은 이런 거에 익숙한 사람이 아니었다.

'갖고 있는 것 중 가장…… 가장 특이하고 안 쓰는 장비들!'

그 결과 완성된 전위적인 패션 그 자체!

타다닷-

"앨콧 님! 계십니까!"

"도우러 왔습니다!"

딱딱하고 예의 바른 태도. 굴 밖에서 길드 동맹의 길드원들이 공손한 모습으로 들어왔다. 앨콧의 성질이 더럽다는 건 알고 있었기 때문에 조심스러워하는 모습이었다.

'트집 잡히면 안 돼.'

'알고 있어. 앨콧 님은 성질 까다롭다고 하셨으니까.'

"들, 들어와라!"

앨콧의 목소리가 왠지 모르게 어색해 보였다. 굴 안으로 들어가니 처음 보는 두 플레이어가 있었다. 한 명은 도적 플레이어였고, 한 명은……

도저히 직업을 알 수 없는 괴상한 복장이었다. '세상에서 가장 이상한 패션 뽑기' 콘테스트를 하면 나올 것 같은 복장!

"앨, 앨콧 님. 저 둘은…… 누굽니까?"

"내, 내 친구들이야."

"친구들? 어떤 분이십니까? 저희가 이름을 들어 본 랭커분들입니까?"

당연히 들어봤겠지만, 그걸 지금 말하는 순간 앨콧은 '저 배신자 새끼 매달아라!' 꼴이 날 가능성이 컸다. 길드 동맹 소속은 아니어도 친한 편이었던 장쓰안도 태현과 같이 돌아다녔다는 이유로 욕을 먹고 있는데…….

앨콧은 필사적으로 머리를 굴렸다. 가명, 적당한 가명을 떠올려야…….

"쟤네는 랭커는 아니고…… 어…… 마오쩌둥하고 덩샤오핑이야."

태현은 앨콧을 미친놈 보듯이 쳐다보았다. 저 미친놈이 가명을 뭐 저딴 식으로 짓냐?!

실제로 앨콧의 말을 들은 길드원들은 어색한 표정으로 고개를 끄덕였다.

"아, 그렇군요…… 마오쩌둥하고 덩샤오핑…… 네……."

길드원 대부분이 중국인인 상황. 너무 과감한 닉네임이긴 했지만, 용납 못 할 닉네임은 아니었다.

-정말 두 분에 대한 존경심이 가득해서 지었나 보다.

-사상이 가득한 사람이군!

물론 태현은 어이가 하늘로 솟구치기 직전이었다.

-너 돌았냐?? 지금 복수하려고 이러는 거냐?

-아, 아니야! 진짜 떠오르는 이름이 하나도 없었다고! 난 중국인 이름 잘 모른단 말이야!

-넌 길드 동맹 소속 놈이 중국인 이름 하나 제대로 못 지어낸다고? 그걸 말이라고 하냐?!

-아니, 난 길드 동맹 소속이어도 외국인이라고! 솔직히 말해서 중국인 애들 이름 다 비슷비슷해 보인단 말야! 기억나는 게 그거밖에 없었어!

앨콧도 억울했다. 정말로 안 떠올라서 유명한 이름을 따온 건데 어쩌란 말인가. 가명을 〈쑤닝〉으로 지을 수도 없고!

-애초에 왜 우리를 중국인으로 소개시키려고 한 건데?

-그야 위험하니까 그렇지! 안 그래도 난 길드 동맹에서 외국인이라 의심이나 견제 많이 받는 편이라고.

길드 동맹 자체가 워낙 중국인들이 많은 길드다 보니, 앨콧 같은 외국인들은 여러모로 손해를 봤다. 물론 앨콧은 랭커였으니 대놓고 손해 보는 건 없었지만, 태현과 같이 퀘스트를 한 적이 있다는 것만으로도 조심스러워졌다.

해적의 유배지에 갇힌 건 어쩔 수 없었던 상황이어서 잘 변명해서 해결했지만, 그래도 찜찜한 건 찜찜한 법! 그런데 이런 상황에서 수상한 둘과 같이 있다는 게 들킨다면? 소문이나 의심이 늘어날 수도 있었다.

어떻게든 태현과 케인을 수상하지 않게 만들어야 했다.

그러려면 가장 좋은 게 국적! 오스턴 왕국에서 플레이하는 중국인 플레이어라면 일단 점수를 따고 들어갔다.

"닉을 왜 그렇게 지으셨는지 물어봐도 됩니까?"

"존경심 때문이죠."

"엄청 존경합니다!"

태현과 케인은 울며 겨자 먹기로 그렇게 대답할 수밖에 없었다. 그 대답에 길드원 중 몇몇은 감탄하는 표정이었다.

"그러면 앨콧 님은 이 두 놈…… 아니, 두 분을 어떻게 알게 되신 겁니까?"

한결 부드러워진 분위기! 처음 봤을 때는 '저놈들은 뭐 하는 미친놈들이지'란 눈빛이었는데, 지금은 호의의 눈빛이었다.

"오스턴 왕국에서 돌아다니다가 만났는데 쓸 만해서 같이 움직이고 있지. 그보다 그걸 왜 묻냐? 지금 그게 중요하냐? 내 시간이 그렇게 우스워 보여?"

"아, 아닙니다. 죄송합니다. 그냥 처음 보는 사람이기도 하고, 만약 저희 길드원이 아니면 저희 길드에 받아줄 수도 있으니……."

"그건 내가 알아서 위에 말하면 되니까 네가 참견할 일이 아니라고."

"죄송합니다!"

"죄송하면 다냐? 응? 죄송할 일을 하지 말라고."

"잘못했습니다!"

'자식 성질 더럽네.'

케인은 속으로 생각했다. 아까 굽신거리던 모습은 어디로 가고 성질을…….

"마오쩌둥 님."

"……아, 아! 나였지! 그, 그래."

"혹시 저희 길드에 들어오고 싶으시면 말해주십시오. 닉 멋있습니다!"

"패션도 멋있습니다."

케인은 울어야 하나 웃어야 하나 심란한 마음으로 고개를 끄덕였다.

CHAPTER 5

-저것들 어떻게 못 떨쳐내나? 빨리 죽여야 서로 편하다고.

-그게 말이 쉽지, 안 들키고 어떻게 죽여? 조금이라도 수상하면 안 되는데.

-위험한 곳에 끌고 가서 밀어버리자고. 너 때문에 마수 산란장 부화 못 돕고 있잖아.

태현은 투덜거렸다. 원래라면 마수 산란장에 있는 알들에게 영양분을 듬뿍듬뿍 줘야 했는데, 지금은 보는 눈이 많아서 그럴 수가 없었다.

-네가 한 짓이었냐?! 왜, 왜 그러는 거야! 안 그래도 잡기 힘든데 더 잡기 힘들어지잖아!

-그러라고 하는 건데? 야. 내가 길드 동맹을 방해해야 하겠냐, 방해

하지 말아야 하겠냐?

-방해해야 하겠지…….

괜한 질문을 했다! 태현이 휴전을 맺었다는 건 알고 있었지만 앨콧은 그건 신경도 쓰지 않았다.

'김태현이 그런 걸 신경 쓰는 인간이 아니지!'

"자. 그러면 다시 시작해 보자고. 나는 사디크의 화신을 추적하기 위해 이 지하를 뒤지고 있어. 지하를 뒤지다 보면 사디크의 마수 산란장을 발견할 수 있는데……."

콰직! 콰지직!

길드 동맹에서 온 길드원들은 일단 마수 산란장의 알들을 때려 부수기 시작했다. 그걸 본 케인은 속으로 울었다.

-크읍! 김태현! 저걸 지켜보기만 할 거야?

-지켜봐야지 뭐.

-넌…… 마음이 아프지도 않냐! 내가 쟤네들을 어떻게 키웠는데!

태현은 케인을 미친놈 보듯이 쳐다보았다.

"이 산란장들을 추적하다 보면 화신이 숨어 있는 은신처나 거주지를 찾을 수 있다는 게 내 생각이다. 만약 찾지 못하더라도 산란장을 다 때려 부수면 사디크의 힘은 약해질 수밖에 없어. 마수들이 다 사라지면 화신도 자기가 직접 나서겠지."

"좋은 생각 같습니다, 앨콧 님!"

"저 NPC들도 그래서 준비한 거군요."

앨콧은 혼자 있지 않았다. 지나온 통로 뒤에 광부 NPC들이 있었던 것이다. 산란장을 찾기 위해 광산에서 고용한 NPC들!

"그래. 얘네들이 이런 거는 잘 파지. 그렇지만 너희도 왔으니 같이 파야겠지? 그래야 빨리 되니까."

앨콧은 말과 함께 삽과 곡괭이를 꺼내 길드원들에게 던졌다. 다 같이 해야 통로가 빨리 만들어졌다.

"자, 휘둘러!"

길드원들은 불만 섞인 표정이었지만, 누구 하나 감히 입 밖으로 내뱉지는 못했다.

퍽, 퍼퍽-

자리에 모인 모두가 곡괭이를 휘둘러 땅굴을 파기 시작했다. 그리고…….

"오…… 오옷!"

"오오오옷!"

유난히 구분되는 한 남자! 마오쩌둥, 아니, 케인이었다.

"정말…… 대단합니다!"

"대체 어디서 배우신 곡괭이질이십니까?"

[광부 던튼이 당신의 곡괭이질에 감탄합니다! 에어포른 광산에 당신의 소문이 퍼집니다.]

"혹시…… 제 스승님을 뵐 생각 있으십니까?"

〈희귀 직업-에어포른 광부 전직 퀘스……〉

"필요 없어!"

농담 삼아서 한 말이, 점점 더 현실로 와닿고 있었다.

콰!

시끄러운 소리와 함께 벽의 구멍이 뚫렸다. 그리고 새로운 마수 산란장이 나타났다.

"정말 일정 거리만큼 있군요!"

길드원들은 감탄했다.

-야, 적당한 곳으로 꼬셔서 죽일 생각을 해야지!

태현은 구박했다. 앨콧은 한숨을 쉬면서 고개를 끄덕였다.

-알겠어, 알겠으니까…… 좀만 더 기다리면…….

물론 태현은 기다려 줄 생각이 없었다. 태현은 재빨리 손을 움직여 꿈틀거리는 마수의 알 하나를 건드렸다.

-신의 예지!

지금 가장 건드리면 안 되는 부분을 건드리고.

-<깨어나라>!

언령 스킬까지 사용해서 마수의 알을 깨웠다.

-사디크의 화염 룬!

마지막은 사디크의 권능 스킬까지! 그러자 결과는 확실하고 빠르게 나타났다.

[사디크의 마수가 알에서 깨어납니다!]

"앨콧 님! 마수가 깨어납니다!"
"걱정하지 마라. 너희들도 충분히 상대할 수 있으니까! 광부들은 뒤로! 나머지는 앞으로!"
마수들을 상대하기 위해 길드원들을 앞으로 보냈다. 암살자인 앨콧이 탱커 역할을 하면서 전선을 유지시킬 수는 없는 법. 길드원들은 앨콧이 뒤로 돌아서 마수들을 찌를 시간을 벌기 위해 움직였다.
"시간을 벌어라!"
"예!"
길드원들은 단단히 진형을 유지했다.
-끄에에에엑!

어설프게 깨어난 마수가 분노의 고함을 지르며 덤벼들었다. 좁은 산란장, 거대한 마수, 게다가 태현의 버프 덕분에 화염 버프까지! 상대하기 안 좋은 조건이란 조건은 다 달고 있었다. 그러나 길드원들은 겁 먹지 않았다. 앨콧이 있었으니까.

쾅!

[거대한 충격을 받아 뒤로 물러납니다. 잠시 동안 움직일 수 없습니다.]

"크으……."

"앨콧 님! 빨리 공격해 주세요!"

"지금 간다!"

쾅! 쾅!

다시 이어지는 공격. 한 번 버티자 마수의 공격은 더 매서워지고 사나워졌다.

"앨콧 님!"

"간다니까! 돌아보지 말고 앞에 집중해!"

"앨콧…… 으헉!"

쾅, 쾅, 쾅, 쾅!

결국 두들겨 맞던 길드원 중 한 명이 사망!

"아니, 일 제대로 안 하고 뭐 하냐!"

"앨콧 님! 빨리…… 크악!"

하나둘씩 쓰러지는 길드원들! 태현과 케인은 멀리서 그 모습을 보며 팝콘을 뜯기 시작했다.

"헉헉. 간신히 끝냈다."

"훌륭했어, 앨콧!"

"맞아! 박진감 넘치는 연기였어. 다른 사람들은 뭐에 당했는지도 모를 거야!"

앨콧은 한숨을 쉬었다. 싸우는 것보다 몇 배는 더 힘든 기분이었다.

"보낸 길드원들이 전부 로그아웃됐으니 퀘스트에서 뭐라도 보여줘야 해."

"걱정 마. 그건 내가 도와줄 테니까. 넌 우리 일이나 도와주면 돼."

'점점 더 수렁에 빠지는 기분인데…….'

앨콧은 점점 찜찜해지기 시작했다. 태현이 도와주면 확실히 천군만마의 도움이긴 한데, 나중에 들킬 경우에는 확실히 목을 조를 것이다.

'에이, 이미 늦었지.'

"자. 그러니까 근처에 털 만한 놈들이나 좀 알려줘."

잠깐 고민한 앨콧이었지만 결국 정보를 공유하기 시작했다. 왜냐하면……. 손해 보는 건 그가 아니었으니까!

정보를 공유해 주자 태현과 케인은 동에 번쩍 서에 번쩍 날뛰었다. 물론 앨콧한테도 위에서 압박이 날아왔지만, 앨콧은 퀘스트 핑계와 상대가 너무 빨리 도망친다고 변명을 했다. 그러는 사이 태현은 마수를 부화시키는 것도 잊지 않았다. 산란장을 발견할 때마다 최대한 마수에게 먹이를 주고 키워댔다.

그걸 본 앨콧이 계속 기겁한 건 덤이었다.

"후. 좋아. 이쯤 털면 됐고…… 그러면 이제 사디크를 찾아볼까?"

태현의 말에 케인이 의아하다는 듯이 속삭였다.

"야. 그런데 우리는 안 도와주는 게 낫지 않아? 산적질하는 게 더 낫지 않나? 나 재미 들렸는데."

아까부터 계속 마수를 성장시켜서 뿌리고 있는 태현이, 사디크의 화신을 찾아서 처리하려는 앨콧을 도와주는 게 이해가 가지 않았던 것이다.

"일단 산적질은 잠깐 멈춰서 쉬어야 해. 이렇게 날뛰면 다들 몰려오게 되어 있거든. 그리고…… 사디크의 화신은 결국에 쓰러지게 되어 있어. 애 자체가 불완전한 데다가, 교단도 없잖아. 빠르냐 늦냐의 문제일 뿐이지. 그러면 차라리 앨콧처럼 배신자를 한 명 잘 만들어놓는 게 좋다고."

먼 미래를 내다보고 확실하게 앨콧을 섭외하려는 태현!

"무엇보다 사디크의 화신을 앨콧 혼자서 잡을 수 있을지 없을지는 모르잖아. 난 실패할 가능성이 더 높다고 본다. 어쨌든 일이 어떻게 끝나더라도, 앨콧은 확실히 우리를 거스르지 못하겠지."

"그렇군……!"

케인은 납득해서 고개를 끄덕였다.

계속 산란장을 찾으며 돌아다니던 셋.

[사디크의 은신처를 찾아냈습니다! 깊은 지하에서 뿜어져 나오는 열기가 침입자를 막아냅니다.]

새롭게 굴을 파서 도착한 곳은 마수 산란장이 아닌 은신처였다. 드디어 다른 곳이 나타난 것이다.

"됐어! 됐다고!"

앨콧은 뛸 듯이 기뻐했다. 밑바닥에서부터 단서 조각을 모으고 일을 진행시켜서 퀘스트를 해냈을 때. 그때만큼 기쁜 순간은 없었다.

"좋아. 간다. 김태현! 네가 있어서 이렇게 든든한 적은 처음이야."

"하하. 뭘 그렇게까지."

태현은 앨콧의 등을 두드려주었다.

'녀석. 무럭무럭 자라거라.'

은신처의 입구로 들어가자, 거대한 지하 동굴의 모습이 눈앞에 들어왔다. 강 대신 흐르는 건 뜨거운 용암이었고, 천장에서는 괴상하게 생긴 사디크의 소형 마수들이 날아다니고 있었다.

[지하던전 <사디크의 은신처>에 입장하셨습니다.]

[<사디크의 은신처>는 사디크의 화신이 힘을 회복하기 위해 만든 간이 성소입니다. 사디크의 화신이 불러낸 마수들이 이 주변을 지키고 있습니다.]

[조심하십시오. 서투른 짓을 할 경우에는 사디크의 화신이 깨

어나 신의 분노를 보여줄 것입니다.]

앨콧은 망설였다. 솔직히 이 정도 되는 퀘스트는 혼자서 깨기 힘든 퀘스트였다. 원래라면 길드의 지원을 받아가며 깨는 퀘스트!

'김태현하고 케인이 있으면…… 깰 수 있을지도 몰라.'

원래 퀘스트는 적은 인원이 먹을수록 좋은 법이었다. 앨콧은 길드를 부르지 않기로 결심했다. 그러나 그건 앨콧의 생각이었고 길드 동맹의 생각은 달랐다.

"보낸 길드원들이 전멸했다고? 앨콧은 뭐래?"

"더 이상 도움은 필요 없다는데요?"

"아, 짜증 나는 놈. 기껏 보내준 거 제대로 지키지도 못한 주제에 쓸데없이 자존심은 세 가지고……."

"내버려 둘까요?"

"아냐. 사디크의 마수도 그렇고 지금 앨콧 혼자 돌아다닐 만큼 만만한 상황이 아니야. 길드원들 다시 뽑아서 보내줘."

길드 간부는 짜증이 났지만 참고 앨콧을 도와주기로 했다. 다 길드를 위해서!

그 모습을 본 길드원들이 코밑을 쓱 훔치며 말했다.

"역시 팀장님만큼 길드를 생각하시는 분이 없는 것 같습니다."

"후. 내가 또 안 어울리는 짓을 했나?"

"아니 왜 자꾸 지원을 보내는 거야!!"

앨콧은 펄쩍펄쩍 뛰었다. 그 말을 들은 태현과 케인은 질색하는 표정을 지었다.

"너 우리가 모르는 사이에 지원 요청한 거 아니지?"

"진짜 거절했다니까? 보통 이렇게 거절하면 빡쳐서라도 안 보내는데 이 자식들 뭐 잘못 먹었나?"

태현은 골치가 아프다는 표정을 지었다.

"일이 귀찮아지는데. 길드원들이 오면 계속 죽일 수는 없어. 너무 수상해 보일 거라고."

"그러면 같이 다녀야 하냐? 나 자신 없는데."

케인은 자신의 패션을 위아래로 가리켰다. 이번 오스턴 왕국 원정에서 케인은 케인, 산적, 중국인 역할을 번갈아 가면서 하고 있었다. 정체성에 혼란이 올 정도!

솔직히 여기서 더 하면 말실수가 나올 것 같았다.

"어쩔 수 없지. 우리가 빠져야겠다. 지금 빠질……."

타다닷-

"앨콧 님! 도착했습니다!"

"아, 길드 동맹 놈들 진짜 더럽게 빠르네."

태현은 짜증을 냈다. 뭔 놈의 속도가 이렇게 빨라?

-어떻게 하지?

-뭘 어떻게 해. 여기 마수들 많으니까 싸우다가 적당히 눈치껏 죽은

척하고 사라지자고.

"앨콧 님! 축하드립니다! 결국 은신처를 찾으셨군요!"

"길드에서도 이 결과를 기뻐하실 겁니다!"

"그런데 이 두 분은?"

"나하고 같이 하고 있는 두……."

"아! 그 사상 가득한 두 분들!"

"이분이 그 삽질의 제왕 마오쩌둥 님이십니까?"

케인은 결심했다. 어떻게든 빨리 상황을 만들어서 여기를 빠져나가야겠다고!

"모두 조심해라."

"걱정 마십시오. 이런 던전은 한두 번 온 게 아닙니다."

길드원들은 자신감 넘치게 대답했다.

"이런 던전의 공략은 무엇보다 조심성이 중요합니다. 이렇게 적들이 많은 상황에서는 차근차근 한 영역씩 다 해치우고 점령해 나가는 방법이 안전하죠."

"흠. 그렇군."

태현은 슬쩍 폭탄을 바윗덩이 밑에 끼워 넣고 불을 붙였다. 그리고 모르는 척 앞으로 걸어갔다.

콰콰쾅!

"바위가 터졌어?!"

"사디크의 던전답게 바위도 폭발하는군! 모두 조심해!"

태현은 뻔뻔하게 외쳤다. 폭발 소리는 주변의 마수들에게 정확하게 들린 것 같았다.

-퀘에엑?

-퀘에에엑!

쿠당탕거리는 소리와 함께 마수들이 몰려오기 시작했다. 조용히 한둘씩 잡는 계획은 처음부터 틀어지기 시작했다. 앨콧은 기겁해서 태현을 노려보았다. 이 상황에서 이런 일을 벌일 사람은 태현밖에 없었다.

-야! 도와준다며!

-이제는 우리가 빠지는 게 도와주는 거다. 적당히 싸우다가 로그아웃된 척하고 사라질 테니까 알아서 잘해봐.

확실히 지금 상황은 태현이 있는 것보다 없는 게 나았다. 앨콧 본인도 언제 들킬지 몰라 조마조마했으니까.

'아니. 그렇지만 그래도 그렇지. 그냥 좀 적당히 핑계 대고 사라지면 되지 않나?!'

"두 분! 이쪽으로 오십시오!"

"저희가 시간을 벌겠습니다! 여러분! 뒤로 물러서십시오!"

태현은 케인과 함께 장렬하게 마수들 사이로 돌진했다. 누가 봐도 무모한 돌진이었다.

"덩샤오핑 님!!"

"잊지 않을 겁니다! 저희 길드에 들어오고 싶으시다면……!"

태현은 뒤에서 들려오는 소리는 무시하고 마수 사이를 헤치

듯 지나갔다. 케인도 옆에서 두들겨 맞으며 비명을 질렀다.

"야, 야! 빨리 안 뚫으면 나 진짜 위험하겠다! 아직도 보고 있냐?"

"하나, 둘, 셋…… 이제 됐다. 튀자!"

나머지 사람들이 시야에서 멀어지자 둘은 마수들을 밀쳐내고 두들겨 패며 도망치기 시작했다.

"잠깐. 입구는 저쪽인데 우리 어떻게 나가지?"

"신의 예지 스킬로 출입구를 찾을 거야. 이쪽이다. 따라와."

"휴, 다행…… 막혔는데?"

"자."

태현은 곡괭이를 건넸다.

"네가 파면 되지."

케인은 곡괭이를 붙잡고 휘두르면서도 연신 투덜거렸다.

"아니, 야. 솔직히 이걸 내가 혼자서 어떻게 다 파냐? 그냥 다른 출입구를 찾는 게 낫지 않……."

와르르!

[놀라운 감각으로 숨겨진 출입구를 찾아냈습니다! 삽질, 광업 스킬이 크게 오릅니다!]

"타고났어. 타고났다니까. 야. 복장 갈아입고 나가자."

둘은 산적 복장으로 갈아입었다. 이제 마오쩌둥과 덩샤오핑은 죽었으니 더 이상 모습을 보여줄 수는 없었던 것이다.

호다닥-

그리고 빠르게 출입구로 기어오른 둘 앞에 나타난 건 상상 도 하지 못한 모습이었다.

어색한 침묵이 흘렀다. 왜냐하면, 둘의 앞에는 수십 명이 넘 는 길드 동맹 토벌대가 있었던 것이다.

"저…… 저거. 그 산적 놈들 아니냐?"

"맞는데?"

'젠장. 앨콧이 찾은 곳이 그럴듯해 보여서 다들 지원을 왔군!'

태현은 상황을 깨달았다. 혼자서 사디크의 화신을 상대하 는 앨콧을 도와주러 온 걸 수도 있었지만, 그것보다는 앨콧이 사디크의 화신을 정말로 찾은 것 같자 나눠 먹으려고 찾아왔 을 가능성이 컸다.

그리고 이런 길드 동맹 파티는 한둘이 아니었다.

"산적이 나타났다고?!"

"뭐? 어디! 느레, 느페랑 닮았나!"

불쑥불쑥!

국경 지대를 돌아다니면서 마수 토벌을 하던 파티들, 사디 크를 찾던 탐험가들. 하여간 사디크 관련해서 뛰고 있던 플레 이어들은 다 우르르 몰려온 것 같았다.

-×된 것 같은데…….

케인은 귓속말로 태현에게 말했다. 이 인원을 뚫고 가는 건 상관이 없었지만, 그러고 나면 정체가 들통날 것 같았다. 필요한 스킬 대부분을 봉인하고 싸울 정도로 만만한 숫자가 아니었던 것이다.

-어떡하지?
-으음. 다시 던전으로 들어가야 하나.

스르륵-
둘이 고민하는 사이 파티들은 저 멀리서 원형으로 포위를 시작했다.
"저놈들 얼어붙은 거 봐!"
"이해한다. 이만한 숫자를 얼마나 봤겠어. 보면 오줌을 지려도 이상할 거 없지."
"야! 항복해 봐! 얼마나 털었냐? 다 내놓으면 살려줄게!"
"크르르르륵!"
"물론 항복해도 용서는…… 잠깐. 뭔 크르르르륵?"
-크르르르륵!
"으아악! 마수다! 미친! 언제 나타난 거야!"

[사디크의 정예 상급 마수, <머리 세 개 달린 사디크의 화염 사냥개>가 나타났습니다!]

갑자기 나타난 마수. 그것도 그냥 마수가 아니라 정예 상급 마수였다.

"뭘 쫄아! 여기 마수 잡는 놈들만 모였는데!"

"맞아! 진형을 갖춰!"

그러나…….

[사디크의 정예 중급 마수…….]

[사디크의 정예 상급 마수…….]

[사디크의 정예 최상급 마수…….]

[사디크의…….]

"뭐…… 뭐……."

이 근처에 있던 플레이어들은 모두 모였듯이, 이 근처에 있던 마수들도 모두 모인 것 같았다.

[카르바노그가 사디크의 화신이 이 마수들을 부른 것 같다고 추측합니다.]

은신처에 침입자가 생기자, 사디크의 화신이 근처를 돌아다니던 마수들을 모두 다 불러 모은 게 분명했다.

'휴. 덕분에 일이 쉬워지겠군.'

태현과 케인은 안도의 한숨을 내쉬었다. 마수들이 저렇게 알아서 날뛰어주면 태현과 케인은 적당히 기회를 봐서 도망치면 됐다.

'슬슬 도망칠 때인가? 일단 임시 창고에서 뺄 수 있는 만큼

빼서 들고 가면…… 이렇게 마수들 많이 나왔으니 못 쫓아올 것 같고…….'

-크와앙!

마수가 돌격해서 몸을 굴리자 플레이어들이 비명을 지르며 나뒹굴었다.

"지금이다, 가자!"

"오케이!"

먼저 태현이 달려 나가자 케인도 그 뒤를 따랐다. 앞, 뒤, 옆, 사방에서 마수들이 나타나고 격전이 벌어지고 있었다.

콰콰쾅! 콰쾅!

온갖 스킬들이 날아다니고 마수들이 화염을 뿜어댔다.

"이 자식들이 어딜 튀려고!"

플레이어 중 한 명이 케인을 향해 덤벼들었다. 마수도 마수지만 둘에게 걸린 현상금이 꽤 되었던 것이다. 케인은 빠르게 머리를 굴렸다.

'저 정도는 맞아도 괜찮겠…….'

-크르르르륵!

순간 〈머리 세 개 달린 사디크의 화염 사냥개〉가 끼어들어 공격을 막아냈다.

"큭!"

플레이어는 비명을 지르며 물러섰다. 공격을 했는데도 오히려 대미지를 입었던 것이다. 케인도 마찬가지로 긴장했다. 플레이어와 달리 마수는 한 번 잘못 물리면 위험했다. 게다가 화염 대미지까지!

-크르릉!

"?"

-크릉, 크릉, 낑낑!

"……??"

화염 사냥개는 케인을 쳐다보더니, 공격을 하지 않고 누워서 버둥거리기 시작했다.

"뭔…… 뭔…… 함정 공격인가?"

[<머리 세 개 달린 사디크의 화염 사냥개>는 먹이를 준 당신을 기억하고 있습니다.]

[<머리 세 개 달린 사디크의 화염 사냥개>를 부릴 수 있습니다.]

생각지도 못한 상황에 케인의 머리는 작동을 멈췄다.

일단 지금 해야 할 건?

"……물, 물어!"

-크르르릉!

화염 사냥개는 앞으로 달려 나가 케인이 가리킨 놈을 물어뜯기 시작했다. 플레이어는 비명을 지르며 로그아웃당했다.

-케인, 뭐냐!? 뭐 어떻게 한 거야?

태현도 놀라서 물었다. 방금 보여준 건 믿을 수 없는 모습이었다. 케인이 몬스터 길들이기 스킬이라도 갖고 있었단 말인가?

-먹이 줬다고…… 메시지창 뜨는데?

태현은 정말로 놀랐다. 살다 보니 이런 해괴한 일도 있구나!
-케에에에엑!
-크르릉!
다른 마수들이 케인을 보고 덤비려고 할 때마다, 화염 사냥개는 앞에서 울부짖었다. 그러자 마수들은 케인을 건드리지 않고 다른 놈들을 노렸다.
케인이 먹이를 주고 키운 건 화염 사냥개뿐만이 아니었다. 거대한 화염 뱀도 케인을 알아보고 낑낑대기 시작했다.
"저놈! 저놈 사디크의 마수를 부리고 있어!"
"말도 안 돼! 산적 주제에!"
"사디크의 교단에 가입한 건가?! 망했을 텐데!"
주변에 있던 플레이어들은 케인이 부리는 마수들을 보고 경악했다. 그냥 평범한 산적인 줄 알았는데 마수들까지 부리다니! 대체 정체가 뭐지?!
"잘됐다, 케인! 길을 뚫어라!"
"애들아! 가자!"
케인은 강아지, 아니, 화염 사냥개 위에 올라탔다. 뭔지는 모르겠지만 지금 하나는 확실했다. 신난다!
'어렸을 때 시골에서 키운 개를 떠올리는 거야!'

케인은 그렇게 생각하며 사냥개의 턱을 긁어주었다.

[화염으로 인해 대미지를……]

다른 마수들이 날뛰는데, 케인이 이끄는 마수들까지 막을 플레이어들은 없었다. 둘은 유유히 포위망을 뚫고 빠져나갔다.

"잘됐다. 애네들이라면 챙긴 아이템들 전부 갖고 갈 수 있겠네."

생각지도 못한 탈것이 생긴 덕분에 일이 몇 배로 쉬워졌다. 용용이도 흑흑이도 이번 일에 쓰지 못하는 지금. 이 마수들이라면 챙긴 전리품들을 전부 들고 갈 수 있었다.

"이름은…… 백구가 좋으려나."

"그건 아닌 것 같다."

용용이와 흑흑이라는 이름을 지어준 태현이 할 소리는 아니었다.

"야, 나 애네 계속 키워도 되는 거지?"

"어…… 그건 좀……."

태현은 난색을 표했다.

"왜?!"

"그야 저걸 우리가 데리고 있으면 산적질 한 게 누군지 바로 들통이 나잖아."

"미안하지만 짐 다 옮기면 두고 가야 해."

"안, 안 돼……! 백구야……!"

케인은 화염 사냥개를 얼싸안았다. 그리고 비명을 지르며 밀어냈다.

"아, 뜨거!"

화염 사냥개를 다루는 데에는 요령이 필요했다. 타거나 만질 때도 불꽃이 없는 곳을 건드려야 했던 것!

"가자. 시간 없다."

"어? 아탈리 왕국은 남쪽 아냐?"

"바로 아탈리 왕국으로 가면 안 되지. 들킨다니까."

"그러고 보니 너 아까 내 이름 부르지 않았냐?"

"네가 마수를 부리는 탓에 나도 좀 당황했어. 걱정 마. 들은 놈 없으니까."

사방에서 마수가 덮치고 한 놈은 마수를 부리는 데 태현이 말한 걸 들을 정도로 귀가 좋은 놈은 없었다.

"그러면 어디로 가는데?"

"우리는…… 일단 우르크로 간다."

오스턴에서 남쪽이 아탈리, 동쪽이 우르크. 우르크로 간 다음 배를 타고 아탈리 왕국으로!

간단하고 깔끔한 계획이었다.

"우르크는 우리 편인 아저씨들도 있고 하니 거기서 변장 풀어도 의심받을 일이 적지. 게다가 마수 풀어주기도 편하잖아."

"으흑흑. 자기는 드래곤 데리고 다니면서……!"

"설명해 줬잖아!"

"뭐? 그런 짓을 했다고?"

오크 오두막을 짓다가 태현의 말을 듣고 아무도 없는 동굴로 달려온 김태산은 설명을 듣고 깜짝 놀랐다.

"얼마나 벌렸다고? 정말 그만큼 벌렸어??"

"아아. 이게 바로 산적질이란 겁니다."

"그런……!"

김태산은 주먹을 불끈 쥐었다. 최강지존무쌍 길드는 언제나 현질로 인해 골드가 부족할 일이 없었다. 덕분에 태현처럼 저렇게 '없으면 약탈해 오자!'란 발상을 하지 못하고 있었던 것이다.

'부끄럽다! 영지 관리하느라 나란 사람이!'

김태산은 가슴을 쳤다. 그런 모습을 보고 태현은 상냥하게 말했다.

"괜찮습니다, 아버지."

"?"

"지금부터라도 산적질을 하시면 되잖습니까!"

"그래!"

"요즘 우르크 관리하느라 스트레스가 많으실 텐데, 아저씨들 데리고 가시면 아주 좋아하실 겁니다."

김태산은 고개를 끄덕였다. 확실히 다들 좋아할 게 눈에 보였다.

"산적질 할 때 요령을 몇 개 알려 드리겠습니다. 일단 복면을

만들고…… 미리미리 창고를 준비해 둬야 하며…… 퇴로나 그
런 것도 필요한데…….”

어느새 다른 오크 아저씨들까지 찾아와서 듣기 시작했다.

실전 압축형 산적 강의!

“김태현 선생님! 비싼 목표를 찾는 건 어떻게 해야 합니까!”

“김태현 선생님! 몇 명이 한 조로 다니는 게 좋습니까!”

뜨거운 열기가 넘치는 강의실!

옆에서 듣고 있던 김태산은 갑자기 의문이 들어 물었다.

“그런데 태현아. 쟤네들은 뭐냐?”

이글이글-

열기를 뿜어내며 기다리고 있는 사디크의 마수들! 어찌나
존재감이 강렬한지 어두운 동굴을 환하게 빛내고 있었다.

“아, 지금 쟤들을 데리고 가면 너무 눈에 띄어서 들킬 것 같
아서요. 잠깐 여기 두고 싶은데. 괜찮나요? 우르크는 넓고 마
수들 풀어둘 곳은 많으니까.”

“확실히 여기는 마수 하나 생겨나도 이상하지 않긴 하지.”

중앙 대륙에서 가장 거친 자연의 땅, 우르크! 여기서 지내는
플레이어들은 이 주변 자연과 맞설 각오가 되어 있어야 했다.
마을에 있으면 〈대형 몬스터가 나타났습니다. 오크들과 같이
잡으러 가십시오〉란 퀘스트가 수십 개도 넘게 뜨는 곳. 그만
큼 넓고 미지의 장소가 많았다.

“두고 가. 우리가 잘 보살펴 줄게.”

“그런데 저 마수가 여기 있는 거 들키면 우리가 오해받는 거

아닌가?"

"뭐 어때. 이미 사이 안 좋은 놈들인데. 어차피 우리 싫어하는데 이유 하나 더 만들어준 셈 치자고."

길드 동맹에게 오스턴 왕국에서 밀려난 원한을 아직도 품고 있는 오크 아저씨들! 태연해 보였지만 그 굴욕은 어디 가지 않았다.

"그런데……"

"태현아."

"?"

"쟤네는 먹으면 안 되는 거지? 아주 튼실해 보이는데……"

-케에엑!

"무슨 말도 안 되는 소리를!"

케인과 화염 사냥개가 동시에 화를 냈다.

"아니, 그냥 물어본 거야. 꼭 먹는다는 게 아니라~"

아저씨들은 황급히 변명했지만 케인의 눈빛은 의심 가득한 눈빛으로 변해 있었다.

"야. 저 사람들 진짜 믿어도 되는 거냐? 나중에 왔을 때 없어지기라도 하면……"

"그 정도로 양심 없는 사람들은 아니니까 괜찮겠지. 그보다 아저씨들. 저런 마수들 갖고 싶으십니까?"

"물론이지!"

아저씨들은 눈빛을 빛냈다. 저번에 태현이 언데드를 부리는 걸 보고 부러워서 언데드를 하나씩 데리고 온 그들이었다. 물론 아직도 거의 친해지지 못한 상황!

사실 돈만 내면 온갖 희귀한 펫들을 경매장에서 살 수 있었지만, 그들은 그러지 않았다. 크고 희귀하고 멋있는 게 좋다고! 여기에서 파는 건 영혼이 없어!

"잘됐습니다. 어떻게 하냐면……"

마수 산란장을 찾아서 괴식 요리로 듬뿍 먹이를 주면 된다! 그 비결을 들은 오크 아저씨들의 눈빛이 소년처럼 반짝였다.

"나도…… 나도 키우러 갈 거야!"

"모두 산적 복장 꺼내라! 가자!"

"그런 여러분들에게 여기, 길드 동맹으로 위장할 수 있는 장비 세트를 저렴한 가격으로 판매하려고 하는데요……"

"……"

"가족 할인도 있습니다."

"정말?!"

[데브엘과 에드안이 성공적으로 임무를 해냈습니다. 영지에 수많은 재료가 추가됩니다. 백성들이 기뻐합니다.]

"다녀왔습니다. 태현 님. 재료는 저기 있습니다!"

에드안은 흐뭇한 얼굴로 창고를 가리켰다. 데브엘은 혼란스러운 얼굴이었다.

-정말로 오송 백작님이 시키신 명령이 맞습니까?

-아니. 이제 돌아가도 좋다.

-네? 아니, 오송 백작님이 내린 명령이란 걸 확인시켜 주신다고……

-그런 적 없는데? 돌아가라.

-이, 이건 절대 용서할 수 없습니다! 위에 보고하면……

-너 지금 내 위에 누가 있는지 아는 거냐! 나는 그 영웅 김태현 백작님을 모시고 있다!

아무리 봐도…… 이건 강탈 아닌가?

"저, 에드안 님."

"왜 그러지, 데브엘?"

"이건…… 강탈 아닙니까?"

"어허. 그렇게 말하면 안 되지. 정의로운 강탈이잖아."

"강탈은 강탈인 것 같은데……"

"쉿. 때로는 악을 쓰러뜨리기 위해서 수단을 가리지 말아야 하는 법이야. 날 보라고. 내가 왕관을 훔치지 않았으면 저 사악한 살라비안 교단을 물리칠 수 있었겠나?"

"그 이야기 벌써 백 번째십니다."

"그것밖에 안 했어? 더 해야겠네."

데브엘은 슬금슬금 물러섰다. 그리고 태현에게 다가섰다.

"김태현 백작님. 그런데 그 대단한 요리사분은 언제 만날 수 있는 겁니까?"

"아. 데리고 왔으니까 만나게 해줄게."

태현은 스타우를 소개시켜 주었다. 우르크에서 신나게 〈괴식 요리〉를 전파하다가 태현의 손에 붙잡혀서 잠시 영지로 귀국하게 된 스타우!

─아니, 정말 뛰어난 인간 요리사가 있는데 네 소문을 들으니까 그렇게 만나고 싶어 하더라고.

─정말인가?!

"어…… 고블린…… 아닙니까?"

"그게 어때서? 헉, 설마 데브엘. 자네는 종족차별주의자인가? 실망이군."

"아, 아니. 그게 아니라…… 종족 최고 요리사……. 어……. 그게 고블린? 그, 그러니까. 제가 고블린을 싫어하는 건 아닌데……."

[데브엘이 혼란 상태에 빠집니다.]

그 틈을 타 태현은 재빨리 말했다.

"이런, 혼란스러운 것 같군. 그러면 굳이 만날 필요 없겠는데. 가서 쉬도록."

"아닙니다! 이렇게 만나 뵙게 되었는데 뭔가 배우고 싶습니다!"

"아니. 굳이 배울……."

"배우고 싶습니다!"

그 말을 들은 스타우는 멋쩍은 표정으로 코밑을 쓱 훔치더니 말했다.

"그렇게까지 말한다니 어쩔 수 없군. 내 비기, 〈괴식 요리〉에 대해 조금 알려주도록 하지."

태현은 순간 불길함을 느꼈다.

"이건 경매장에 올리고…… 대충 다 된 거 같지?"

"네. 이 정도면 진행할 수 있을 것 같아요."

태현은 이다비와 머리를 맞대고 즉위식 이벤트의 견적을 뽑아보고 있었다.

"좋아. 이제 쓴다?"

아탈리 왕국의 왕관:

-착용하는 순간 즉위식 퀘스트 시작.

[즉위식 퀘스트가 시작됩니다!]

〈국왕 폐하 만세!-아탈리 왕국 즉위식 퀘스트〉

아탈리 왕국의 비극을 딛고 새로운 왕이 나타나려고 한다.

새로운 왕에게 필요한 건 품위와 권위! 어떤 즉위식을 펼치느냐에 따라 그 왕의 명성이 결정될 것이다.

보상: ?, ??, 실패할 경우 수도 주민들의 충성도 하락, 치안 하락, 다른 귀족들의 충성도 하락.

'……뭐 주는 거 없이 페널티만 많군.'

[명성이 매우 높습니다! 즉위식 페널티를 받지 않습니다!]
[칭호: 카테란드 바다의……]
[칭호: 위대한……]
[칭호들로 인해 추가 보너스를 받습니다. 즉위식이 더 널리 퍼집니다.]

이제까지 태현이 깨온 퀘스트들과 업적으로 인한 보너스! 덕분에 더 널리, 더 크게 소식이 퍼져 나갈 수 있게 되었다.

"마수가 너무 많습니다!"
"걱정 마라. 곧 지원군이 온다! 지금 가능한 길드원들을 전부 불렀으니까!"
한편 길드 동맹은 스타×래프트를 하는 기분을 맛보고 있었다. 사방에서 몰려드는 사디크의 괴수들! 사디크의 은신처라는 게 괜한 말이 아니었는지, 정말 미친 듯이 괴수들이 몰려나왔다.
처음에는 그냥 파티로 상대하던 길드 동맹도 '야, 이건 안 되겠다' 싶어 온갖 장비를 갖고 왔다. 은신처에 요새를 건설하고 끈기와 물량 싸움으로 전환! 피바다를 만들면서 한 걸음씩 전진하고 있는 길드 동맹이었다.

"앨콧! 저기 마수 좀 잡아줘! 저놈이 자꾸 불을 쏘아댄다!"

"알겠어, 간……."

[아탈리 왕국 수도 모라 시에서 김태현 백작이 즉위식을 갖습니다. 참석한다면 명예가 높아질 것입니다.]

"……쿨럭, 쿨럭!"

"왜 그래?!"

"아, 아니. 아무것도……."

앨콧은 갑자기 뜬 메시지창을 보고 사레가 들렸다.

"그러고 보니 그 마오쩌둥 님은 아직도 접속 못 하셨나? 우리 때문에 죽었는데 사과라도 하고 싶군."

"아…… 아니. 괜찮아. 자기랑 안 맞는다고 생각해서 다른 퀘스트부터 깨겠대."

"앨콧. 그러지 말고 잘 설득해 봐. 우리 길드로 끌어들이라고. 그런 정신을 갖고 있는 플레이어라면 우리 길드원이 될 자격이 있어."

길드 동맹 간부는 정말로 케인, 아니, 마오쩌둥이 마음에 들었는지 연신 권해댔다. 보통 오만하게 콧대를 높이는 놈이었는데, 저런 태도를 보여주다니. 케인에 관해 전해 들은 사실들이 정말로 마음에 든 게 분명했다.

"알…… 알겠어. 설득해 볼게."

"그래, 그래. 내가 특별히 밀어준다는 말도 전해…… 아니, 뭐?! 김태현 이 새끼가 즉위식을 한다고?!"

"쿨럭, 쿨럭!"

앨콧은 다시 사레가 들렸다.

말 그대로 구름떼처럼 사람들이 몰렸다. 모라 시 안은 이미 사람들로 가득 찼고 성벽 밖 평야에도 사람들이 가득했다. 꼭 태현의 팬이 아니더라도 판온에서 처음 열리는 즉위식 이벤트를 보러 온 사람들도 많았다.

두근두근!

"야, 아까 효과 받았지? 진행하면 또 추가로 보너스 주려 나?"

"난 음식 기대하고 있다. 이거 먹으려고 어제부터 아무 음식도 안 먹었어."

모라 시 4 수비대장이자, 너무 출세해 버린 길드 동맹 첩자인 장샨은 속으로 생각했다.

'길드 동맹 놈들은 계산도 못 하나? 김태현이 이미 있는 영지 하나도 감당하기 힘든 상태일 거라고 호언장담하더니……'

김태현도 한동안 즉위식은 열지 못할 거라고 길드 동맹 내부에서 떠들어댔던 것이다.

-졸속이다! 분명 졸속으로 할 게 분명해!

-김태현 그놈답게 사기 칠 거야!

길드 동맹에서 저주가 빗발치고 있었지만, 즉위식은 멀쩡해 보였다. 사기 같아 보이진 않았다.

'그럴 것 같진 않아 보이는데.'

준비된 장식부터 시작해서 음식까지, 전부 다 골드 좀 많이 들었다 싶은 모습이었다.

'그보다 나 아직도 길드에서 안 쫓겨난 건가?'

자기 위 상관한테 욕을 퍼부었는데도 아직 쫓겨나지 않은 상태!

'헉. 설마 그 인간 자기가 욕먹은 거 위에 보고 안 했나?!'

그제야 장샨은 깨달았다. 자기 상관이 얼마나 쪼잔한 인간인지를! 욕먹기 싫어서 실패를 숨기다니!

'잠깐. 나한테는 좋은 거지?'

생각해 보니 장샨에게는 손해 볼 게 없었다. 아직 길드 소속이니 암살자가 찾아올 일도 없었고(물론 장샨 정도 되는 플레이어 잡겠다고 암살자를 보낼 일도 없겠지만), 나중에 상황이 꼬이면 길드 동맹에 도움을 요청할 수도 있을 것이다.

'근데 이 인간은 어떻게 보고를 한 거지? 내가 보고를 안 했는데?'

정답은 가짜로 보고를 한 거였지만, 장샨은 거기까지 상상하진 못했다. 설마 그렇게까지 했으리라고!

"잘 들어라. 오늘은 평생 없을 기회다."

진지하고 딱딱한 목소리. 모두가 얼굴이 굳어 있었다.

"엄마, 저 사람들 뭐야?"

"쉿. 저쪽 쳐다보지 마!"

지나가는 사람들도 피해 가는 분위기!

모여 있는 사람들은 파워 워리어의 길드원들이었다. 그것도 정예 중의 정예! 다른 길드는 정예라고 하면 레벨이 높고 스킬 레벨이 높은 길드원을 의미하지만, 파워 워리어는 좀 달랐다. 파워 워리어의 정예는 가장 닳고 닳은 길드원이란 뜻!

"우리는 오늘이 올 걸 계속 대비해 왔다. 여기 있는 사람들 중 가장 준비된 사람은 누구냐!"

"파워 워리어!"

"여기 있는 사람들 중 가장 많이 팔아치울 사람은 누구냐!"

"파워 워리어!"

기합이 확 들어간 외침! 실제로 다른 상인 플레이어, 제작 직업 플레이어들은 가슴을 치며 한탄하고 있었다.

-아니 좀 더 걸릴 줄 알았는데!

-김태현 이 자식! 이렇게 깜박이도 안 키고 즉위식을 시작하는 놈이

어디 있어!

그러나 파워 워리어 길드원들은 달랐다. 즉위식을 예상하고 미리미리 준비한 그들!

"먹을 거 다 준비했냐?!"

"예!"

"다른 것들은?!"

"물론 준비했습니다!"

여기서 말하는 '다른 것'들은 정말로 잡다한 것들이었다. 김태현 즉위식 기념 손수건, 김태현 즉위식 기념 머리띠, 김태현 즉위식 기념…… 정말 이 자리 아니면 안 팔릴 아이템들! 그러나 파워 워리어 길드원들은 갖고 있던 골드를 전부 털어 이 아이템들을 만들었다. 심지어 기계공학 대장장이들한테 부탁해 '김태현 즉위식 기념 폭죽'까지 만든 상태.

"다 팔지 못하면…… 돌아오지 마라."

끄덕-

길드원들은 고개를 끄덕였다. 그들도 알고 있었다.

못 팔면 끝장이다! 그만큼 그들은 이 아이템에 목숨을 걸고 있었다.

"가자!"

파바바밧-

그 외침과 함께, 파워 워리어 길드의 즉위식 퀘스트…… 아니, 태현의 즉위식 퀘스트가 시작되었다.

[즉위식이 시작됩니다!]

[자리에 있는 모든 사람들의 명성이 크게 오릅니다.]

[자리에 있는 모든 사람들의 능력치가 오릅니다.]

"김태현! 김태현! 김태현!"

이런 판온 이벤트를 사람들이 좋아하는 이유는, 이렇게 떨어지는 콩고물들이 있었기 때문!

"여러분!"

각종 확성기 마법을 건 태현의 목소리가 평원 끝까지 울리자, 모두 고개를 들고 집중했다.

과연 태현은 무슨 연설을 해줄까? 일반 플레이어들뿐만 아니라, 각종 게임 사이트들의 기자들도 대기하고 있었다.

[판온 최초의 즉위식!]

[판온 처음으로 플레이어 국왕 탄생!]

사실 엄밀히 따지면 쑤닝이 먼저였지만 지금 그걸 신경 쓰는 사람은 없었다. 꼬우면 먼저 즉위식을 올렸어야지!

"여기 와주서서 감사합니다."

"김태현! 김태현! 김태현!"

"그러면 즐겨주시길 바랍니다."

획-

"??"

[즉위식 연설이 끝났습니다.]
[즉위식 축하 연회가 시작됩……]

"끝, 끝났어?"

가장 좋은 연설은 가장 짧은 연설! 태현은 굳이 아무 의미도 없고, 보너스도 없는 연설로 10초 이상 쓸 생각이 없었다.

'보너스도 없는데 뭐 하러 열심히 해?'

어안이 벙벙해진 플레이어들은 산더미처럼 음식이 차려진 식탁들이 나오는 걸 보고 환호했다.

"김태현 최고다!"

"역시 이래야 김태현이지!"

"아, 아니. 이게 끝이야? 기사에 좀 실게 내용 좀……."

물론 기자들은 당황했다. 아무리 그래도 그렇지 10초 컷을 하다니!

"와구와구. 와, 이거 진짜 맛있는데?"

[<아탈리 왕국 귀족의 3단 케이크>를 먹었습니다.]
[신성력, 체력이 오릅니다.]
[마법 스킬이 오릅……]

"우걱우걱. 이거 맛있다."

"평소에 먹을 기회가 없는 거니까 지금 잔뜩 먹어둬야……
어, 이거 뭐지?"

"왜?"

"아니…… 방금 엄청 이상한 맛이 느껴졌는데…… 기분 탓
이겠지."

가끔 섞여 있는 괴식 요리는 덤! 평소에 먹을 수 없는 고급
요리들을 대량으로 풀어댔으니 분위기는 당연히 좋아졌다. 그
틈을 타 파워 워리어 길드원들이 나섰다.

"기념품 사세요! 기념품!"

"앗. 이거 얼마죠?"

"쌉니다. 1골드면 됩니다."

"싼…… 싼가?"

"어허, 이거 다른 곳에서 못 구해요. 게다가 장인들이 만든
명품이에요."

"이 폭죽들도 한번 보세요!"

"김태현 폭죽이라니, 태현 님이 만드신 건가요?"

"그렇다고 볼 수 있을지도 모르고 아닐지도 모르고…… 흠흠."

파워 워리어 길드원들은 이곳저곳을 누비며 싹 팔아치웠다.

'대박이다!'

'골드를 투자한 보람이 있어!'

'펠마스한테 골드를 바쳐도 충분히 남는 장사야!'

[즉위식을 성공적으로 마쳤습니다.]

[아탈리 왕국의 국왕이 되었습니다.]

[칭호: 아탈리 왕국의 국왕을 얻었습니다.]

[왕국 운영 권한······.]

[모라 시 관련 권한······.]

[각종 권한들을 얻었습니다.]

[레벨 업 하셨습니다.]

[명성, 신성이 크게 오릅니다.]

[전술 스킬이 크게 오릅니다. 고급 전술 스킬이 최고급 전술 스킬로 바뀝니다.]

레벨 업과 스킬들 대폭 성장. 힘들게 즉위식을 준비한 만큼 뿌듯한 보상이었다.

[<냉정한 지휘>, <영혼 착취>, <뛰어난 지휘관에 대한 믿음> 스킬들이 합쳐집니다. 최고급 전술 스킬에 오르기까지 어떤 전술을 썼느냐에 따라 결과물이 달라집니다.]

[<폭군의 지휘> 스킬을 얻었습니다.]

<폭군의 지휘>

폭군다운 지휘로 모든 능력치를 급격히 상승시킵니다. 일정 시간이 지날 때마다 공포 수치가 상승합니다. 공포 수치가 한계에 도달하면 부하들이 도주할 수 있습니다.

태현은 당황했다. 이건 너무 부작용이 심한 스킬 아닌가?

한번 쓰면 엄청난 버프가 들어가긴 하지만, 잘못 쓰다가는 자칫 자기 손으로 부하들을 전부 쫓아버릴 수 있는 스킬!

'최고급 전술 찍었는데 이런 걸 주다니……'

태현은 랜덤과 아슬아슬한 스킬들이 충분히 많은 상태였다. 안정적인 걸 원했는데, 이렇게 되다니.

물론 이제까지 태현이 해온 전술에 맞춰서 나온 거지만!

어떻게 보면 인과응보!

[국왕 작위를 갖고 있습니다.]
[최고급 전술 스킬을 갖고 있습니다.]
[<아탈리 왕국 첩자> 양성이 가능해집니다.]
[<아탈리 왕국 근위대>……]

그래도 최고급 전술 스킬 덕분에, 왕국에서 고용 가능한 대부분의 NPC들을 고용할 수 있다는 게 좋았다.

[아탈리 왕국 왕궁 사용 권한을 얻었습니다.]
[왕궁 창고를 사용할 수 있습니다.]
[왕궁 비밀 창고를 사용할 수 있습니다.]

'음. 길드 동맹한테서 훔치고 남은 건 저기에 넣으면 되겠군.'

정말 확실하게 숨길 수 있는 창고였다.

[몇몇 아탈리 왕국의 귀족들이 불만을 크게 품습니다. 그들은 곧 찾아와 항의할 것입니다.]

'이건 무시하고.'

태현은 쿨하게 무시했다. 항의하거나 불만을 품거나 말거나, 태현은 수도와 절망과 슬픔의 골짜기를 이미 점령한 상태였다. 지들이 어쩔 건데?

[새로운 아탈리 국왕의 소문을 듣고 정체불명의 손님이 찾아옵니다.]

"이렇게까지 해야 해?"

"분명 암살자일 거야."

"아니, 암살자가 아닐 수도 있잖아."

"맞아요. 꼭 암살자란 법은 없지 않나요?"

"저도 그렇게 생각하는데……."

케인, 이다비, 유지수는 그렇게 말하며 준비했다. 타이럼 사냥꾼들까지 기둥 뒤에 배치해 놓은 철저한 준비!

"아니야. 암살자가 분명해."

자기 자신에게 저렇게 적이 많다는 걸 확신하기도 힘들었다. 케인은 다른 의미로 감탄했다.

"자. 여기 있다가 내가 신호 보내면 바로 달려드는 거다."

원래라면 신하들과 귀족들로 반쯤 차 있어야 할 왕좌 앞 홀이, 지금은 매복 장소로 바뀌어 있었다.

"저, 저는 오빠…… 아니, 선배를 싫어할 사람이 많지 않다고 생각해요!"

유지수가 용기를 내어 말했다. 그러자 태현이 유지수의 어깨에 손을 올리고 진지하게 말했다.

탁-

"지수야."

"?!"

"그건 아니야."

밖에서 펠마스가 문을 열고 들어왔다.

"백작님…… 아니, 폐하. 손님을 모시고 왔습니다. 그보다 폐하. 이런 시종장 역할은 다른 놈을 시켜도……."

"안 돼. 한 푼이라도 아껴야지."

잡다한 일을 처리하는 시종장 역할을 맡게 된 펠마스는 투덜거렸다. 시종장부터 시작해서 온갖 잡무는 다 하고 있는 기분이었다.

덜컥-

문이 열리고 정체불명의 손님이 들어왔다. 전신을 로브로 덮고서 가린 모습이 아주 수상해 보였다.

-내가 뭐라고 했냐? 암살자라니까?

-저, 저렇게 보니까 확실히 암살자 같긴 한데…….

-진짜 암살자인가요? 누가 보냈지?

-누가 안 보냈는지 찾는 게 더 빠를 것 같다.

"폐하. 이렇게 뵙게 되어 영광입니다. 새로운 국왕이 되신 걸 축하합니다."

"그래."

태현은 말과 함께 무기에 손을 뻗었다. 상대가 언제 본색을 드러낼지 경계하면서.

"제가 누군지 궁금하실 겁니다. 저는 악마……."

"악마! 악마 쪽에서 보낸 암살자였군!"

"공격! 모두 공격!"

케인이 외치자 타이럼 사냥꾼들이 활을 들고 조준했다. 케인은 기다리지 않고 먼저 돌격했다.

쾅!

"뭐, 뭡니까? 뭡니까?!"

"시끄럽다, 이 악마 암살자! 누가 보낸 거냐! 에다오르냐! 아다드냐!"

"참고로 아다드의 부하 갈그랄을 죽인 건 케인이다!"

"야!!"

에다오르, 아다드. 둘 다 태현에게 엿을 먹은 마계의 층을 지배하는 악마 공작들이었다. 둘이라면 태현에게 악마 암살자를 보내도 이상할 것 없었다.

쾅-

[막대한 힘에 제압당합니다! 움직일 수 없습니다!]

케인은 깜짝 놀랐다. 순간 하늘이 빙글 돌더니 그대로 제압당한 것이다.

"전 에다오르와 아다드 둘 다 관계없는 악마입니다. 공격을 멈춰주십시오, 폐하!"

케인이 잡힌 걸 본 타이럼 사냥꾼들이 수군거렸다.

"어떡하지? 인질로 잡혔는데?"

"그냥 쏘면 되지 않을까? 저놈 튼튼하던데."

"이것들아!!"

"일단 중지!"

타이럼 사냥꾼이 활을 내리자 악마 사신이 안도의 한숨을 내쉬었다. 그러고는 케인을 노려보며 말했다.

"폐하. 이런 성급한 부하를 데리고 있는 건 명성에 흠이 갈 수 있는 행위입니다."

"하하. 미안하게 됐군. 케인이 좀 성급하지."

"야!!"

지가 준비하라고 해놓고!

케인은 억울했지만, 이미 악마 사신은 케인이 한 것이라고 확신하는 모습이었다.

"에다오르도 아다드도 보낸 게 아니라면 여긴 무슨 일로 온 거지?"

"후후후. 폐하의 소문은 많이 들었습니다. 마계의 악마 공작들을 상대로 인간이 그렇게 활약을 하다니. 제 주인님께서도 그 소문을 듣고 흥미로워하셨지요."

"내가 좀 악마들을 많이 괴롭히긴 했지."

태현은 긍정했다. 확실히 악마 입장에서는 태현만큼 짜증 나는 놈도 없을 것 같았다. 뭐만 하려면 와서 산통을 깨는 놈!

"그냥 영웅일 때에는 제 주인님의 제안을 받을 자격이 없었지만, 이제 폐하가 되셨으니 제 주인님께서도 정식으로 제안을 하시려고 합니다. 저희 주인님과 손을 잡으시지 않겠습니까?"

[악마 데르벤이 비밀스러운 동맹을 제안합니다! 받아들일 경우 악마의 후원을 받을 수 있습니다.]

생각지도 못한 제안! 그 제안에 자리에 있던 모든 사람이 당황했다. 악마들이 동맹을 제안하다니.

왕국을 얻자마자 이런 비밀 동맹 제안이 온 것도 놀라웠지만, 그걸 보낸 놈이 악마라는 게 더 놀라웠다.

'아니, 아무리 그래도 악마가 동맹 제안을 하지?'

'아무리 태현 님이어도 악마가 동맹 제안을 할 줄은……'

플레이어 최초로 악마에게 비밀 동맹 제안을 받은 태현!

그러나 태현은 놀라지 않았다.

"안 놀랍냐?"

"별로. 저게 처음도 아니잖아."

'그랬지!'

생각해 보니 태현은 이미 봉인된 악마 에슬라와 비밀리에 손을 잡은 전적이 있었다. 지금 영지에 있는 악마 대장장이 사루온도 그 에슬라의 부하 아니었던가. 이제 와서 새삼스럽게 악마가 비밀 동맹 요청을 해와도 놀랄 이유가 없는 것!

"당연히 거절해야죠! 지금 다시 공격할까요?!"

그런 사정을 모르는 유지수는 경계 태세에 들어갔다. 그녀에게 악마는 그냥 보스 몬스터였다. 나오면 일단 잡아야 하는 거지, 타협하거나 거래할 상대가 아닌 것!

"아니. 잠깐만. 거래할 수도 있잖아."

"악마잖아요! 거래하면 속거나 배신당할 거예요!"

"글쎄…… 그건 좀…….."

"으으음……."

케인과 이다비가 부정적인 반응을 보이자 유지수가 당황했다.

"악마인데 믿을 수 있나요?"

"당연히 믿을 수는 없는데, 솔직히 김태현이 속을 것 같지는…… 않지."

"오히려 속이면 모를까요. 속일 것 같은데요."

"저 악마 놈은 겁이 없네. 뭘 믿고 거래를 하겠다고 왔대?"

케인과 이다비는 불쌍하다는 듯이 수군거렸다. 그 대화를 들은 유지수는 더욱더 당황했다. 대답 없이 자기들끼리 떠들자 데르벤은 이해한다는 듯이 웃으며 말했다.

"후후. 폐하. 이 제안이 낯설고 당혹스럽고 두려우실 수 있다는 것 이해합니다."

"아니 별로 낯설지도 않고 두렵지도 않은데."

"후후후. 허세를 부리실 필요는……."

"아, 됐고. 자세한 거나 말해봐."

[당신이 두려워하지 않자 악마 데르벤이 당황합니다!]

"후, 후후. 제 주인님께서는 신분을 쉽게 드러내지 않습니다."

"그래. 뭐 괜찮아."

"압니다. 알아요. 폐하. 정체도 모르는 자의 제안을 받을 수는 없…… 잠깐, 뭐라고요?"

"괜찮다니까."

[악마 데르벤이 더더욱 당황합니다!]

[악마 데르벤이 소속된 마계에 당신의 소문이 퍼집니다.]

'이번엔 정말 아무것도 안 했는데…….'

태현은 떨떠름한 표정을 지었다.

"정말 괜찮습니까?"

"아, 괜찮다니까!"

"그, 그러면…… 알겠습니다."

"그보다 어떤 지원을 해줄 건데? 자세히 좀 말해봐."

[악마 데르벤이 고민하기 시작합니다. 당신을 고른 건 실수가 아니었나 의심합니다.]

최고급 화술 스킬 덕분에 상대가 무슨 생각을 하는지 메시지창으로 나왔다. 태현은 좀 사양해야겠다고 생각했다.
"이, 이런! 악마의 제안을 이렇게 쉽게 받아들이다니. 내가 커다란 실수를 하는 게 아닐까?"
"후후후. 역시 그러실 줄 알았습니다."

[악마 데르벤이 만족합니다.]

"하지만 제 제안을 들어보시면 그 생각이 싹 사라지실 겁니다. 저희 주인님께서 주실 수 있는 힘은 정말 대단합니다."

〈하급 악마 전사 군단 셋〉
〈고급 악마 전사 지휘관〉
......
〈악마 대장장이가 만든 무구 세트〉
〈악마 연금술사가 만든 물약 세트〉
......
〈지옥 혈통의 말떼들〉

〈거대 악마 거북〉

......

데르벤이 잘난 척을 할 이유가 있었다. 말 그대로 모든 것에 대한 지원! 지원만 있으면 박살이 난 수도도 순식간에 회복하고 병사들을 무장시킬 수 있었다. 그뿐만 아니라 지방에 있는 다른 귀족들을 공격해 영토를 뺏을 수도 있었다.

그러나 태현은 방심하지 않았다. 제안이 달콤할수록 의심해야 하는 건 상식. 이런 제안을 상대가 왜 했는가?

'그런데 진짜 왜 한 거지?'

짐작이 가질 않았다. 저런 걸 그냥 내주다니. 뭐 안에 폭탄이라도 심어놨나? 그런 게 아니라면 줄 이유가 전혀 보이지 않았다. 까놓고 말해서 태현이 먹튀라도 한다면 어떻게 할 수도 없지 않은가.

'고민 좀 더 해봐야겠군.'

"이런 걸 그냥 줄 리는 없을 텐데, 뭘 원하는 거지?"

"후후후. 폐하. 폐하의 그 위업은 마계에서도 들려옵니다. 악마를 물리친 영웅!"

"'속여먹은'이 아니라?"

"예?"

"아니, 아무것도 아니야. 뭐 어쨌든 계속 말해봐."

소문이 약간 왜곡되어 펼쳐진 것 같았지만 태현은 넘어갔다. 중요한 거 아니었으니까.

"저희가 원하는 건 폐하의 능력입니다. 제 주인님께서 원하는 악마를 해치우시기만 한다면, 저 보상들은 폐하의 것이 될 것입니다!"

"으음……."

한마디로 지원을 받는 대신 데르벤의 주인이 하라는 대로 싸우는 사냥개가 되라는 소리였다. 이해가 안 가는 소리는 아니었지만 여전히 의문은 남아 있었다.

'너무 후한데? 굳이 날 지목해서 이렇게 지원할 필요도 없고.'

상대가 정말 강한 악마거나, 아니면 다른 꿍꿍이가 있다는 것! 태현은 일단 데르벤을 돌려보내기로 했다.

"아주 좋은 제안이다. 내 점수는……."

"예?"

"아니, 말실수했군. 고민 좀 하고 대답해도 괜찮겠나?"

"물론입니다. 폐하. 좋은 대답이 돌아오길 기대하며 기다리고 있겠습니다!"

데르벤은 공손하게 묵례하고 자리를 떠났다. 악마가 떠나고 일행만 남자 태현이 입을 열었다.

"저거 뭔 속셈 같냐?"

"글쎄…… 상대해야 할 악마가 엄청 센 거 아닐까? 마계의 주인급 정도 되면 아직 플레이어가 잡을 수준이 아니잖아."

기본적으로 레벨 5, 600을 넘기는 보스 몬스터들은 아직 플레이어들이 잡을 수준이 아니었다. 저 먼 미지의 땅에 있는 드래곤이라거나 마계의 악마 공작들이 그런 예였다.

"뭔가 더 속셈이 있는 것 같아요. 앗, 에다오르나 아다드한 테 제안을 받고 함정을 파려는 게 아닐까요?"

확실히 이다비는 케인보다 발상이 좋았다. 파워 워리어 길 드를 운영하면서 얻은 통찰력!

"확실히 그건…… 가능성이 있긴 한데……."

"아무리 그래도 선배를 잡으려고 그렇게까지 하나요?"

유지수가 말도 안 된다는 듯이 물었다. 그러자 모두가 고개 를 끄덕였다.

"하고도 남지!"

"그, 그래요?"

"나 같으면 전 재산 건다."

"케인은 실제로 전 재산을 걸지 않았었나?"

"시끄러!"

"좋아. 일단 상대방한테 꿍꿍이가 있다고 치고…… 저거 지 원만 어떻게 먼저 받아먹을 방법이 없을까?"

이게 바로 본론! 아직 계약하지도 않았는데 벌써 먹튀를 할 방법을 고민하는 태현이었다.

"아, 아니. 사기를 쳐도 돼? 악마잖…… 생각해 보니 되겠군."

위험하다고 말하기에는 너무 많은 사기를 쳐온 인생!

"먼저 지원을 달라고 하면?"

"주기나 할까? 안 주면?"

"일단 찔러보는 것도 나쁘지 않을 것 같아요."

"악마를 잡아서 협박하는 건 어때요?"

"그건 좀 무모한…… 잠깐, 방금 누가 의견 낸 거야?"

유지수가 얼굴을 붉히며 손을 들었다. 순식간에 적응이 끝난 유지수였다.

"함정이 있지 않을까요? 악마인 이상 먹고 튈 경우를 대비할 것 같은데."

"나도 그게 찜찜해."

"폐하. 또 손님이 찾아왔습니다."

"뭐? 왜 이렇게 참을성이 없어? 기다리라 그래."

"아, 아니. 다른 손님인데요."

[새로운 아탈리 국왕의 소문을 듣고 정체불명의 손님이 찾아옵니다.]

"……??"

태현은 손님을 똑같이 안내했다. 아까와 똑같이 로브로 전신을 뒤덮은 수상한 모습!

태현은 확신했다.

"저건 100% 암살자다. 두 번이나 아닐 리 없지."

"…….'

"자, 케인. 신호 보내면……."

"싫어, 이 자식아! 이번엔 네가 하라고!"

한 번 속은 케인은 학을 뗐다. 이번에도 암살자 아니면 무슨 망신이란 말인가!

획-

손님이 로브를 걷어치우자, 탄성이 튀어나왔다. 전신에서 느껴지는 성스러운 신성력과, 뒤에 달려 있는 흰색 날개!

천사!

"천, 천사다!"

"천사 처음 보는데……!"

"진짜로 있었네요!"

[성스러운 종족, 천사를 처음으로 목격했습니다.]

[신성력이 크게 오릅니다.]

[스탯이……]

어떻게 보면 악마보다 더 보기 힘든 종족이 천사였다. 대륙에서 신들이 전부 떠나고, 악마들은 마계로, 천사들은 천계로 떠난 이상 천사를 볼 일은 없었다. 악마들은 대륙을 탐내고 계속 마계에서 기어 나오려고 하니 만날 일이 종종 있었지만 천사는 그것도 아니었던 것이다.

그러나 태현은 좋아할 수가 없었다.

'어느 신의 천사지?'

하도 등쳐먹은 교단들이 많은 데다가, 아키서스가 호감형 신이 아니었던 것이다.

[카르바노그가 경고합니다. 아키서스를 좋아하는 신은……]

'알고 있으니까 조용히 해.'

군이 아키서스를 좋아하는 신이 없다고 강조해주는 친절한 카르바노그!

-애들아. 공격 준비해라.

어떻게 보면 악마보다 더 긴장하는 태현이었다.

"대륙의 위대하신 영웅인 폐하, 이렇게 뵙게 되어 영광입니다."

"그, 그래. 잠깐 거기서 더 다가오지 말아줬으면 좋겠는데."

안전거리를 유지하는 태현!

"저는 천사, 요하스라고 합니다."

"어느 신을 모시지?"

"그건 알려 드릴 수 없습니다. 특정 인간을 지원한다는 게 밖에 새어나가면 안 되기 때문입니다."

'매우 수상한데.'

자기 이름을 안 깐다는 말에 태현의 경계심이 급격히 상승했다.

[카르바노그가 저 천사를 수상하다고······]

'알아, 알아.'

"흠흠. 그래서······ 얼마까지 알아보고 오셨는지?"

태현과 천사는 서로 의문에 찬 시선을 던졌다.

"설마 아무 지원도 안 갖고서 온 건 아니지?"

뒷말에 '악마도 갖고 왔는데'라고 하려다가 참았다.

"제가 여기 온 건 숭고한 목적 때문입니다. 폐하."

"지원은?"

"무릇 신들은 여러분들을 굽어살피시기에 마계의 악마들이 여러분들을 타락시키려고 할 때에도……."

"아, 지원은 진짜 안 갖고 왔나?"

"……물론 지원도 갖고 왔습니다."

"휴. 다행이군. 쫓아낼 뻔했네."

[천사 요하스가 소속된 교단에서 당신의 평가가 하락합니다. 더 이상 평가가 하락할 수 없습니다. 하락하지 않습니다.]

알 필요 없었던 정보까지!

"폐하. 폐하가 왕위에 오르고 나서, 이제까지 온 적 없었던 유혹들이 폐하를 찾아올 것입니다. 그중 가장 사악한 것이 악마의 유혹입니다. 악마가 찾아오지 않으셨습니까?"

"흠. 글쎄. 잘 모르겠네. 요즘 사람들이 워낙 사악해서 말이야. 맞다. 저기 오스턴 왕국에 길드 동맹이란 단체가 있는데 악마들이랑 친하게 지낸다는 소문이 있더군."

쉴 틈도 없이 잽을 찔러넣는 태현! 어떻게든 나중에 길드 동맹한테 더 엿을 먹이기 위해 최선을 다해 노력하는 태현이었다.

"그건 잘 모르겠고…… 어쨌든 그 악마의 속셈은 뻔합니다. 속으시면 안 됩니다."

"뭐지?"

태현은 살짝 기대했다. 안 그래도 수상했는데, 천사가 정보를 알려준다면…….

"폐하에게 달콤한 악마의 힘을 보여주어 타락시키려는 겁니다!"

"……그, 그게 다인가?"

좋은 거 아냐? 태현은 그렇게 생각했다.

"아니! 타락이라니 얼마나 사악합니까!"

"힘만 받고 입 싹 닦으면 안 되나?"

"한번 힘을 받아들이면 거절할 수 없게 됩니다. 처음부터 단호하게 잘라내야 합니다!"

"음. 한 번만 받고 자르면 될 것 같은데…… 그보다 요하스. 내가 악마에 대해 아는 게 없어서 잘 모르겠는데, 악마가 구체적으로 뭔 계획을 꾸미고 있고 어디 소속인지 좀 말해줘 봐."

"말해주시면 주의하시겠습니까?"

"그럼, 그럼~ 물론이지. 내가 얼마나 악마를 무서워하는데."

[최고급 화술 스킬을…… 요하스가 설득에 넘어갑니다!]

"원래 이건 비밀입니다만……."

'이건 비밀이지만~'으로 시작하는 요하스의 말을 들으며, 태현은 흐뭇하게 미소 지었다. 천사는 쉽구만!

수많은 악마를 상대해 온 태현에게 천사는 쉬운 먹이일 뿐이었다.

[카르바노그가 천사 요하스를 동정합니다. 어느 신인지는 몰라도 아키서스의 화신한테 부하를 보내다니, 참 멍청한 신……]

'어허. 욕하지 말자고.'

태현 입장에서는 참 착한 호구일 뿐! 요하스를 욕할 이유가 없었다.

"악마 공작 모스락을 아십니까? 물론 폐하께서 모를 리 없겠지요. 마계의 한 층을 점령하고 있는 악마 공작 모스락을 폐하 같은 영웅께서 모르실 리 없으실 테니 말입니다."

"물론이지."

물론 누군지 잘 모르는 태현이었다.

[카르바노그가 모스락은 뒤에 숨어서 음모를 꾸미는, 음험하고 계략에 능한 악마라고 말합니다.]

'흠……'

악마들도 각자 성격이 있고 타입이 있었다. 아다드가 부리던 갈그랄은 대표적인 전사 타입! 이것저것 따지지 않고 일단 덤벼들고 보는 호전적인 전사 악마였다.

에다오르도 비슷했다. 투기장에서 계략을 꾸미긴 했지만,

마지막에는 직접 나타나 악마들을 이끈 걸 보면 꽤 호전적이란 걸 알 수 있었다.

그에 비해 모스락이란 악마는 완전히 반대!

[카르바노그는 아키서스가 더 사악하고 음험하니 괜찮다고 생각합니다.]

'고맙다. 카르바노그.'

"모스락은 폐하 같은 영웅을 이용하려고 합니다. 폐하는 악마들을 쓰러뜨린 영웅이시니 악마들과 싸우는 걸 꺼리지 않을 게 분명하기 때문이죠. 폐하. 악마한테 속으시면 안 됩니다! 모스락은 폐하를 이용하다가 마지막에 힘이 다하면 배신을 할 겁니다!"

"뭐 그 정도면 양호한 편이네."

"예?"

"아무것도 아니야."

태현은 설명을 듣고 안심했다. 사실 모스락이 태현을 다른 악마들한테 팔아먹으려고 저런 제안을 한 거 아닌가 의심하고 있었는데……. 그냥 사냥개로 쏠쏠하게 써먹다가 나중에 뒤통수를 치려고 저러는 거면 훨씬 더 나은 편이었다.

'악마들도 의외로 따뜻하군!'

"폐하! 저는 정보를 다 말씀드렸습니다. 지금 바로 그 악마를 불러내서 죽여야 합니다!"

"글쎄. 악마가 찾아왔었나? 내가 누군지 잘 모르겠어서……."

"저한테 거짓말하지 마십시오! 여기 악마의 기운이 흐릿하게 느껴지는 걸 보니 악마가 방금까지 있다가 간 게 분명합니다. 방금까지 있던 놈, 바로 그놈이 악마입니다!"

요하스는 말과 함께 케인을 가리켰다. 케인 근처에서 악마의 기운이 느껴졌기 때문이었다.

'저거…… 케인한테서 나오는 기운을 잡아내고 있잖아?!'

맛이 간 오크 대족장 퀘스트를 하다가 악마의 피를 마시고 반쯤 악마화된 케인. 요하스는 그 기운을 오해하고 있는 게 분명했다.

"왜 날 가리키면서…… 헉."

케인도 그걸 깨달은 모양이었다.

"왜 그러십니까?"

"아니, 아무것도 아니야. 어쨌든 그 악마를 잡으라 이거지? 그런데 뭐 지원은 안 해주나?"

"그 악마를 잡을 때 제가 도와드리겠습니다."

"그거 말고는?"

"어…… 위대한 정의를 이루는데 폐하 같은 영웅께서 다른 게 필요합니까? 정의감과 믿음만 있다면……."

태현의 얼굴이 차가워졌다.

"그래. 내 점수는 1점…… 이 아니고, 어쨌든 너도 잠깐 나가서 기다리고 있도록."

"폐, 폐하! 설마 다른 지원을 안 갖고 왔다고 해서 이러시는 건 아니시죠?"

"날 뭐로 보는 거야? 날 모욕하는 건가? 됐고 나가도록."

"그게 아니라…… 폐하! 저는 정말 커다란 도움이 될 것입니다."

"나가라니까? 새로 얻은 〈왕궁 추방〉 스킬이라도 써줘?"

"폐하! 들어주십시오! 저는 악마 사냥에 관해 전문가이며 악마들과 어떻게 싸워야 할지……."

"나도 악마 사냥 전문가다. 네 도움은 필요 없어. 악마 한 마리 잡는 거 도와주는 것 같고 생색은 무슨."

"다, 다른 것도 도와드리겠습니다!"

[요하스가 제안합니다.]

[화술 스킬에 따라 요하스의 도움이 결정됩니다.]

"뭐라?"

태현이 솔깃한 표정을 지었다. 그러자 요하스가 고개를 끄덕이며 말했다.

"제가 도와드릴 수 있는 거라면……!"

"흠, 그래도 천사한테 너무 많은 걸 부탁하는 건……."

30분 후.

"……그러니까 악마 사냥이 끝나기 전까지는 같이 행동하고, 악마가 나타나면 같이 싸우고, 그러는 사이 만약에 영지에 무슨 일이 생기면 도와줘야 하고…… 또 관련 스킬을 훈련하는 동안 도와줘야 하고…… 어, 너무 잡다한 게 많지 않습니까?"

일이 다 정해지고 나서야 요하스는 뭔가 이상하다는 걸 깨달았다. 이건 그냥 부려먹는 거 아닌가?

"요하스. 하기 싫나? 하기 싫으면 말로 하지 그랬어."

"아, 아니요. 하기 싫다는 게 아니라……."

"그래. 그거면 된 거야. 자! 악마 잡으러 가자!"

요하스의 얼굴에 화색이 돌았다. 태현이 그래도 약속은 지켜주는구나!

"제가 같이 가겠습니다."

"아냐. 네 힘은 좀 더 아껴둬야지."

"아니, 악마 사냥하기 위해 힘을 빌렸는데 악마를 안 잡으면 전……?"

"다른 악마들도 많잖아?"

"어, 영지에 다른 악마들도 있습니까?"

"고정관념을 버리라고. 꼭 영지에만 있는 건 아니니까."

"제안을 받아들이겠다."

"폐하! 역시! 그 아키서스의 화신이라면 악마의 제안을 받아들일…… 아차. 위대한 영웅인 폐하라면 이 제안을 받아들일 거라고 생각했습니다."

"……."

"후후후. 그러면 이걸 받아주십시오."

[아이템을 얻었습니다.]

데르벤이 준 것은 지도였다.
"여기에 숨어 있는 악마들이 있습니다. 그 악마들을 처리해 주십시오."
"그러면 주기로 했던 걸 바로 주는 건가?"
"후후, 다 드릴 수는 없고……."
"일단 선금으로 조금 쥐야지 내가 믿을 수 있겠지."
"저희 주인님께서는 거짓말을……."
"좋아하신다고? 나도 좋아해. 알겠으니까 선금 내놔!"
"……갖고 오겠습니다."

[데르벤이 화술 대결에서 패배합니다. 영지에 아이템들이 추가됩니다.]

"그 악마들을 쓰러뜨리고 나면 다음 목표를 알려 드리겠습니다."
"좋아. 그렇게 하지."
요하스가 악마 사신 보내라고 했더니 몰래 손을 잡아버리는 태현!

"잡으셨습니까?"

"아, 도망치는데 너무 잘 도망쳐서 놓쳤네. 진짜 빠르더라."

"저런! 제가 같이 갔어야 했는데!"

"뭐, 괜찮아. 지금 같이 가면 되지."

"네? 끝난 거 아닙니까?"

"뭔 소리야. 악마 사냥 끝날 때까지는 같이 움직이기로 했잖아."

"어…… 지금 도망갔다고……."

"어허! 세상에 다른 악마들이 얼마나 많은데! 지금 그런 횡포를 보고만 있겠다는 거야?!"

[요하스의 사기가 떨어집니다. 계속해서 속일 경우 요하스가 도망칠 수 있습니다.]

태현은 모르는 척했다.

"자, 그러면 가자!"

요하스를 데리고 가면서 태현은 생각에 잠겼다. 어떻게 해야 가장 잘 써먹을 수 있을까?

태현은 이번 기회에 이 천사를 써먹을 수 있을 만큼 써먹을 생각이었다. 오스턴 왕국 가서 길드 동맹원을 공격하는 건 무리겠지? 정체를 들키기도 쉬웠고 요하스가 반발하기도 쉬울 테니…….

태현은 깨달음을 얻고 무릎을 쳤다. 한 곳이 더 있었다.

"왜 방향을 꺾으십니까?"

"일단 우르크 들렀다 가자!"

대충 악마가 되어 미쳐 버린 오크 대족장 카라그! 그 카라그와 수하들이 아직도 오크 요새 최심부에서 떠돌고 있었다.

　대(對) 악마로는 최상급인 천사가 손에 있는 지금, 안 잡으면 언제 잡겠는가!

CHAPTER 6

"나는 느가다!"

"나는 느나! 쟤는 느다! 저 녀석은 느라!"

"나는 어…… 느가…….'

"그거 이미 했어!"

"느레?"

"그것도 이미 다른 놈 있어!"

"아, 이름 더럽게 어렵네!"

갑자기 오스턴 왕국에 일어난 산적 열풍!

철저하게 정체를 숨겨서 누가 누군지 알 수 없었던 태현-케인 듀오와는 달리, 이번 산적들은 누가 누군지 너무 뻔했다.

"이 오크 새끼들이!! 너희 최강지존무쌍 길드지! 이러고도 뒷감당할 수 있을 것 같냐!"

"우린 그런 멋진 길드 모른다!"

"맞아, 이 애송이들아!"

복면 하나만 쓰고 나머지 삐까번쩍한 장비들은 그대로 차고 다니는 오크들!

판온에 이런 오크 길드가 몇 개나 있겠는가?

게다가 길드 동맹은 이 오크 길드와 한때 오스턴 왕국에서 치열한 공방전을 벌인 적이 있었다.

"털자! 털어!"

"현질보다 남의 걸 뺏는 게 더 좋은 거 같습니다, 형님!"

"하하. 둘 다 하면 되지 않겠나?"

"역시 형님!"

인원이 인원인 만큼 오크 아저씨들은 싹싹 다 털었다.

사디크 화신 공략을 위해 준비하고 있는 길드 동맹 입장에서는 뒷목을 잡을 일!

"아. 맞다. 아저씨들 없었지."

태현은 우르크에 도착하고 나서야 상황을 깨달았다. 대부분의 아저씨들이 산적질 해보겠다고 신나서 떠난 것이다.

"흠…… 우리끼리 해야 하나?"

"왜 그러는데?"

양성규는 혼자 남아서 이 오크 영지의 관리를 맡고 있었다. 다들 산적질 하러 떠나면 여기는 누가 관리하겠는가!

"하하. 별거 아닙니다."

"……매우 수상한데……."

양성규는 의심쩍은 눈빛을 보냈다. 우르크 지역에 뭐 먹을 게 있어서 왔나?

"다음에 뵙겠습니다!"

"태현아! 잠깐!"

그러나 태현은 일행을 이끌고 호다닥 사라졌다. 그걸 본 양성규는 찜찜함을 떨쳐낼 수가 없었다.

-형님. 태현이가 와서 형님 어딨냐고 묻던데요.

-뭐? 흠…… 뭐 별거 없겠지. 걔가 갑자기 우리 영지 불태울 것도 아니고.

-그렇긴 하죠.

-우리가 뺏길 것도 없잖아?

-그것도 그렇죠.

김태산은 잊고 있었다. 예전부터 잡으려고 기를 쓰고 준비하고 있던 대족장 카라그가 산봉우리 요새 최심부에 있다는 것을!

"안 알려주고 해도 괜찮나요?"

"알려주면 기다리라고 할 거 아냐. 그리고 생각해 보니까 나뉘 먹는 것보단 혼자 먹는 게 더 좋은 것 같아."

부자 사이에도 용서 없는 경험치 경쟁!

"나중에 화내시면 어떡하죠?"

이다비가 걱정된다는 듯이 물었다.

"정확히 말하자면 삐지는 거지. 그렇지만 그것도 다 대책이 있어."

태현은 아이템을 하나 꺼냈다. <오크 선조들의 해골 목걸이>!

오크 선조들의 해골 목걸이:

대대로 대족장에게 전해져 내려온, 대족장의 권위를 상징하는 해골 목걸이다.

김태산 입장에서는 무슨 수를 써서라도 얻어야 할 아이템이었다.

'이거 하나면 끝이지.'

어떤 원한과 삐짐이 있더라도 사르르 녹여 버릴 아이템!

"요하스. 빨리빨리 가르치라고."

"……예."

[요하스에게서 마법을 배웁니다.]

[가르쳐 주는 상대가 최고급 마법 스킬을 갖고 있습니다. 마법 스킬이 빠르게 오릅니다.]

[<퇴마의 황금 화살> 스킬을 배웁니다.]

[<천사의 날개> 스킬을……]

밑천을 싹 빼내려는 태현!
요하스를 세우고 일행 모두가 오순도순 마법을 뜯어내고 있었다.
"천사 관련 검술 스킬은 없나?"
"천사 관련 궁술 스킬은 없어요?"
"혹시 천사들은 상인 스킬은 안 갖고 있나요?"
신이 난 일행들은 요하스에게서 뭐든지 뜯어내려고 했다.
"있습니다."
"있어요……."
"그것도 있긴 한데…… 아니, 이게 정말 악마 상대하는 데 필요한 겁니까?"

[요하스의 사기가 떨어집니다.]
[요하스가 자괴감에 빠집니다.]

"요하스, 힘내라고! 네 덕분에 악마를 쓰러뜨릴 수 있을 거야! 이게 다 수련 과정이라고."
"그, 그렇습니까?"
"그래. 그렇지."
"그러면 이제 악마를 잡으러 가는 겁니까?"
"잠깐만 좀 더 연습하고. 악마가 무섭단 말이야."

"……."

"그런데 혹시 천사들 사이에서는 대장장이 없냐? 악마들 사이에는 있던데."

악마 대장장이 사루온. 태현의 영지에도 있는 NPC였다.

그 실력을 봤을 때 천사 대장장이도 만만치 않게 대단할 것이 분명했다.

"……없, 없습니다."

[요하스가 거짓말을 합니다!]
[천사가 거짓말을 하는 건 매우 놀라운 일로서……]

이걸 태현이 그냥 넘어갈 리 없었다.

"아니! 설마! 거짓말을 하는 건 아니겠지?! 믿고 있는 신을 모시는 천사가?! 정말?!"

"……."

"만약 난 아키서스 교단을 모시는 천사가 거짓말을 했다면 부끄러워서 죽어버렸을 거야!"

[카르바노그가 미친놈 보듯이 당신을 쳐다봅니다.]
[요하스가 양심의 가책을 이기지 못하고 항복합니다.]
[화술 스킬이 오릅니다.]

"……죄, 죄송합니다."

"그래. 알면 됐어. 그래서 천사 쪽 대장장이가 누군데? 소개 좀 시켜줘. 내가 뭐 이상한 의도로 하는 말은 아니고…… 흠 흠. 영지에 조금만 있다가 가라 그래."

"천사들 사이에는 대장장이가 따로 없습니다. 모두가 다 어느 정도의 스킬을 쓸 줄 압니다."

"호오……"

몇몇 스킬을 중점으로 올리는 다른 종족들과 달리, 천사들은 대부분의 스킬들을 매우 높은 수준으로 쓸 줄 알았다.

다른 종족들과 차원이 다른 올라운더 종족!

대단하다면 대단한 것이었지만, 태현한테는 '저는 재주가 많아요! 제 재주를 써먹어주세요!'라고 말하는 거로 들릴 뿐이었다.

'악마보다 훨씬 낫잖아? 어떻게 영지에 못 넣나?'

한 명 영입하면 정말 온갖 일에 부려먹을 수 있는 만능형 인재 아닌가!

아쉬운 점은 악마들은 욕심이 많아서 조건만 맞춰주면(물론 태현만 가능한 일이었지만) 영지에 머물렀지만, 천사들은 그러지 않는다는 점이었다.

"자. 그러면 좀 배우자."

"저…… 악마는 안 잡으러 갑니까?"

"악마를 잡으려면 악마를 상대해야 할 무기를 만들어야 할 거 아니야!"

[<날카로운 천사의 레이피어> 제작법을 배웠습니다.]

[대륙에 알려지지 않은 비밀 제작법을 얻었습니다. 대장장이 기술 스킬이 오릅니다. 다른 대장장이 NPC들이 이 제작법을 알고 싶어 할 것입니다.]

[<천사의 다섯 깃털 경갑옷> 제작법을⋯⋯.]

[<천사의 축복 받은 화살> 제작법을⋯⋯.]

"⋯⋯이제 그만해도 됩니까?"

[요하스가 우울해합니다.]

[요하스가 속은 게 아닌지 번민합니다.]

"하나만 더 가르쳐 줘."

"아까도 그 말 하셨잖습니까!"

태현은 요하스의 사기를 보며 아슬아슬하게 줄타기를 했다.

요하스에게 천사의 마법, 검술, 궁술, 상인 스킬까지 전수받은 다른 일행들은 싱글벙글하였다.

"태현 님. 이거 보세요. <천사의 넘치는 빛>이란 스킬이에요."

<천사의 넘치는 빛>

상대와 교섭 시 사용하면 눈부신 천사의 빛으로 위엄을 보여 줄 수 있다.

"이걸로 보너스를 받는 건가?"

화술 스킬이 이미 경지에 오른 태현에게 이런 건 별로 쓸모 있어 보이지 않았다.

이다비도 화술 스킬은 꽤 높은 편일 텐데?

판온에서 그나마 화술 스킬이 높은 직업이 상인 직업이었던 것이다.

"네? 아뇨. 이거 쓰면 빛이 번쩍하고 나오니까 그사이에 아이템 슬쩍할 수 있지 않을까 싶어서요."

"아주 좋은 아이디어야!"

일행은 그렇게 불쌍한 요하스의 밑천을 탈탈 털어먹었다.

악마와 달리 맨몸으로 지원하러 온 요하스는 그 대가를 치러야 했던 것이다.

태현은 만족스럽게 얻은 것들을 정리했다.

'천사 대장장이 스킬이나 제작법은 나중에 좀 써먹을 수 있겠군.'

특히 천사 종족 무기는 아직 대륙에 퍼지지 않은 제작법이라, 부르는 게 값이었다.

<천사의 날개 부채>

천사의 날개를 소환해 화염의 세기를 키웁니다.

<천사의 비전 제련법>

천사만이 다룰 수 있는 몇몇 금속들을 분리해서 사용할 수 있게…….

거기에 이런 추가 스킬들까지!

'이제 슬슬 카라그를 잡으러 가야 하는데…… 뭐 쓸 만한 거 없나?'

일행도 멀쩡하고 요하스까지 있었지만, 태현은 방심하지 않았다. 안 그래도 강했던 카라그는 분명 악마의 피를 마시고 나서 더 미쳐 날뛰는 상태였다. 오죽하면 그 현질로 무장한 김태산과 아저씨들이 몇 번이고 후퇴했겠는가?

태현은 카라그가 어떻게 싸웠는지 떠올려 보았다.

원래는 강력한 힘과 방어력을 믿고 미친 듯이 덤비는 전사였다면, 악마의 피를 마시고 나서는 거기에 마법까지 쓸 수 있는 완전체가 됐다.

'성가시게 밸런스가 잡혀 버리긴 했네.'

느리다면 발을 묶고 두들겨 패고, HP가 약점이라면 가까이 접근해 폭딜로 공략을 하고…….

이런 식으로 약점을 노리는 것이 태현의 장기였지만, 이렇게 밸런스 잡힌 상대는 그런 게 통하지 않았다.

그나마 찾아보자면 정신이 멀쩡하지 않은 것 정도?

그래도 남은 본능 갖고도 충분히 잘 싸우고 있는 걸 보니 별로 단점도 아니었다.

'오송 백작이나 다른 귀족들 뭐 갖고 있었지? 도미닉도…….'

태현은 저번에 얻은 아이템들을 다시 확인해 보았다. 하도 많아서 확인하는 것만 해도 일이었다. 대부분 다 좋은 아이템이었지만, '이거라면 카라그를 잡을 수 있겠어!' 싶은 건 딱히 보이지 않았다.

'어쩔 수 없지. 있는 거로 할 수밖에.'

태현은 깔끔하게 포기하고 전략을 바꿨다. 언제부터 태현이 모든 걸 다 갖추고 싸웠던가.

안 되면 되게 한다!

"흠…… 그러고 보니 요하스. 어느 신의 천사라고 했지?"

"그건 말씀드릴 수 없다고 했잖습니까."

"그래?"

말은 그렇게 해도 태현은 요하스가 어느 신의 천사인지는 대충 눈치챈 상태였다.

왜냐하면…… 이상하게 망치 관련 스킬이 많은 요하스! 거기에 태현 관련 친밀도가 더 이상 떨어질 곳 없는 수준이라면? 망치와 성기사의 신인 파이토스일 가능성이 매우 컸다.

'그런데 파이토스가 날 왜 도와주러 천사를 보낸 거지?'

요하스의 태도를 보니 몰래 방해하러 온 건 아니었고, 도와주러 온 건 분명했다. 그렇지만 그 의도는 짐작이 가지 않았다.

'에이, 그건 나중에 생각해도 되니까.'

지금 중요한 건 카라그를 어떻게 잡느냐! 물론 태현은 생각한 게 있었다. 그래서 요하스한테 어느 신을 믿느냐고 물어본 것이었고.

'파이토스 교단이라면 잘됐네.'

"저…… 지금…… 이게 진짜 필요한 겁니까?"

요하스는 지금 상황을 믿기 힘들다는 듯이 중얼거렸다. 그것도 그랬다. 왜냐하면 요하스 밑에 거대한 구덩이가 있었으니까.

[매우 잘 만들어진 걸작 기계공학 함정, <둘이 걷다 셋이 빠져도 모를 구덩이 함정>을 완성시켰습니다!]

태현은 오크 요새 최심부 앞쪽에 자리 잡고 함정을 파기 시작했다. 상대방의 약점은 이성을 잃었다는 것.

그렇다면 이런 함정이 매우 효과적일 것이다.

그냥 단순한 함정이 아닌, 정말 깊고 거대한 함정!

아무리 태현이라도 시간이 좀 걸릴 대공사였지만 태현에게는 부려먹을 수 있는 우르크의 오크들과 거인들이 있었고…….

케인도 있었다.

-저, 저 인간 봐라! 우리보다 더 빠르게 땅을 판다!

-말도 안 된다! 말도 안 된다!

거인마저 감탄시키는 삽질의 재능!

그 결과 거의 던전 방 수준의 구덩이가 완성되었다. 그리고 완성되자마자 태현은 요하스에게 말했다.

-여기 위에 올라와 줄래?

요하스는 귀를 의심했다. 함정 위에 서 있으라니. 이건, 이건 설마…….

미끼!

"다른…… 다른 사람들을 써도 되잖습니까……?"

"악마 눈 뒤집히게 하려면 천사인 네가 적격이야. 다른 놈들은 제대로 반응 안 할 수도 있어."

슬프게도 요하스는 반박할 수가 없었다. 그가 생각해도 악마는 요하스를 보면 요하스를 먼저 노릴 테니까.

"달려오면 피해도 됩니까?"

"안 돼. 빠뜨려야 하니까. 가만히 있어."

태현은 갖고 있던 재료들을 총동원해 구덩이 함정 안에 추가로 함정을 설치했다.

[함정 안에 추가로 함정을……]
[기계공학 스킬이 오릅니다.]
[폭탄을 설치……]
[기계공학 스킬이……]

촘촘하고 빽빽하게 함정들을 밀어 넣는 집요함! 한 번 빠지면 뼈도 추리기 힘들어 보였다.

"요하스. 천사들도 혹시 원한을 품고 복수를 하나?"

이상하게 수상쩍은 태현의 질문! 요하스는 노려보며 말했다.

"합니다."

"정말? 천사인데?"

"합니다!"

"그래. 그러면 〈살아 움직이는 폭탄〉까지는 못 쓰나……."

매우 불길한 스킬 이름! 그걸 들은 요하스는 진저리를 쳤다.

"좋아. 다들 준비! 카라그를 함정에 빠뜨린 다음에는 미리 지시한 대로 공격이다."

태현은 일행을 배치시켜 놓고 위로 걸어 올라갔다.

[악마의 피를 마시고 미쳐 버린 오크 대족장 카라그가 당신을 발견합니다. 도망치십시오!]

간단하지만 겁나는 메시지창. 태현은 아랑곳하지 않고 머스킷을 꺼내 겨눴다.

-장비 영혼 파괴, 행운의 일격, 행운의 일격……

-크…… 크으으…….

탕!

경쾌한 소리와 함께 탄환이 날아갔다. 그 순간 카라그가 반응했다.

쾅!

[카라그가 공격을 쳐냅니다!]

"이런."

-크아아아아아아아아!

공격이 빗나갔지만 태현은 실망하지 않았다. 이건 그냥 시작에 불과했으니까.

말이 떨어지기 무섭게 카라그가 덤벼들었다. 저 멀리서 달려오는데 순식간에 거리가 좁혀졌다.

쿠르르릉-

마치 달려오는 전차 같은 기세!

태현은 재빨리 돌아서서 뒤도 돌아보지 않고 달리기 시작했다.

[카라그가 <악마의 영혼 붙잡기> 스킬을 사용합니다!]

등골이 서늘해지는 느낌. 태현은 저걸 맞는 순간 위험해진다는 걸 깨달았다.

쾅!

태현이 방금까지 있던 자리에 검푸른 해골 모양의 영혼이 생기더니 폭발했다.

'회피 상관없이 맞으면 들어가는 저주인가?!'

반응이 조금이라도 늦었으면 그대로 들어갔을 것이다.

-크아아!

[회피에 성공했습니다.]
[카라그의 무기에 담긴 악마의 힘이 당신을 공격합니다.]

[<신성 권능> 스킬에 따라 대미지가 줄어듭니다.]

치이이익-

무언가를 태우는 소리와 함께 태현의 갑옷에서 소리가 났다. 태현은 혀를 찼다.

장기전으로 가면 위험하다. 빨리 함정에 빠뜨려야 했다.

그러나 카라그는 그냥 태현이 도망치게 두지 않았다. 피하는 순간 벌써 태현 앞에 와 있었다.

-아키서스 검법!

파바밧!

카라그는 맛이 간 놈치고는 미친 듯이 재빠르고 교묘했다.

태현의 검이 위험하다는 걸 알기라도 하듯이 후다닥 움직여서 공격을 피했다. 어지간한 움직임은 다 미리 읽고서 공격을 찔러 넣는 태현이었다.

보스 몬스터 중에서도 태현의 공격을 막으면 막았지, 저렇게 다 일일이 피해내는 놈들은 드물었다.

'젠장. 쓸데없이 귀찮게……'

태현은 자기 자신을 만난 기분이었다. 빠르고 교묘하게 상대의 공격을 흘리고 피하는 테크니션.

거기에 무식한 스탯 덕분에 태현보다 기본 움직임은 더 빨랐다.

차라리 묵직한 탱커 타입이었던 대족장이었을 때가 낫지!

끌고 와야 하는 태현이 끌고 오지 못하고 붙들려서 싸우자, 케인이 귓속말을 보냈다.

-야! 괜찮아!?
-말 걸지 마라! 집중 깨진다!

저렇게 덤벼드는 이상 그냥 뒤돌아서 도망쳤다가는 위험했다. 어떻게든 때리면서 점점 끌고 가야 하는데…….

"간다!"

"?!"

-노예의 쇠사슬!

차라라락!

케인은 노예의 쇠사슬 스킬을 사용했다. 카라그는 보더니 피하지도 않았다. 그대로 끌려가더니 케인 앞까지 갔다.

그걸 본 태현은 경악했다.

"아……!"

끌고 간 건 좋았지만 뒷감당은 어떻게 하려고?

케인은 태현이 아니었다.

물론 HP야 태현과 비교할 수 없을 정도로 높고 HP 회복력도 좋았지만, 어디까지나 그 정도뿐. 이런 레벨 차이 심한 보스 몬스터 상대로는 태현처럼 맞지 않고 피해야 하지, 그냥 두 들겨 맞으면 케인 같은 탱커는 HP 좀 많아도 바로 죽을 것이다.

'무슨 생각이 있나, 케인?'

"어……."

막상 카라그를 끌고 온 케인은 눈을 깜박였다. 멀리서 싸울 때는 몰랐는데, 앞에 끌고 오니 보통 위압감이 아니었다.

시커멓게 물든 녹색 근육질 몸에서 연기가 피어오르고 있었다.

"저거 별생각 없이 한 거 맞구만! 〈살라비안의 폭주〉, 〈아키서스의 권능: 저주〉!"

[<살라비안의 폭주> 스킬을 사용했습니다.]
[일정 시간 동안 HP와 HP 회복력, 물리 방어력과 마법 방어력이 매우 크게 증가합니다!]

케인은 갑자기 뜬 메시지창에 당황했다.

'앗, 이게 뭐지?'

[아키서스의 권능: 저주를 사용했습니다.]
[지속적으로 행운이 감소합니다.]

'으. 바로 잡을 수 있나?'

태현의 행운 스탯이 어마어마하게 높긴 했지만, 그렇다고 막

낭비할 수는 없었다. 카라그 같은 보스 몬스터는 확실히 잡을 수 있을 때 스킬을 사용해야지, 벌써부터 쓰면 행운 소모가 너무 심했다.

케인을 살리기 위해서 어쩔 수 없이 쓴 것!

그러나 저주를 맞았는데도 불구하고 카라그는 아랑곳하지 않았다.

[카라그가 악마의……]
[스킬을 실패합니다!]
[카라그가 오크 전투의 혼……]
[스킬을 실패합니다!]

-크아앗!

스킬이 안 써지는 걸 알자 카라그는 그냥 덤볐다. 평타만으로 케인을 때려잡을 기세였다.

우드득, 우득!

"?!"

그러나 케인도 가만히 있지 않았다. 온몸이 커지면서 변신하고 있었다.

"뭐, 뭐, 뭡니까?!"

뒤에서 있던 요하스가 비명을 질렀다. 저 흉측한 힘은 대체?!

"저…… 저거 살라비안 교단의 힘 아닙니까?!"

"착각이야! 저거 아키서스 교단의 비전 스킬이다!"

"아키서스 교단에 저런 스킬이 어디 있습니까!"

"누가 아키서스 교단이냐. 너냐 나냐?"

"아, 아니. 그렇지만…… 저기서 악마의 힘도 느껴지는데……?!"

[요하스가 케인에게서 악마의 피를 느낍니다. 제대로 변명하지 못할 경우 요하스가 케인을 공격할 수도 있습니다.]

"카라그 때문이겠지! 카라그와 싸우는데 당해서 오염된 거야!"

"그…… 그렇게 금세?"

"김태현-! 이 꼴이 뭐야!"

케인은 어이가 없어서 울부짖었다.

[살라비안이 내려준 힘으로, 일시적으로 괴수가 되었습니다. 장비 중 몇 개가 해제됩니다.]

2m 중반을 넘기는 카라그와 맞먹는 덩치로 성장한 케인!

"야, 앞을 봐야지!"

쾅!

케인이 불평하는 사이 카라그는 공격을 찔러 넣었다. 케인은 그대로 날아갔다.

"컥!"

[어마어마한 힘으로 인해 커다란 충격을 받습니다. 움직일 수

없습니다.]

쉬익-

카라그는 뒤에서 날아오는 창을 느끼고 재빨리 몸을 돌렸다. 저주 때문에 비틀거리긴 했지만 피해내는 데에는 성공했다. 창을 던진 건 요하스였다.

"악마여! 덤벼라! ……그런데 저건 정확히 말하자면 악마가 아닌데……."

-크아아아아아!

물론 카라그에게는 그런 게 중요하지 않았다. 카라그 안에 들어간 악마의 피는 천사부터 죽이라고 날뛰고 있었던 것이다.

"와라…… 와라……!"

-크아아! 크아아!

요하스는 무기를 뽑아 들고 카라그를 향해 겨눴다. 카라그도 미친 듯이 울부짖으며 달려들었다.

그리고 그 순간 함정이 발동되어 땅바닥이 꺼졌다.

콰당탕탕탕!

카라그는 현재 저주로 인해 스킬이 봉쇄된 상황. 뭘 해보지도 못하고 그대로 구덩이 밑으로 떨어졌다.

[구덩이 함정이……]
[폭탄 함정이……]
[발사식 쇠창 함정이……]

[기계공학 스킬이 크게 오릅니다!]

푹푹푹!

콰콰쾅! 콰쾅!

온갖 함정들이 작동되며 카라그를 난타했다.

-크아아! 크아아!

"듣기 좋군."

태현은 안도의 한숨을 내쉬었다. 일단 저 깊숙한 함정 밑으로 빠뜨리는 데에는 성공했다.

"애들아! 아래로 공격!"

"잠, 잠깐! 폐하! 저는 구해주셔야죠!"

"애들아! 아래로 공격!"

밑에서 요하스의 목소리가 들려왔지만, 태현은 무시했다. 애초에 요하스는 구덩이 밑에 둘 생각이었다.

딱히 파이토스 교단이라 미워서 그런 건 아니고……

'카라그가 못 기어오르도록 붙잡아줄 놈 하나는 필요하지!'

원래라면 케인이 맡았을 역할이었지만 지금은 요하스가 있었다.

"폐하! 제 목소리 들은 거 압니다! 못 들은 척하지 마십시오!"

"공격! 공격!"

파파파파팍!

대기하고 있던 일행들이 움직였다. 유지수는 타이럼 사냥꾼들을 이끌고 앞으로 나섰다. 태현이 천사 대장장이 스킬로 만

320 나는 될 놈이다 24

든 새로운 화살촉을 끼우고!

"발사!"

-크아아악!

밑에서 비명이 들려왔다.

"아야!"

뭔가 요하스의 비명 같은 것도 들려왔지만 유지수는 못 들은 척했다. 그걸 본 이다비는 감탄했다.

'빠르게 배우고 있어!'

-사디크의 화염 룬!

화르륵!

태현은 갖고 있는 신성 스킬들을 총동원했다. 악마의 피가 진한 카라그한테는 이것만큼 효과적인 공격도 없었다.

구덩이 안에 사디크의 화염이 터지며 휩쓸기 시작했다.

"으아아악! 폐하아아!"

'앗. 잠깐. 요하스 잡으면 그것도 경험치 오르겠는데?'

요하스가 괴로워하자 태현은 문득 생각이 들었다. 만약 요하스가 죽을 것 같으면 막타를 쳐야겠다!

[카르바노그가 경악합니다.]

[이 얼마나 끔찍하고 무시무시한 생각인지……]

"용용이, 흑흑이, 총공격이다. 퍼부어라!"

구덩이에 빠뜨리고 나서 생각해 보니 의외로 쓸 스킬들이 많지 않았다.

대부분 붙어서 써야 하는 근접 스킬이었고, 순수한 신성 스킬은 많지 않았던 것이다. 용용이와 흑흑이는 각자 신수니 공격에 신성 효과가 들어갈 것이다.

'언령이라도 써야 하나? MP 소모가 너무 심해서 아끼고 싶은데……'

언령을 통한 신성 마법을 사용하면 되겠지만, 지금 써야 할 스킬들이 많은 상황에서 그건 좀 꺼려졌다.

[카라그가 신성력이 담긴 공격에 괴로워합니다! 요하스가 사디크의 화염에……]

[요하스가 소속된 교단의 평가가 더 이상 하락할 수 없습니다.]

'아, 맞다. 원거리 스킬 있었지.'

-망치 던지기! 망치 내려치기! 날아다니는 망치 소환!

태현은 파이토스 교단 훈련장을 깨고 얻은 파이토스 교단 스킬들을 꺼냈다. 다른 스킬들에 비교하면 초라한 스킬들이었지만, 지금 원거리 공격이 하나라도 아쉬운 상황에서는 꺼내써야 했다. 그러나 이 스킬들에 더 충격받은 건 카라그가 아니라 요하스였다.

"폐, 폐, 폐, 폐하! 그건 파이토스 님의……! 커헉! 이 악마 자식이 감히!"

[요하스가 당신이 파이토스 교단의 신성 스킬들을 사용하는 것을 보고 커다란 충격을 받았습니다.]

-크아악! 크아아아악!

[카라그의 울부짖음을 듣고 다른 타락한 오크 족장들이 달려옵니다!]

카라그와 같이 악마의 피를 마시고 오염된 오크 족장들!
태현은 재빨리 케인을 불렀다.
"막아!"
"어, 어, 어……."
변신한 몸에 적응하지 못하고 있던 케인은 당황해서 족장들을 쳐다보다가 결정을 내렸다.
몸통박치기!

[살라비안의 힘으로 추가 대미지가 들어갑니다!]

콰콰쾅!

단순하지만 효과적이었다. 달려오던 오크 족장 한 명이 그대로 튕겨 나갔다.

'이거 생각보다 좋은데?'

처음에는 뭔 이딴 스킬을 쓰나 투덜거렸지만, 쓰고 보니 의외로 강력했다.

태현은 쓰러진 오크 족장에게 덤벼들어 폭딜을 퍼부었다.

-아키서스 검법!

[타락한 오크 족장 츄락을 처치했습니다.]
[검술 스킬이 오릅니다.]
[우르크 지역에서 명성이 오릅니다.]
[아이템을……]
[수많은 오크를 사냥했습니다. 칭호: 오크 사냥꾼을 얻습니다.]
[같은 칭호를 가진 NPC들이 당신을 만나러 움직입니다.]

"사람은 역시 성실하게 일해서 먹고 살아야 해."

"맞는 말씀이십니다. 하하하!"

오크 아저씨들은 기분 좋게 웃었다. 그들의 뒤에는 일해서 얻은 아이템들이 산더미처럼 쌓여 있었다.

정당하게 강도질로 일해서 얻은 아이템들!

-지금 당장 강도질을 멈추고 뺏은 아이템을 두고 가지 않는다면 선전 포고하겠다!

길드 동맹한테서 정식으로 항의도 날아왔다. 물론 김태산은 정식으로 대답했다.

-무슨 소린지 모르겠다!
-어디서 같잖은 발뺌질이냐! 우리 길드 동맹에 맞설 수 있을 것 같냐!
-그건 잘 모르겠고 꺼져라!

"그런데 지금 태현이가 우르크에 와 있다는데, 왜 온 거지?"
"글쎄요?"
"괴식 요리가 그리웠나?"
"그건 좀 아니다."
괴식 요리 이야기를 꺼낸 아저씨는 주변의 구박을 받고 시무룩해졌다.

그때였다. 귓속말을 들은 오크 아저씨 하나가 얼굴이 새파랗게 변해서 말했다.
"태, 태, 태현이가……."
"?"
"태현이가 카라그를 사냥하고 있다고……."
"뭐?!"

"이…… 이…… 이노무쉐키……!"

김태산은 경악해서 외쳤다.

설마 설마 카라그를 먹튀할 줄이야!

"다 처리했다!"

덤벼드는 오크 족장들까지 처리한 케인과 태현.

이제 남은 건 구덩이 안의 카라그뿐이었다.

카라그와 요하스는 말 그대로 구덩이 안의 혈투를 벌이고 있었다. 온갖 스킬 공격과 저주를 받았는데도 요하스와 맞붙는 카라그는 정말로 뛰어난 전사였지만…….

'생각해 보니 사디크의 화염 때문에 요하스가 제대로 힘을 못 쓴 것 같기도 해.'

요하스는 천사답게 온갖 스킬들을 사용해서 싸울 수 있었지만, 불구덩이 안에서 좁게 싸우다 보니 싸움법이 한정되었다. 덕분에 스킬이 봉쇄된 카라그와 진흙탕 싸움을 펼쳐야 했다.

"요하스, 괜찮나?"

"괜찮습니다!"

"정말로 괜찮나? 정말로? 죽을 것 같으면 말해!"

'경험치 먹게 내가 죽여줄게!'란 말은 굳이 하지 않았다.

"아닙니다. 버틸 수 있습니다. 회복 스킬은 아끼셔도 됩니다!"

다른 뜻으로 오해하는 요하스!

-크아악, 크아아악!

'슬슬 끝내야겠군.'

요하스가 태현이 생각했던 것보다 훨씬 더 대단했다. 하긴 악마 사냥하러 온 천사였으니······.

사실 태현은 저 구덩이 안에서 죽을지도 모른다고 생각했던 것이다. 덕분에 사냥이 훨씬 더 쉬워졌다.

함정에 스킬이 봉쇄된 채로 요하스와 같이 빠진 순간 카라 그의 패배는 정해졌던 것이다.

"이다비. 부탁해."

"네."

-녹인 황금의 저주!

지속적으로 골드를 사용해, 상대의 발을 완전히 묶어버리는 〈죽음의 황금 상인〉의 직업 스킬. 사실 〈죽음의 황금 상인〉은 좋은 직업이었다. 대부분의 스킬들이 골드를 사용해야 하기 때문에 이다비가 잘 안 써서 그렇지.

이번에 쓰는 〈녹인 황금의 저주〉도 이다비는 정말 큰마음을 먹고 쓴 것!

'골드는 보지 말자, 골드는 보지 말자······.'

탁-

그사이 태현은 구덩이 아래로 내려갔다.

[<화염 재생> 스킬로 인해 화염을 흡수합니다. 흡수한 만큼 회복합니다.]

불구덩이에 있어도 태현은 괜찮았다. 사디크의 권능 스킬 덕분이었다.
"폐…… 폐하. 그건 아키서스의 힘이 아닌 것 같습니다만?"
"이것도 아키서스라니까! 넌 왜 자꾸 그러냐!"

[요하스를 강하게 구박합니다.]
[기세에 눌린 요하스가 더 이상 따질 엄두를 내지 못합니다.]

"자. 이제 끝을 보자고!"
카라그가 엉망진창이 된 걸 본 태현은 대만불강검을 뽑아 들고 덤벼들었다.

-아키서스 검법, 치명타 폭발!

-크아아아!
발이 묶인 이상 카라그가 피하는 것도 한계가 있었다. 카라그는 피하는 대신 태현을 공격하러 들었다.
"흥."
아까와는 상황이 정반대!
아무리 카라그가 깡스탯이 높아도 발이 묶인 상황에서 공격하면 태현이 피할 수 있었다. 패시브 스킬로 대미지를 주는 것도 일단 맞아야 의미가 있는 것.

퍽, 퍼퍼퍽, 퍼퍼퍼퍼퍽-

계속되는 공방. 점점 카라그의 공격 속도가 느려지더니 방어로 변하기 시작했다. 그럴수록 태현의 공격은 더욱더 매서워지고 강력해졌다.

약점을 때릴수록 추가 효과를 넣는 아키서스 검법과, 치명타 스택이 쌓일 때마다 폭발시키는 치명타 폭발! 두 폭딜 스킬들이 합쳐지자 카라그의 HP도 끝을 보이기 시작했다.

-크…… 크어…….

"잘 가라!"

푹!

-칼날 폭파!

카드드득!

대만불강검이 꽂히더니 산산조각이 나 미친 듯이 비산하기 시작했다.

"으아악! 폐하!"

"아. 미안."

요하스의 비명이 들렸지만 요하스는 무사해 보였다. 태현은 입맛을 다셨다. 놓친 떡이 더 커 보이듯이, 왠지 모르게 요하스를 잡지 못한 게 아쉽게 느껴졌다.

[카르바노그가 그러지 말라고 충고합니다.]

'알겠어. 알겠어.'

[악마의 피를 마시고 타락한 오크 대족장, 카라그를 쓰러뜨렸습니다!]
[오크로 변장할 경우 우르크 오크 대족장 전직 퀘스트를 진행할 수 있습니다.]
[아키서스의 화신입니다. 우르크 오크 대족장으로 직업 전직은 불가능합니다.]

김태산이 들었다면 가슴을 쓸어내렸을 메시지창이었다.

[레벨 업 하셨습니다.]
[레벨 업 하셨습니다.]
[명성이 크게 오릅니다.]
[악마에게 오염된 오크를 해치운 것으로 인해 신성이 크게 오릅니다. 신성 스탯이 15,000에 도달했습니다. 권능 스킬 퀘스트가 시작됩니다.]

〈권능의 힘을 찾아라-아키서스의 화신 직업 퀘스트〉
대륙을 돌아다니며 사악한 악들을 물리친 당신. 그 위대한 업적에 아키서스가 당신에게 힘의 조각을 알려주려고 한다.

정해진 위치로 찾아가 던전을 공략해라. 권능의 힘은 거기에 있을 테니.

보상: ?

[아이템을 얻었습니다.]
[아이템을……]

악마의 피에 오염된 대족장의 정체불명 금속 갑옷:
내구력 320/850, 물리 방어력 350, 마법 방어력 120.

스킬 '오크식 방어' 사용 가능, 스킬 '대족장의 축복' 사용 가능, 스킬 '정령의 분노' 사용 가능, 스킬 '정령의 파괴' 사용 가능, 스킬 '악마의 혼령' 사용 가능, 스킬 '악마의 속삭임' 사용 가능. 악마의 피가 없을 시 착용하면 지속적으로 HP 감소. 악마가 주변에 있을 때 능력치 대폭 상승. 신성 공격에 매우 취약.

오크 대족장 대대로 물려 내려오던 축복받은 정령의 갑옷이었지만, 악마의 힘에 오염되어 정령의 힘은 많이 약해진 상태이다. 새롭게 깃든 악마의 힘은 자격이 없는 이에게는 피해를 준다.

'아니…… 이건 못 쓰잖아.'

악마의 피가 없을 시 착용하면 지속적으로 HP 감소. 이 옵션이 뼈아팠다.

총 HP가 적은 편인 태현은 이 아이템을 착용할 수 없었다.

다른 HP 많은 플레이어라도 이런 옵션은 부담되어서 쓰지 못할 것이다.

기껏 얻은 아이템을 갈아버려야 한다니.

"뭔 아이템 나왔어?"

태현은 케인을 보고 깨달았다. 생각해 보니……!

"너 이것 좀 착용해 봐라."

케인은 신이 나서 갑옷을 착용했다. 김태현이 보스한테서 나온 장비를 나한테 준다니!

'내가 공을 제일 많이 세웠다고 생각하나 보군!'

케인은 신이 나서 유지수를 쳐다보았다. 새로 생긴 경쟁자 때문에 위기감을 느끼고 있었던 것이다. 그러나 유지수는 측은하다는 듯이 케인을 쳐다볼 뿐이었다.

'뭐, 뭐야?'

"HP 감소 있나?"

"없는데?"

"……역시. 케인. 넌 그대로 살아야겠다."

우연히 오염된 악마의 피지만 내버려 뒀더니 이렇게 쓸 만한 구석이 있는 것! 태현은 다른 아이템들도 확인해 보았다. 다른 아이템들은 지금 착용하고 있는 장비에 비해 쓰기 애매한 아이템들이었다. 무엇보다 오크 전용 장비들이라 오크 아닌 종족들이 착용하면 페널티가 있는 점이 컸다.

'투구나 부츠, 팔목 보호대 같은 건 다 갈아버려야겠군.'

수도 공방전에서 얻은 살라비안 교단이나 귀족들 아이템을 포함해서 전부 다 재료를 추출할 생각이었다.

'절망과 슬픔의 골짜기에는 악마의 대장간이 있으니, 수도에는 천사의 대장간을 지어야겠군.'

기왕 할 거면 최대 화력으로 화끈하게 추출해야 손해가 적었다. 하도 잡다한 장비들이 많으니, 전부 다 정리해 뭔가 새로 만들어볼 생각이었다.

[천사의 대장간을 짓기에는 이해도가 부족합니다. 천사의 대장간을 잘 아는 NPC의 도움이 필요합니다.]

"하하. 요하스. 고생 많았어. 악마를 사냥하니 기분 좋군. 이게 다 위대하신 파이토스 님의 덕분……."

"아니, 폐하! 어떻게 파이토스의 힘을 쓰신 겁니까!"

요하스가 '왜 날 구덩이로 빠뜨려서 같이 죽이려고 했냐 이 개자식아!' 정도는 할 줄 알았는데, 다른 걸 묻자 태현은 놀랐다. 그리고 속으로 쾌재를 불렀다. 잘하면 구덩이 건은 그냥 넘어갈 수도 있겠구나!

"파이토스의 힘을 내가 쓸 수 있는 이유가 뭐겠나?"

"?"

"내가 파이토스 님에게 선택받았기 때문이지."

파이토스 교단의 성기사들과 사제들이 들으면 뒷목 잡고 쓰러질 소리! 요하스도 못 믿겠다는 표정을 지었다.

파이토스 교단에서 들리는 소식에 따르면, 태현은 파이토스 교단을 몇 번이고 엿 먹이고 심지어는 왕국에서 추방까지 했다고 들었던 것이다.

"말…… 말도 안 됩니다."

"왜? 왜 말도 안 되지? 파이토스 님과 직접 대화를 나눠봤나?"

[카르바노그가 낄낄거립니다.]

대륙을 떠나버린 신과 대화를 나눌 수 있을 리 없었다. 카르바노그 같은 일부 예외를 제외하면. 배짱부리는 태현!

"그건 아니지만……."

"파이토스 님이 날 좋게 보시고 힘을 주신 거야! 파이토스 교단은 그걸 보고 질투해서 날 음해하는 거지."

[최고급 화술 스킬을 갖고 있습니다.]

[요하스가 혼란에 빠집니다.]

"말, 말도 안 되는……."

"그런데 왜 그렇게 묻지? 혹시 파이토스를 모시는 천사였나?"

"아, 아닙니다 무슨!"

"아니면 말고. 그보다 이렇게 있을 때가 아니야. 대륙에 악마는 많고 우리는 쉬고 있을 시간이 없어."

"앗. 다음 악마 사냥입니까?"

그렇게 당하고서도 요하스는 순진하게 물었다. 천사인 이상 악마 사냥은 의무와도 같았던 것이다.

"그래. 근데 악마 사냥 가기 전에 잠깐 재정비 좀 하고 가자."

"……정말 잠깐 맞습니까?"

"그럼, 물론이지~"

[아탈리 왕궁 뒤뜰에 <천사의 대장간> 건설을 시작합니다.]

[카르바노그가 경악합니다.]

미학적으로 전혀 어울리지 않는 조합!

그러나 태현은 신경 쓰지 않았다. 가장 안전하고 가까이에 둘 수 있는 곳이 바로 여기였으니까.

요하스는 마지막 저항을 시도했다.

"이걸 지으려면 인원이 많이 필요합니다만……."

"저기서부터 저기까지 다 부려서 써도 돼."

태현이 왕궁에서 뭘 짓는다는 소문이 퍼지자마자 호다닥 달려온 플레이어들! 그들은 눈빛을 반짝반짝 빛내고 있었다.

공적치 포인트 주세요!

"……알겠습니다……."

결국 요하스는 포기하고 건설을 시작했다. 태현도 옆에서 천사의 대장간 건설을 도왔다.

[대장장이 기술 스킬이 오릅니다.]
[기계공학 스킬이 오릅니다.]

"김태현 이놈 어딨어! 막아야 해!"

김태산은 짐을 챙겨서 황급히 달려왔다. 그러나 오크들은 고개를 저을 뿐이었다.

"설마…… 설마?"

"취익, 아탈리 국왕 카라그 잡았다. 대단한 용사다."

"취익 취익. 대단하다."

"크아아아아!"

김태산은 괴성을 질렀다. 그걸 본 오크들은 움찔했다.

"칙. 새 족장도 악마가 들린 거 같다."

"취익, 얼마 되지도 않았는데 안타깝다."

"시끄럽다 이놈들아!"

김태산은 오크들을 밀쳐 버렸다. 대족장 퀘스트를 위해 꼭 필요했는데 태현이 날름 먹어버린 것이다.

'설마 오스턴 왕국에서 산적질하기 좋다고 추천한 것도 이걸 노리고 한 건가?!'

만약 그렇게 생각하면 정말 소름이 돋는 계획이었다.

"린야오가 죽었습니다!"

"절대 물러서지 마라! 오늘 끝장을 봐야 해!"

랭커 중 한 명이 로그아웃되는 상황.

길드 동맹은 사디크의 화신을 잡기 위해 전력을 퍼붓고 있었다. 태현처럼 길가에서 천사를 주워다가 싸움 붙일 수도 없는 길드 동맹은, 플레이어들을 총동원해 전투를 벌이고 있던 것이다.

길드 동맹의 랭커들도 전부 다 끌려와서 전투 중! 그 와중에 고대 무술가 직업을 가진 랭커 린야오가 쓰러진 것이다.

"놈은 지쳤습니다! 계속 공격을 퍼부으면 될 겁니다."

"1조 뒤로! 2조 앞으로! 다시 얼음 마법을 퍼붓는다!"

오랜 싸움으로 단련된 길드 동맹의 파티들은 톱니바퀴처럼 움직였다.

치고 빠지고 치고 빠지고, 한 파티가 거덜 나면 다음 파티가 바로 달라붙었다. 그럼에도 불구하고 사디크의 화신은 무시무시했다. 광역기나 공격에 잘못 맞으면 파티 하나가 그냥 절단났다.

-크…… 어어…… 내가…… 이렇게 쓰러질 수는…….

"놈…… 놈이 도망친다!"

"절대 도망치지 못하게 막아! 여기서 끝장을 봐야 해!"

순간 자리에 있던 모두의 머릿속에 한 가지 생각이 번득였다.

'내가 잡아야 해!'

보스 몬스터의 막타를 친다는 것은 어마어마한 명예.

그뿐만이 아니라 현실적인 보상도 포함이었다. 경험치는 워낙 많은 사람이 참가했기에 크게 못 먹더라도, 사디크의 화신에는 다른 게 걸려 있었다.

에랑스 왕국 국왕 대면!

오스턴 왕국 국왕 대면(아직 즉위식도 안 했지만)!

뒤에 건 별로 기대가 안 갔지만 앞에 건 매우 기대되는 보상이었다.

"내가 간다!"

"아니야, 맥필! 아까 린야오를 봐! 너도 당할 수 있어! 내가 갈게!"

아까 랭커인 린야오가 당한 것도 막타 욕심을 내다가 사디크의 화신에게 일격을 맞은 탓이었다. 그러나 랭커들은 두려워하지 않고 달려들었다. 지금 욕심을 내지 않으면 랭커 자격이 없다!

다다다다-

랭커들이 다투는 사이, 검투사 마이크는 동굴 천장에 솟아난 암석들을 붙잡고 점프해서 움직이기 시작했다.

그걸 본 랭커들은 경악해서 외쳤다.

"마이크, 멈춰라!"

"마이크! 매너하자! 너 그거 잡으면 죽는다!"

물론 마이크는 귓등으로도 듣지 않았다. 같은 랭커끼리 무슨!

그 순간, 사디크의 화신 앞에 구멍이 하나 뚫리더니 사람이 튀어나왔다. 앨콧이었다.

"기다리고 있었다……!"

남들 싸우는 사이 데리고 있던 광부 NPC들을 동원해 구멍을 파고 잠복하고 있던 앨콧!

그걸 본 랭커들의 눈빛이 휘둥그레졌다.

'저 새끼 저, 저거! 안 보이더니 저러고 있었냐?!'

'저런 비겁한 새끼……!'

"으아아아아!"

앨콧은 고함과 함께 사디크의 화신에게 덤벼들었다.

이번 기회에 목숨을 건다! 암살자인 만큼 사디크의 화신에게 한 대만 잘못 맞아도 죽을 수 있었다. 그러나 앨콧은 피할 생각은 조금도 하지 않고 덤벼들었다.

그만큼 끝장을 보려고 각오한 것이다.

푸우욱-!

[대륙을 불태운 사디크의 불완전한 화신이 쓰러집니다!]

그 도박은 성공했다. 앨콧은 짜릿한 쾌감을 느꼈다.

"아아아아……."

"안 돼……!"

뒤에서 랭커들의 탄식이 들렸다. 앨콧은 못 들은 척했다.

"야 이 비겁한 새끼야!"

"맞아! 우리 싸우는 동안 숨어서 대기하고 있었지!"

"뭐래. 암살자 직업은 원래 이렇게 싸우는 거 모르냐?"

"그만! 그만 싸우고 수습부터 해!"

길드 간부들이 달려와 랭커들끼리의 다툼을 말렸다. 랭커들은 이를 갈며 물러섰다.

'젠장. 저런 방법을 쓸 줄이야.'

'생각보다…… 좋은 방법인데?'

앨콧은 실실거리며 웃었다. 랭커들이 뒤에서 욕해도 아무 신경도 쓰이지 않았다.

욕하면 어떠냐, 그가 막타를 쳤는데!

이제 에랑스 왕국에만 가면 됐다.

그러나 앨콧은 알지 못했다. 그가 사디크의 화신을 공격하기 위해 선택한 전략이 어떤 유행을 불러올지를.

"광부 플레이어가 왜 이렇게 많지?"

앨콧은 고개를 갸웃거렸다. 사디크의 화신이 있던 곳은 길드 동맹이 뒤처리를 하느라 정신이 없었던 것이다. 온갖 전리품부터 시작해서 남은 괴수들까지.

그런데 웬 새로운 광부 플레이어들?

투박한 복장에 곡괭이를 들고 있는 광부 플레이어들은 한눈에 봐도 알 수 있었다.

"위에서 새로 고용했잖아요. 쓸모가 많다고. 이번에 앨콧 님께서 하신 걸 보고 감명받은 플레이어들이 많습니다. 암살자 플레이어들 중에서도 삽질 스킬 배우고 있는 플레이어들이 꽤 있다고 하더라고요."

암살과 땅굴. 폼은 안 났지만 궁합은 매우 좋은 둘이었다.

"……그…… 그래?"

사디크의 화신 잡으려고 짜낸 잔머리가 유행이 되다니. 앨콧은 얼떨떨했다.

'뭐 좋은 건가?'

"그래서 말인데……."

"?"

"저번에 그 마오쩌둥 님 좀 불러주실 수 있겠습니까? 길드에 가입을 진행하고 싶은데요."

"야, 안 된다니까!"

"왜 안 됩니까? 나쁜 이야기는 아닐 텐데요. 직접 만나서 이야기하게 해주시면……."

"게네 이미 길드 있어!"

"무슨 길드죠?"

"어…… 그…… 어…… 그러니까 그게……."

앨콧은 자기의 머리를 저주했다. 저번에도 이렇게 물어봤을 때 안 떠올라서 마오쩌둥 같은 가명을 댄 것 아닌가. 그냥 평범하게 외국인 이름 댔으면 이렇게까지 안 할 텐데! 괜한 가명 때문에 길드 동맹 간부들이 감동을 받고 더 신경을 써주는 것 같았다.

'아오!'

일단 어떻게든 변명을 하고 넘어가긴 했는데, 영 거슬렸다. 뒤통수가 간질간질한 느낌!

-김태현 그 자식이 결국 왕이 됐다며?
-쑤닝 님이 신경이 보통 날카로운 게 아니던데.
-기껏 사디크의 화신을 잡았는데 분위기가 완전 망했네.
-오스턴 왕국만 정리되면 김태현과 다시 싸우겠지? 설마 내버려 두겠어?

옆에서 길드원들이 떠들면서 지나갔다. 앨콧은 다시 한번 생각했다.

'김태현하고 맺은 협정은 절대 공개하면 안 되겠어……'

만약 들켰다가는 정말 목이 날아갈 것이다.

앨콧은 기껏 사디크의 화신을 잡았는데도 순수하게 기뻐하지 못하고 초조해했다.

[천사의 대장간 건설이 완료되었습니다!]
[대장장이 기술 스킬이 크게 오릅니다.]
[기계공학 스킬이 크게 오릅니다.]
[모라 시의 명성이 오릅니다.]

[고급 화약 제조 스킬이 최고급……]

[고급 폭탄 제작 스킬이 최고급……]

[<파괴 공학> 스킬이 최고치에 도달합니다.]

[……]

'됐다!'

태현은 주먹을 불끈 쥐었다. 요하스가 불만을 표해도 꾹 무시하고 천사의 대장간을 건설한 데에는 이유가 있었다.

이런 희귀한 건물을 지으면 당연히 스킬이 성장하게 마련.

태현은 거의 마지막에 도달한 고급 기계공학 스킬을 성장시키길 원했던 것이다.

[최고급 기계공학 스킬에 도달했습니다. 보상으로 스킬 <기계장치로부터 온 신>을 얻습니다.]

<기계장치로부터 온 신>

기계장치에 막대한 신성력을 불어넣어 일시적으로 생명을 부여한다. 스킬 레벨이 높아질수록 지속 시간이 늘어난다.

-기계장치의 레벨은 만들어진 기계장치의 수준과 기계공학 스킬에 영향을 받는다.

-스킬 지속 시간이 끝나면 신성력은 다시 돌아오지만, 기계장치가 파괴될 경우 신성력도 같이 소모된다.

기본 스킬이 한 단계 오를 때마다 나오는 보상 스킬. 대부분 '그 고생한 보람이 있다!'란 소리가 나올 정도로 좋은 스킬들이었다. 그리고 〈기계장치로부터 온 신〉도 다행히 좋은 스킬이었다.

'기계공학 스킬이라고 이상한 게 나오지 않아서 정말 다행이군.'

태현은 솔직히 조금 걱정했던 것이다.

'근데 신성력 관련 스킬인 건…… 나 때문인가?'

보상으로 나오는 스킬들은 랜덤이었지만, 플레이어의 영향을 어느 정도 받는다는 말이 있긴 했다. 어떻게 스킬을 키우고 어떻게 플레이하는지에 따라 거기에 맞는 보상을 준다고!

그렇게 본다면 태현에게 이런 신성력+기계공학 스킬이 나온 건 충분히 가능했다.

'하이 리스크 하이 리턴인가…….'

태현은 설명을 보고 어떤 스킬인지 대충 감을 잡았다.

준비 과정이 많이 긴 소환 스킬이라고 보면 될 것 같았다. 일단 기계공학으로 무언가를 만들고 소환해야 하니…….

게다가 신성력을 엄청나게 불어넣어야 한다는 게 조심스러웠다. 태현은 현재 교단을 이끄는 입장. 한 푼 두 푼 모은 신성력 스탯을 함부로 쓸 수는 없었다. 거기에 권능 스킬 중에서도 신성력 스탯의 영향을 받는 스킬들이 있었다.

만약 기껏 신성력을 불어넣어서 만들었는데 파괴라도 당한다면……. 그다음은 생각하기도 싫었다.

'뭐, 걱정부터 할 필요 없지. 쓰기 나름이니까.'

태현은 벌써 머릿속에서 몇 가지 계획이 떠오르고 있었다.

그리고 그중 하나는 이세연이 매우 싫어할 계획이었다.

'대회에서 보자. 이세연!'

"과연 이게 파이토스 님의 뜻인가? 정녕 파이토스 님의 뜻인가?! 아니, 파이토스 님이 대체 왜 저런…… 정말 파이토스 님이 선택하신……."

"뭘 자꾸 중얼거려, 요하스?"

"아, 아닙니다. 그보다 이제 악마 사냥하러 갑니까?"

"응? 그럼. 그럼. 이것만 하고."

태현은 소매를 걷어붙이고 다음 작업에 들어갔다.

이번 살라비안 교단 원정 퀘스트를 하면서, 태현은 정말 많은 장비를 손에 넣었다. 도미닉뿐만 아니라 귀족들과 기사들의 장비까지. 이런 장비들은 엄청나게 좋은 장비였지만, 이미 각종 아티팩트로 화려하게 무장하고 있는 태현이 입기에는 애매했다.

전부 다 경매장에서 팔아치워도 괜찮겠지만……. 태현은 그 대신 분해해서 다시 아이템을 만들기로 결정했다. 골드는 안 나오지만 스킬 레벨은 오를 테니까.

[장비를 분해합니다. <여기에다가 쓸 수 있는 건 저기에다가도 쓸 수 있어> 스킬을 갖고 있습니다. 최고급 기계공학 스킬 덕분에

페널티를 받지 않습니다.]

　　[패시브 스킬 <천사의 비전 제련법>을 갖고 있습니다. 추가 보
너스를 받습니다.]

　　장비에서 나오는 희귀한 천이나 가죽, 금속들은 어지간한
대장장이들도 다룰 수 없는 재료들. 그러나 태현은 각종 스킬
들을 업고 거침없이 나아갔다.

　　-신의 예지, 아키서스의 아티팩트 제작!

　　태현은 멈추지 않았다. 이왕 비싼 장비들을 다 갈아서 제작
에 들어간 이상, 최고로 좋은 걸 뽑아낼 생각이었다.

　　<신의 예지> 스킬이 말하는 대로 따라가면 이 재료들로 가
능한 가장 좋은 무언가가 나오리라.

　　[아키서스의 아티팩트를 제작합니다.]

　　[행운이 소모됩니다.]

　　-사디크의 화염 룬, 천사의 날개 부채!

　　[대장간의 화력이 더욱더 커집니다!]

　　땅, 땅, 땅-

요하스가 옆에서 언제 가냐고 징징거려도, 케인이 옆에 와서 '내 무기도 만들어주라!'라고 말해도, 태현은 집중력을 잃지 않고 묵묵히 망치를 휘둘렀다.

　한 치의 오차도 없이 계속해서 망치를 휘두르는 모습!

　판온 1에서 보여줬던 대장장이 직업의 저력이 여기서 나오고 있었다. 대장장이 직업에게 가장 필요한 건, 몇날 며칠이고 똑같은 동작으로 망치를 휘두를 수 있는 인내였다.

　땅-

　[<다섯 신의 귀족 살해자> 세트 아이템이 완성되었습니다. 대륙에 이름을 남길 정도의 걸작입니다!]

　[대장장이 기술 스킬이 크게 오릅니다!]

　[기계공학 스킬이⋯⋯]

　[이 작품을 만들었다는 게 알려진다면 당신을 수많은 곳에서 부를 것입니다.]

　'이름이 흉흉한데? 그보다 왜 다섯 신이지? 내가 만들긴 했어도 그렇게 신이 많이 끼어들 리가 없는데⋯⋯ 잠깐만⋯⋯.'

　태현은 하나씩 손을 꼽기 시작했다. 일단 아키서스, 사디크⋯⋯.

　[카르바노그가 파이토스도 있다고 지적해 줍니다. 여기는 파이토스의 천사가 만든 대장간이라고 합니다.]

"아. 그것도 그렇겠네."

아키서스, 사디크, 파이토스······ 살라비안까지.

'일단 내가 살라비안 권능도 있긴 하니까 들어간 건가? 그래도 네 신인데? 아, 마지막 남은 건 데메르인가? 데메르 권능도 있······.'

[카르바노그가 마지막 신은 자기라고 자랑스러워합니다.]

'······그래. 생각해 보니 쟤도 있었지.'

데메르가 아니라 카르바노그인 모양이었다.

'아니. 들어간 신이 중요한 게 아니지. 중요한 건 성능이니까······.'

다섯 신의 귀족 살해자:

내구력 ∞/∞, 방어력 ?

착용 시 전투 천사 <다섯 신의 귀족 살해자>로 변신합니다. 착용 해제 후 충전되기 전까지는 장비를 다시 착용할 수 없습니다. 고귀한 귀족들의 피로 물든 장비를 분해해, 여러 신의 힘을 빌려 만든 무시무시한 장비다.

어떤 사악한 미치광이 대장장이가 이런 장비 세트를 만들었는지는 알 수 없지만, 절대로 멀쩡한 의도는 아닐 것이다. 계속해서 사용할 경우 귀족들과 교단의 분노를 살 수 있다.

추가 옵션: 귀족들과 악마들을 죽일 시 충전이 빨라짐.

"······!!"

변신용 장비 세트! 하나씩 착용할 수 없고, 전부 다 착용하는 순간 변신하는 종류의 아이템이었다.

'……좋은 장비이긴 한 것 같다!'

순간 판단이 헷갈렸던 태현이었지만, 다시 찬찬히 읽어보니 확신이 들었다. 이건 분명 좋은 장비 세트였다.

설명부터 시작해서 각종 페널티까지. 이런 장비가 좋지 않을 리 없었다. 게다가 전투 천사라니. 전투에서는 요하스의 상위호환 아닌가.

"왜 그런 눈으로 쳐다보십니까?"

"아니야. 아무것도."

'한 번 쓰면 쿨타임 차기 전까지는 못 쓸 거 같으니, 악마들하고 싸우거나 결정적일 때 써야겠군…….'

아니면 〈기계장치로부터 온 신〉으로 생명을 부여해도 괜찮을 것 같았다. 부서지면 마음이 매우 아프겠지만……! 그 정도 위험은 감수해야 하지 않겠는가?

"그보다 요하스. 슬슬 툭 까놓고 말하자고. 난 네가 파이토스를 믿는 천사란 걸 알고 있었어."

"어, 어, 어, 어떻게?!"

[요하스가 경악합니다!]

'정말…… 천사는 호구인가?'

망치 관련 스킬들을 줘놓고 안 들켰다고 생각하다니.

"말했잖아. 내가 파이토스 님에게 선택을 받았다고. 넌 여기에 왜 왔지?"

"파이토스 님께서 폐하를 도우라고 신탁을 내리셔서……."

"그, 그렇지. 난 알고 있었지."

물론 모르고 있었다. 태현은 깜짝 놀랐다. 파이토스가 태현을 도우라고 신탁을 내렸다고?

'파이토스란 신은 호구인가?'

[카르바노그가 아마 당신을 막기 위해서 아닌가 하고 추측해 봅니다.]

'?'

[카르바노그는 아키서스의 화신이 악마와 손을 잡으면 더욱더 강해질 것이라고 생각합니다. 그리고 충분히 그럴 만한 화신이라고 생각합니다.]

'하긴 그것도 그렇다.'

생각해 보니 요하스가 오지 않았다면 태현은 악마와 냉큼 손을 잡았을 것이다.

저렇게 아이템을 챙겨주는데 일단 받고 생각해 보자!

'근데 요하스가 와도 난 악마하고 계약하고 있는데?'

[카르바노그가 어깨를 으쓱거립니다. 아키서스한테 그렇게 당하고서도 견제할 수 있다고 생각한 파이토스가 어리석다고 생각합니다.]

신들의 추잡한 뒷이야기는 됐고, 태현은 현재 상황에 집중했다.

"왜 날 도우라고 했겠어?"

"그야…… 그야……."

"말해, 요하스! 말하라고! 넌 답을 알고 있잖아! 크흐흐."

지금 상황에서는 부정할 수 없는 한 가지 결론!

요하스는 괴로워하다가 결국 입을 열었다.

"크흑. 폐하가…… 파이토스 님의 선택을 받으셨기 때문이라고…… 생각합니다……."

[최고급 화술 스킬을……]

[천사를 속여서 타락시킵니다.]

[악명이 크게 오릅니다.]

생각지도 못한 부작용!

'아니 뭘 이런 걸 가지고 타락까지야.'

[천사 요하스가 거짓말에 속아 파이토스의 뜻을 거스르기 시작합니다.]

[계속해서 거스를 경우, 타락천사로 변할 수 있습니다.]

[다른 신의 천사를 속여서 타락시키는 건 매우 적대적인 행위로, 그 교단의……]

다른 교단들과 사이가 나빠서 좋은 점은, 더 이상 나빠질 걱정을 하지 않아도 된다는 점이었다. 이제 뭔 사고를 쳐도 된다!

'카르바노그. 그런데 저렇게 타락시켜서 쫓겨난 천사 영입 가능한가?'

온갖 스킬들을 고급 이상으로 익힌, 거기에 천사 종족 보너스까지 받은 요하스는 쉽게 구할 수 없는 전천후 인재였다. 인재풀이 적은 아키서스 교단에서는 놓칠 수 없는 인재!

[카르바노그는 당신이 정말 물불 안 가리는 미친놈이라고 생각합니다.]

태현에게는 당장 놓인 두 가지 퀘스트가 있었다. 악마 데르벤이 와서 가르쳐 준, 악마가 숨어 있는 장소를 토벌하는 퀘스트. 그리고 대족장을 해치우고 신성 스탯을 15,000을 찍자 나온 새로운 권능 스킬 퀘스트.

이 둘 중 무엇을 해야 하는가? 아니, 정확히 말하자면 이 둘 중 무엇을 먼저 해야 요하스를 타락시켜서 아키서스 교단으로 끌어들일 수 있을까?

"어렵네요. 파워 워리어 길드는 그냥 롱소드만 뿌려도 가입하지만······."

태현의 고민을 들은 이다비는 고개를 끄덕이며 공감했다.

〈어떻게 해야 요하스를 타락시킬 수 있을까〉로 진지하게 고민하는 그들!

"악마의 피를 마시게 하는 건 어떨까요?"

"그런 아이디어가······!"

태현은 이다비의 아이디어에 감탄했다. 저런 참신한 아이디어라니! 어중간한 거짓말을 시키는 것보다는 훨씬 더 효과가 좋고, 결과가 바로 나오지 않겠는가. 게다가 악마의 피는 구하기도 쉬웠다. 다른 플레이어들과 달리 태현은 주변에서 얼마든지 악마의 피를 뜯어낼 수 있었다.

[카르바노그가 무시무시한 생각에 몸서리칩니다.]

[카르바노그가 그런 짓을 했다가는 타락하다 못해 그냥 악마가 될 거라고 경고합니다!]

'아. 그래?'

태현은 아쉬워서 입맛을 다셨다. 그냥 타락하는 정도가 아니라 악마가 된다니.

'응? 근데 악마가 되어도 상관없지 않나? 스킬만 멀쩡하면······.'

[카르바노그가 어이없어합니다. 요하스가 악마가 되면 누굴 먼

저 죽이겠냐고 묻습니다.]

'하긴 그것도 그렇다.'

태현이 생각해도 요하스가 악마가 되면 가장 먼저 태현을 공격할 것 같았다. 이제까지 쌓인 원한이 모두 폭발!

그렇다면 결국 순수한 말과 속임수로 요하스를 함정에 빠뜨려야 한다는 이야기가 됐다. 그 과정에서 태현이 했다는 게 들키지 않아야 한다는 건 물론이고!

"그런데 태현 님. 슬슬 준비해야 하지 않나요?"

"뭘? 속임수? 함정?"

"……아, 아니요. 대회요."

던전 공략 대회. 예선을 돌파한 팀들이 1:1로 맞붙는 본선 대회가 얼마 남지 않았던 것이다.

"오늘 이렇게 모이게 된 건……."

태현 일행은 판온 안이 아니라 현실의 숙소에서 모여 있었다. 굳이 판온이 아니라 현실에서 이렇게 모이게 된 데에는 이유가 있었다.

최상윤이 에반젤린과 함께 살라비안 교단을 추적하고 있었기 때문이었다.

"며칠 후에 있을 본선 대회 때문이야."

"아. 그거."

"헉. 잊고 있었는데."

"괜찮습니다! 연습했던 대로만 하면 됩니다."

정수혁은 케인을 격려했다.

"평소에 연습하신 것만 하시면 어떤 속성의 던전이 나오더라도 우리는 충분히 우승할 수 있습니다."

"맞아. 수혁이가 맞는 말 했네. 평소 연습하던 것만 똑바로 하면 되지."

최상윤도 동의했다.

"게다가 첫 번째 팀은 꼴찌에서 두 번째로 통과한 팀이잖아? 압도적으로 차이 난다고."

1등 유성 게임단, 2등 팀 KL. 그 밑의 등수들은 사실 격차가 심했다. 그래서 대부분의 사람들은 이 두 팀을 우승팀으로 뽑았다.

[유성 게임단 vs 팀 KL! 판온 1에서부터 이어진 싸움!]

[탄탄한 구성의 유성 게임단, 변칙 플레이의 달인인 팀 KL!]

[유성 게임단은 어떻게 강팀이 되었나?]

최상윤이 걱정하지 않는 이유가 있었다.

그러나 케인은 다른 사람들과 다른 반응을 보였다.

"너…… 너희 평소에 연습했어?"

"네? 당연한 거 아닙니까?"

"했는데? 태현이가 하라고 했잖아."

"연습했어요."

"……."

케인의 얼굴이 사색이 되었다.

"너 설마……."

"나, 나도 했어! 물론이지!"

'안 했군.'

'안 한 것 같습니다.'

'안 한 게 분명하네요.'

일행은 딱하다는 듯이 케인을 쳐다보았다. 쯔쯔…….

"자자. 사실 나도 크게 걱정하지는 않아. 예선과 본선 사이에 시간이 좀 있었다지만 그사이에 엄청나게 시간을 줄이진 못했겠지. 그냥 평소처럼, 실수만 하지 말라고."

태현은 그렇게 말하면서 케인을 쳐다보았다. 다른 사람들도 고개를 끄덕이면서 케인을 쳐다보았다.

'왜 나한테만 그래……!'

'흠. 새로 얻은 스킬은 아직 공개하지 말아야겠군.'

사람들의 예측과 비슷하게, 태현은 결승에서 유성 게임단과 맞붙게 될 것이라고 생각했다.

어떤 수를 썼는지는 알 수 없었지만 이세연이 이끄는 유성 게임단도 태현과 비슷한 성적을 내고 있는 상황.

시간을 더 줄이면 줄였지 늘지는 않을 것이다. 그걸 감안한다면 태현도 미리 대비를 해놔야 했다.

이번에 새로 얻은 스킬은 그 대비가 되어줄 것이다.

최명성 팀장은 대회 대진표를 보며 말했다.

"팀 KL이 고전할지도 모르겠어."

"네? 팀 KL이요? 농담이시죠?"

"농담 아니야."

"팀 KL 첫 상대가…… 오사카 드래곤즈잖습니까! 아니, 아무리 그래도 팀 KL이 이런 팀에 밀릴까요?"

일본은 전통적으로 E스포츠에서 약세인 나라였다. 그에 비해 한국은 전통적으로 E스포츠의 강자! 오죽하면 '게임단의 전력은 얼마나 많은 한국 선수를 보유하고 있나로 결정된다' 같은 농담이 돌아다니겠는가.

실제로 지금 게임단 중 손꼽히는 게임단 중 여럿이 한국에 있었다. 압도적인 자본력으로 운영되는 미국과 중국 게임단에 비교한다면 정말 대단한 성과였다.

"끝까지 들어야지. 밀린다는 게 아니라 고전할지도 모른다고."

"왜요?"

"대회란 게 원래 실력만으로 되는 게 아니거든. 의외로 다른 요소들이 많이 작용해."

"……??"

"뭐, 보면 알 거다."

[던전 공략 대회 경기장에 입장했습니다.]

[안에서는 PVP가 불가능……]

대회 진행을 위해 각 본선 진출 플레이어들은 바로 경기장으로 입장할 수 있었다. 태현은 이상하게 경고 메시지창이 자신을 노리고 말하는 느낌을 받았다.

'대회 전에 싸우지 마!'

음. 기분 탓이겠지.

그보다 중요한 게 많았다. 이를테면 지금 눈앞에 모인 사람들이라던가.

"일본인 플레이어들은 전부 모였나?"

경기장 안에 입장한 태현은 어이가 없다는 듯이 말했다.

경기장 근처에서 떠나갈 듯한 함성이 터져 나오고 있었던 것이다.

와아아아아아아!

가장 많은 판온 플레이어가 있는 국가는 중국이었지만, 오늘만큼은 아닌 것 같았다.

"이거 결승전 아니지? 본선 첫 경기 맞지?"

"아무리 판온이 인기가 많아도 이건 좀…….."

뒤늦게 입장한 다른 팀원들도 당황스러운 얼굴이었다.

물론 팀 KL 팬들도 많이 있었지만, 지금 일본 팬들처럼 조직적이고 거대한 응원을 하는 팬들은 없었다.

"후후. 김태현. 당황한 것 같군."

"넌……!"

태현은 고개를 돌려 말을 건 플레이어를 쳐다보았다.

"누구였더라?"

"크로포드잖아 개자식아!"

화염술사 랭커 크로포드. 이번 대회에서는 아깝게 예선 탈락했지만, 마법사 랭커로서 무시당할 플레이어는 아니었다.

실제로 정수혁은 크로포드를 보고 눈빛을 빛내고 있었다.

"영…… 영광입니다!"

"하하. 여기 이 친구는 내가 누군지 알…… 잠깐, 정수혁이었어? 무슨 영광 같은 소리를……."

"네?"

"치워. 같은 경쟁자면서 겸손할 필요 없어!"

평소였다면 크로포드를 단칼에 요절냈을 태현이었지만, 그러지 않았다. 크로포드가 근본적으로는 호구…… 아니, 나름 괜찮은 성격이라는 걸 알고 있었기 때문이었다.

지금도 정수혁을 밀어내긴 했지만 저건 어디까지나 경쟁자로서 동등하게 여기는 모습이었지, 무시하는 모습이 아니었다. 물론 경기장에서 PVP가 허용 안 되기 때문이기도 했다.

크로포드는 태현이 무슨 생각을 하고 있는지는 꿈에도 모르는 채 입을 열었다.

"앨콧한테 들어서 알고 있었는데 당할 뻔했군. 네가 이런 심리전이 주특기라는 걸 알고 있었는데……."

"아니, 진짜 기억 못 한 거였는데."

"안 통한다니까 이 자식아! 그만해!"

'충분히 통하는 것 같은데…….'

다른 일행들은 속으로 생각했다.

"어쨌든 이걸 보고 당황한 것 같군. 설마 이걸 예상 못한 건 아니겠지? 그러면 좀 실망인데."

"뭘 예상?"

"오사카 드래곤즈가 얼마나 많은 팬을 끌고 올지 말이야. 야. 일본 애들은 팀이 몇 개 없어. 있더라도 대부분 아마추어 팀이라고. 그런데 갑자기 한 팀이 본선에 진출한 거야."

"반응이…… 뜨겁겠네?"

"뜨거울 뿐이겠냐? 지금 저기 모인 기자들 봐라. 인터뷰하느라 바쁘네."

"……."

태현과 팀원들은 고개를 돌렸다. 일본인 기자들이 오사카 드래곤즈를 둘러싸고 떠들고 있었다.

"이번 대회를 앞두고 소감이……."

"처음으로 판온 대회에 본선 진출을 하게 되었는데……."

"강팀을 앞두고 최선을 다하겠……."

성실해 보이는 선수들은 차근차근 인터뷰에 대답하고 있었다.

그들은 태현 일행과 눈이 마주치자 허겁지겁 인사했다.

"앗! 저기 팀 KL이 입장하고 있습니다!"

"팀 KL의 주장 김태현 선수! 이번 대회를 앞두고 오사카 드래곤즈를 상대하기 위해 어떤 전략을 준비하셨습니까?"

"어……."

아무것도 안 했는데, 라고 말하려다가 태현은 멈칫했다.

그러기에는 상대 팀 선수들의 눈빛이 지나치게 똘망똘망했던 것이다. 이런 타입의 사람들에게는 약한 게 태현!

"최선을 다해서 준비했을 뿐입니다."

"오사카 드래곤즈 정도는 특별한 방법 없어도 그냥 쉽게 이길 수 있다 이겁니까?"

"그런 소리는 하지도 않았는데? 번역기 고장 났나?"

"김태현 정도의 선수가 보기에는 오사카 드래곤즈는 허접한 팀이다?"

"너희 일부러 이러는 거지?"

무언가 자극적인 걸 원하는 것 같은 기자들!

악당 대 도전자들 같은 구도를 원하는 게 분명했다.

언제나 잘 먹히는 게 바로 노이즈 마케팅!

옆에서 〈오사카 드래곤즈 파이팅!〉이란 옷과 현수막을 들고 있던 팬들이 '우우우' 하고 야유를 시작했다.

'흠…….'

그러나 그럴수록 태현의 머리는 냉정해지고 가슴은 차가워졌다. 원래 이런 상황일수록 더 능력을 발휘하는 게 태현!

그러나 팀에는 태현 같은 냉혈한만 있는 게 아니었다.

"크흑…… 크흐흑!"

"넌 또 왜 울어?"

갑자기 케인이 코를 훌쩍대자 태현은 어이가 없어져서 물었다.

"쟤네 사연이 너무…… 감동적이잖아!"

옆에서 일본 방송국에서 나온 MC 한 명이 관중들 앞에서 오사카 드래곤즈 팀원들의 사연을 구구절절하게 늘어놓고 있었다.

"오사카 드래곤즈의 쇼카와 선수는 할머니 밑에서 외롭게 자란 선수입니다. 쇼카와 선수는 오늘, 지켜봐 주실 할머니를 위해 최고의 경기를……."

무슨 프로그램인지는 모르겠지만 어떤 프로그램인지는 알 것 같았다.

'쟤네는 여기 말고 인간극장 같은 곳에 나오는 게 낫지 않았을까?'

들어보니 무슨 팀원 하나하나가 절실한 사연을 갖고 올라온 팀이었다.

"만약…… 본선에서 이기게 된다면 약혼자에게 청혼할 생각입니다."

와아아아아!

"저는 꼭 할머니에게 이 경기를 보여 드리고 싶습니다!"

와아아아아아아아아아!

선수들이 한 명씩 소감을 말할 때마다 점점 커지는 함성!

그걸 본 케인은 완전히 흔들렸다.

"크흐흑. 나보다 훨씬 더…… 악!"

딱!

태현은 케인의 뒤통수를 찰지게 때렸다.

"개소리하지 말고 집중이나 해라."

"왜, 왜?"

"자. 다들 집중. 물론 우리들의 사연이 쟤네처럼 뭉클하고 가슴 따뜻하진 않지. 우리는 딱히 사연 없잖아?"

"제 사연은 꽤 감동적인데요……."

이다비가 조심스럽게 말을 꺼냈다. 케인은 어림도 없다는 듯이 대답했다.

"에이, 그래도 저기에 비하면 어림도 없…… 억! 지, 지금 이 다비가 날 때린 거야?"

"아닌데요?"

처음 보는 이다비의 공격성!

"이다비 사연은 감동적이긴 한데 그건 말하고 다닐 사연이 아니고."

"무슨 일이었었는데? 악!"

"자. 우리는 이것만 알면 된다. 이기는 건 팬이 많은 팀도 아니고, 사연이 많은 팀도 아니야. 이기는 건 강한 팀이다. 그냥 강한 팀이라고."

"김태현 선수? 잠깐 인터뷰해도 되겠습니까?"

그러는 사이 한국 쪽 방송국에서도 사람들이 왔다. 태현은 웃으며 거절했다.

"경기 다 끝나고 하죠."

"네?"

태현은 사람들을 밀치고 팀원들과 함께 앞으로 걸어 나갔다. 사연이고 뭐고 간에 그런 걸 태현이 신경 써줄 사람이었다면 애초에 저런 악명이 퍼지지도 않았을 것이다.

'일단 이기고 생각한다!'

상대가 얼마나 안타깝고 불쌍하든……. 앞에서 맞붙게 되면 전력을 다해, 최선을 다해 상대해 주는 게 태현이었다.

한 시간 후. 팀 KL은 본선 첫 경기를 압도적인 승리로 장식한 뒤 인터뷰를 진행하고 있었다.

"경기 전 인터뷰를 거절하셨는데, 역시 경기에 집중하고 싶으셔서 그랬던 건가요?"

"네. 그렇다고 볼 수 있겠죠."

"경기를 진행하면서 긴장되거나 하진 않았나요? 투기장 대회에 비해서 어떠셨나요?"

"상대가 안 보이니 오히려 다 까다로운 면이 있긴 했습니다. 연습을 많이 해둬서 다행이었죠."

'생각보다…….'

'멀쩡한데?'

케인과 최상윤은 태현의 대답을 들으며 속으로 생각했다.

시합도 끝났겠다 태현이 '상대 팀이요? 쓰레기 같은 놈들이죠! 시작하기 전에 인터뷰나 하고 있으니까 지는 거지!' 정도는 할 줄 알았던 것이다.

그런데 정작 나오는 대답들은 예의 바른 대답!

"김태현 선수! 이번 대회에서는 폭탄, 그러니까 기계공학 스킬을 어떻게 쓰는지가 중요한 메타가 되었는데 불공정하다고 생각하지 않으십니까?"

"이번 대회에서 너무 유리한 위치라고 생각하지 않으십니까? 판온 주최 측의 편파 대우라고 생각하지는 않으신지?"

"!"

전 세계 기자들이 왔는데 예의 바른 기자들만 있는 게 아니었다. 이런 기자들이 없었다면 오히려 이상했다.

그렇지만 그래도 정도가 너무 심한 질문! 다른 기자들도 놀란 눈으로 쳐다볼 뿐이었다.

'큰일 났다!'

'욕 나오겠지?'

케인과 최상윤의 머릿속에는 벌써 기사 제목들이 스치고 지나갔다.

[김태현 선수 욕설 파문!]

[김태현 선수, 본선 첫 경기 승리 후 가운뎃손가락을……]

그러나 태현은 침착했다.

'저거 아까 시비 걸던 놈 아닌가?'

원래라면 욕설에 깃발부터 꽂고 시작했을 테지만, 태현은 그러지 않았다. PVP가 금지된 상태기도 했지만…….

상대를 더 엿 먹일 수 있는 방법이 있었던 것이다.

"……."

"?"

"??"

"김, 김태현 선수?"

태현은 고개를 돌리고 아무 말도 하지 않았다. 그 침묵에 다른 기자들이 당황했다.

"김태현 선수. 다음 질문을……."

"……."

침묵 시위! 그제야 태현이 뭘 하는지 알아차린 기자들이 당혹스러운 얼굴로 물었다.

"김태현 선수, 무슨 문제라도 있으신가요?"

"별문제는 없는데, 저 사람들 있으니까 무서워서 입이 안 열리네요."

"!!"

'쟤네 나갈때까지 입 안 연다!'

그랬다. 여기 모인 기자들은 태현의 인터뷰 하나 따려고 모인 사람들인 만큼, 그걸 따지 못하게 되면 매우 흉포하게 변할 수 있었다. 태현은 그 점을 기막히게 찌른 것이다.

"잠깐, 잠깐만! 우리는 판온 측에 허가받고 들어온 기자인데……."

대회 관련해서 경기장 안에 들어와 뭔가를 하려면 일단 비싼 돈을 내고 허가를 받아야 했다. 언론사도 예외는 아니었다.

"아니~ 뭐 계세요. 전 그냥 입 다물고 있으면 되니까."

"……케인 선수!"

케인은 무심코 대답하려다가 태현이 쳐다보자 바로 분위기를 읽고 입을 다물었다. 태현은 눈빛으로 말하고 있었다.

입 열면 죽는다.

태현한테 찍힌 기자들은 애타게 다른 선수들을 불러보았지만, 팀 KL의 단결은 철통같았다.

말 한마디 나오지 않는 단체 침묵!

그러자 슬슬 분위기가 바뀌기 시작했다.

"아, 일단 좀 나가보시죠?"

"거기 어디서 나왔는데 그런 질문을 해서 분위기를 싸늘하게 만듭니까? 어느 나라야?"

"안 그래도 편집장한테 까였는데 이렇게 시간 낭비하게 만들어야겠어?"

사방에서 쏟아지는 비난과 눈총!

"아니. 같은 기자인데 힘을 합……."

"같은 기자는 무슨. 같은 기자는 같은 회사에서 일하는 기자를 말하는 거지. 처음 본 그쪽하고 손잡을 이유가 없는데?"

"남의 인터뷰 잘라먹고 그런 소리가 나와? 같은 기자라서 망정이지 아니었으면 당신은 깃발 꽂았어! 내가 성기사 랭커야!"

점점 더 격렬해지는 반응을 보며 태현은 흐뭇하게 웃었다.

더 싸워라 더 싸워!

"팝콘 드릴까요?"

"아. 고마워."

결국 인터뷰는 태현에게 찍힌 기자들이 쫓겨난 것으로 훈훈하게 마무리되었다. 기자들이 나가자 태현은 언제 그랬냐는 듯이 태도를 바꿔 친절하고 공손하게 질문에 대답했다.

성격 좋고 예의 바르고, 실력 있고, 얼굴 되는 태현은 프로 게이머 선수의 완성형이나 다름없었다. 이미 드높은 인기까지 합쳐져 태현은 자리의 분위기를 완전히 휘어잡았다.

"난 네가 욕할 줄 알았어."

"하려다 말았지. 일단…… 주장이기도 하고…….'

최상윤은 그 말에 살짝 감동받았다. 이 녀석도 변하긴 변하는구나!

"눈빛이 기분 나쁜데?"

"착, 착각이겠지. 지금쯤 유성 게임단도 경기 끝났을 테니까 보러 가자!"

대놓고 화제를 돌리는 최상윤이었지만, 태현은 뭐라고 하지 않았다. 왜냐하면 태현도 유성 게임단의 경기 방식이 궁금했기 때문이었다.

어떤 방식을 썼길래 예선 1위로 통과할 수 있었던 걸까?

이제까지는 비밀을 지켜왔지만, 본선 대회에서까지 그걸 숨길 수는 없었다. 태현 팀도 본선 경기에서는 전력을 다해 움직였다.

'스킬 하나만 빼고.'

대회 본선 경기를 진행하면서 태현도 나름대로 고민했다.

과연 이 스킬을 미리 써야 하는가?

던전 공략 대회는 5:5 투기장이나 1:1 결투장처럼 상대방과 대결하는 게 아니라 만만하게 보는 사람들이 있었다. 그러나 던전 타임어택을 한 번이라도 해본 사람은 입을 모아 말했다.

'차라리 맞붙는 게 낫지, 이건 사람이 할 게 안 된다!'

다른 팀과 동시에 입장해서 던전을 공략한다. 관객들은 동시에 진행되는 두 팀의 던전 공략을 흥미진진하게 볼 수 있는 것이다.

이것 자체는 괜찮았지만 문제는 들어간 팀이었다. 안에서는 상대방이 얼마나 빠르게 던전을 공략했는지 알 수 없다! 촉박하게 흘러가는 시간 속에서, 오로지 자신의 기록과 싸워야 하는 것이다.

최선의 전략을 세워도 한 번의 실수만 하면 기록이 와장창 망가질 수 있었다. 그러니 게임에 임하는 선수들이 긴장할 수밖에 없었다. 만약 전략을 숨겨서 어설픈 견제를 시도했다가 그냥 지기라도 하면? 그대로 탈락이었다. 웃음거리도 못 됐다.

당연히 태현도 그런 가능성은 알고 있었고, 하면서 고민했다. 상대방이 그사이 새로운 전략이라도 들고 왔다면 태현 팀은 그대로 밀렸을 테니까.

물론 그런 일은 일어나지 않았다. 상대방은 전형적인 전략을 들고 왔다. 팀의 합을 맞춰서 공략하면서, 도중에 폭탄 아이템을 결정적인 순간에만 사용하는 전략! 가장 무난하고 일반적인 전략이었다. 폭탄이 오작동할 위험 때문에 최대한 결정적인 순간에만 쓰는 것이다.

덕분에 태현은 전략을 아낄 수 있었고 스스로의 팀에 확신을 가질 수 있었다. 폭탄을 사용하는 메타인 이상, 그들 팀보다 더 안정적인 팀은 없었다!

"유성 게임단 리플레이 떴군. 보자."

과연 이세연은 어떻게 플레이했을까?

-언데드 소환, 언데드 소환…….

'무난한 시작이군.'

던전에 들어가자마자 부릴 수 있는 언데드 소환. 네크로맨서인 만큼 당연했다.

-최고급 슬라임 골렘 소환!

슬라임 골렘? 골렘 소환이 네크로맨서의 주특기 중 하나였지만, 슬라임 골렘 같은 건 비주류에 들어갔다. 물리 방어력만 좀 높을 뿐이지 다른 장점이 없었던 것이다.

그걸 왜?

-삼켜!

"!"

태현은 경악했다. 슬라임 골렘이 폭탄을 하나둘씩 삼키기 시작한 것이다. '저렇게 몬스터한테 맡겼다가는 더 불안정해져

서 언제 터질지 알 수 없을 텐데?! 아니, 설마 슬라임 골렘의 특수 효과가 있나?'

이세연은 절대 바보가 아니었다. 슬라임 골렘이 저렇게 삼킨다는 건, 슬라임 골렘 안에 들어간 폭탄이 멋대로 터지지 않는다는 보장이 있다는 뜻!

쿵, 쿵, 쿵-

슬라임 골렘이 뒤에서 따라오고, 유성 게임단의 선수들은 재빨리 최단거리로 달리기 시작했다. 몬스터들을 끌어모아서 한 번에 날려 버리려는 전략!

전략은 제대로 맞아떨어졌다. 사방에서 몬스터들을 끌고 와 한곳에 모였고, 그제야 이세연은 슬라임 골렘을 앞으로 보냈다.

'잠깐. 골렘 안에 넣었는데 폭탄을 어떻게 터뜨리려는 거지?'

-사악한 힘의 강림, 골렘 분산 폭발!

이세연은 간단하게 대답했다. 골렘을 통째로 폭발시킨다!

굉음과 함께 어마어마한 폭발이 일어났다. 골렘 안에 있던 폭탄까지 작동한 것이다.

태현은 인정할 수밖에 없었다. 기계공학 스킬이 없는 이세연이 정말 효과적인 전략을 꾸렸다고.

'다른 팀들이 이리저리 헤매는 동안 폭탄을 어떻게 안정적일지부터 방법을 찾았다 이건가……'

물론 감탄은 감탄이고, 태현은 이세연을 칭찬할 생각이 없었다.

"자기 소환물을 폭발시키다니! 저런 상도덕도 없는!"

"……."

"네가 할 소리는……."

태현은 옆에서 들려오는 소리는 무시했다.

어쨌든 유성 게임단의 기록에 숨긴 비밀은 알 수 있었다.

태현 팀에게는 들고 다니는 공성병기와 안정적인 폭탄이 있다면, 이세연 팀에게는 폭탄을 넣고 다닐 수 있는 골렘이 있는 것이다.

'대단하긴 하지만, 못 따라올 정도는 아니야. 남은 건 팀원들의 기량인가?'

두 팀이 갖고 있는 비장의 수단은 시간에서 크게 차이가 나지 않았다. 남은 건 그걸 활용하는 팀의 능력!

'그리고 숨겨진 전략이겠지.'

이세연은 과연 숨겨진 한 수를 갖고 있을까? 다른 사람이었다면 무시했겠지만 태현은 이세연을 무시하지 않았다.

갖고 있어도 이상할 게 없다!

"공성병기를 안에서 조립한 다음에 상인 직업이 들고 다닌다고? 진짜……."

태현이 보고 있는 사이, 이세연도 태현의 경기 영상을 보고 있었다. 보면서 연신 탄식하는 이세연!

"상인 직업을 이렇게 쓴다고? 아니, 진짜로??"

"역시 김태현 선수입니다!!"

"알겠으니까 좀 조용히 해줄래요?"

태현의 광팬, 류태수가 옆에서 흥분해서 떠들자 이세연은 어이가 없어서 말했다. 너 어디 팀이야?

"죄송합니다."

그래, 이 정도 선수 구하는 게 어디야.

이세연은 스스로를 달랬다. 저 단점만 빼면 나머지는 괜찮은 선수였으니까!

실제로 지금 대회가 진행되면서, 각 게임단 선수들의 실력이 드러나고 있었다. 분명 작년에는 실력 좋은 랭커로 뽑힌 선수가 대회에서는 죽을 쑨다거나, 작년에는 이름 없는 플레이어였는데 맹활약을 한다거나……. 하루아침에 스타가 몰락하고 새로운 스타가 탄생하는 게 E스포츠계였다.

그런 면에서 유성 게임단의 선수 구성은 탄탄했다. 이세연의 선수 뽑는 눈은 틀리지 않았던 것이다.

-안녕하세요, 이세연 선수. 뉴욕 라이온즈의 매킨리라고 합니다. 한번 이야기를 나누고 싶은데, 시간 괜찮으신지요? 대답 기다리겠습니다.

벌써부터 이세연한테는 다른 게임단의 제안이 들어오고 있었다. 이번 해가 끝나고 유성 게임단과의 계약이 끝나면 바로 채가려는 생각!

아직 후반기에 있는 투기장 대회나 결투 대회는 시작도 안 했는데도 이 정도였다. 다들 이세연에게 그만한 가치가 있다고 판단한 것이다.

'김태현한테도 왔으려나? 아니, 걔는 주장이니까 좀 위치가 다른가?'

태현은 선수가 게임단을 직접 이끄는 특이한 케이스다 보니, 다른 게임단에서 제안을 하는 걸 망설일 수 있었다.

"아니. 진짜. 아니. 진짜! 이게 말이 돼?"

이세연은 보면서 혼자 떠들고 있었다. 평소와는 전혀 다른 이미지!

그걸 본 김현아가 말했다.

"언니. 그만 봐요. 세 번째 보고 있네. 그 인간이 그렇게 좋아요?"

"뭐…… 뭐, 뭐?"

"농담한 건데……."

김현아가 놀란 목소리로 말하자 이세연은 어색하게 웃으면서 김현아의 등을 두드렸다.

"무슨 농담을! 놀랐잖니!"

퍽! 퍽! 퍽!

"언니, 진짜 아프거든요?!"

김현아의 등을 두드리면서, 이세연은 생각에 잠겼다.

팀 KL과 유성 게임단의 첫 번째 본선 경기 기록은 둘 다 32분대. 그렇다면 팀 KL은 예선 전략을 숨기지 않고 본선 그대로 갖고 나온 게 분명했다.

'하긴, 괜히 전략 숨겼다가 지기라도 하면……'

그사이 새로운 전략을 찾아내지 않았을까 걱정했는데, 보아하니 그런 건 없는 모양이었다.

'설마 숨기고 있나? 잠깐. 그럴 것 같지는…… 김태현이라면 그럴지도…….'

"언니. 왜 혼자서 괴로워하는 소리를 내고 있어요?"

"아…… 아무것도 아니야."

이세연이 괴로워하는 사이, 태현과 일행은 캡슐에서 나와 승리를 축하하고 있었다.

"우리 나온다! 우리!"

"태현이가 대답 안 하는 건 편집했나 본데?"

케인은 핸드폰으로 연락이 쏟아지는 걸 보며 신나 했다.

프로게이머 선수로 뛰고 나서부터 달라진 건, 평소에는 연락도 없던 친구들에게서 '요즘 잘 지내지? 나도 판온 하는데~'로 시작하는 연락이 온다는 것!

"어라? 모르는 번호에서 전화가 왔는데?"

"광고겠지. 나도 광고 전화 자주 와."

"저도 김미영 팀장님에게 대출받으라고 전화 자주 옵니다."

최상윤과 정수혁이 말하자 케인은 고개를 끄덕였다.

"광고인가 보네. 차단해야겠다."

"그런 건 미리미리 차단해 놔야 나중에 안 귀찮아. 맨날 보낸다니까."

이다비가 고개를 갸웃거렸다. 방금 번호는 광고 번호가 아니었던 것 같았는데⋯⋯?

'저런 번호는 광고가 아니지 않나?'

한편 그사이, 파이브 걸즈의 하연은 당황해하고 있었다.

"축하하려고 전화를 걸었는데⋯⋯ 왜 안 받지?"

첫 던전 경기를 축하하려고 전화를 걸었는데 받지 않는 케인! 다시 걸어도 안 받는 걸 보니 뭔가 이상했다.

"번호를 새로 바꿔서 아닌가요?"

"아니야! 뭔가 문제가 있는 게 분명해. 내, 내가 뭐 잘못했어?"

"번호 바꿔서 같은데⋯⋯."

"바꿔도 아예 안 받을 리 없잖아!"

"⋯⋯세연 언니한테 물어보면 어때요?"

"언니한테는 왜?"

"김태현 선수하고 친하잖아요. 김태현 선수는 케인 선수하고 친하니까⋯⋯ 앗, 언니. 세연 언니한테 물어볼 때 김태현 선수한테 제 이야기도 좀⋯⋯."

그러나 하연은 듣지 않고 있었다. 바로 이세연한테 연락!

-무슨 일이니!

"그러니까 언니⋯⋯."

하연한테 자초지종을 들은 이세연은 어처구니가 없었다.

지금 진지하게 전략 고민하고 있었는데 애네들이⋯⋯!

그래도 어쩌겠는가. 동생들인데 잘 챙겨줘야지.

-그래…… 김태현한테 물어볼게…….

이세연은 바로 태현한테 연락했다. 그러나 받지 않았다.

이세연은 주먹을 불끈 쥐었다. 그리고 삼촌한테 찾아가서 핸드폰을 빌렸다.

"야!!"

-어? 이거 대표님 번호 아닙니까?

"너 일부러 안 받았지!!"

-대회 관련해서 심리전 걸려고 전화 건 거 다 안다. 후. 이세연. 실망이군. 그런 얕은 수작을 부리려고 하다니…….

"내, 내가 무슨……! 대회 봤어! 그런 방법으로 올라오다니. 실망이야. 그사이 뭐라도 좀 더 했을 줄 알았는데. 이대로라면 승부는 보나 마나이겠는걸?"

이세연의 말에 태현은 움찔했다.

'젠장. 역시 숨겨진 무언가가 있었군.'

물론 그런다고 태현이 순순히 물러서진 않았다.

-그건 너도 마찬가지였는데? 설마 내가 보여준 게 전부라고 생각하는 건 아니겠지?

'으아아. 역시 숨겨진 뭔가가 있었구나!'

"흐, 흐흥. 나도 숨겨진 거 있거든?"

-난 더 많거든?

"난 더 더……."

둘의 유치한 싸움은 옆에 있던 이동팔 대표가 '둘이 뭐 하니?'라고 물을 때까지 계속되었다.

서로에게 남는 거 하나 없는 의미없는 대결!

-그런데 진짜 왜 전화한 거냐? 심리전도 아니면…….

"아. 그게……."

사정을 들은 태현은 고개를 끄덕였다. 그리고 케인의 등짝을 후려갈겼다.

"너 때문에 몇 사람이 고생하는 거냐!"

"?!"

"몇 분째지?"

"한 시간 넘었어요."

-물론이죠! 네! 너무 좋아요! 네!

케인은 입이 귀밑까지 찢어져서 한 시간 째 통화 중이었다. 전달해 준 태현은 슬슬 후회가 되기 시작했다.

"저 자식 인생 말고 게임을 저렇게 열심히 하면 얼마나 좋아."

비는 뭔가 느낌이 이상했지만 굳이 지적하진 않았다. 지적하기에는 그녀도 인생보다 게임을 열심히 하는 사람 중 하나였기 때문이었다.

뚝-

그제야 케인이 통화를 마쳤다. 세상을 모두 가진 것 같은 얼굴에 태현은 물었다.

"좋냐?"

"데, 데이트하기로 했어!"

"오……."

비꼬듯 던진 질문이었는데 의외의 대답이 돌아왔다. 태현은 의아하다는 듯이 물었다.

"네가?"

"어!"

'이 자식 비꼬는 것도 눈치 못 채는 거 봐.'

만약 판온 안이었다면 케인 주변에서 핑크빛 이펙트가 뿜어져 나오고 있었을 것이다.

그만큼 행복한 케인!

"근데 어디서 하게?"

"판온 안에서 하는데."

태현과 이다비는 고개를 갸웃거렸다. 좋은…… 건가?

"판온에서 한다고?"

"어! 다른 연예인들도 올 수 있대."

"그건 데이트가 아니라……."

무언가 눈치챈 이다비가 말하려 들었다.

'그건 데이트가 아니라, 판온에 관심 있는 연예인들 버스 태워주는 거 아닌가요?'

"쉿. 그냥 내버려 두자."

태현은 그런 이다비를 말렸다. 그래도 저게 어디냐!

케인한테는 저 정도만 해도 충분히 데이트일 수 있는 것이다.

'너무 좋아하는 거 보니 놀리기도 뭐하군.'

"맞다. 너도 오냐고 해서 너도 온다고 했어."

"……."

"어? 왜 그래?"

퍽퍽퍽퍽!

"으아아악! 으아아악!"

태현이 이제까지 연락을 어떻게 피했는데, 한사코 피하던 초보자들을 왕창 데리고 온 케인!

To Be Continued